ありがとう

森見登美彦

[日] 森见登美彦 著

夏洛克·福尔摩斯的凯旋

佳辰 译

221B

浙江教育出版社 · 杭州

图书在版编目（CIP）数据

夏洛克·福尔摩斯的凯旋 /（日）森见登美彦著；佳辰译. -- 杭州：浙江教育出版社，2025.6. -- ISBN 978-7-5722-9758-8

Ⅰ. I313.45

中国国家版本馆CIP数据核字第202506H6B2号

SHERLOCK HOLMES NO GAISEN
BY Tomihiko MORIMI
Copyright © 2024 Tomihiko MORIMI
Original Japanese edition published by CHUOKORON-SHINSHA, INC.
All rights reserved.
Chinese (in Simplified character only) translation copyright © 2025 by Hangzhou Xiron Books Co., Ltd.
Chinese (in Simplified character only) translation rights arranged with CHUOKORON-SHINSHA, INC.
through BARDON CHINESE CREATIVE AGENCY LIMITED, HONG KONG.

版权合同登记号　浙图字：11-2024-428

夏洛克·福尔摩斯的凯旋
XIALUOKE FUERMOSI DE KAIXUAN
[日]森见登美彦 / 著　佳辰 / 译

责任编辑：	赵露丹
美术编辑：	韩　波
责任校对：	马立改
责任印务：	时小娟
出　　版：	浙江教育出版社
	（杭州市环城北路177号　电话：0571-88900883）
印　　刷：	三河市中晟雅豪印务有限公司
开　　本：	880mm×1230mm　1/32
成品尺寸：	146mm×210mm
印　　张：	11.125
字　　数：	256千
版　　次：	2025年6月第1版
印　　次：	2025年6月第1次印刷
标准书号：	ISBN 978-7-5722-9758-8
定　　价：	68.00元

如发现印装质量问题，影响阅读，请联系：010-82069336。

目　录

第一章 詹姆斯·莫里亚蒂的彷徨

第二章 艾琳·艾德勒的挑战

序幕

001　　　　005　　　　047

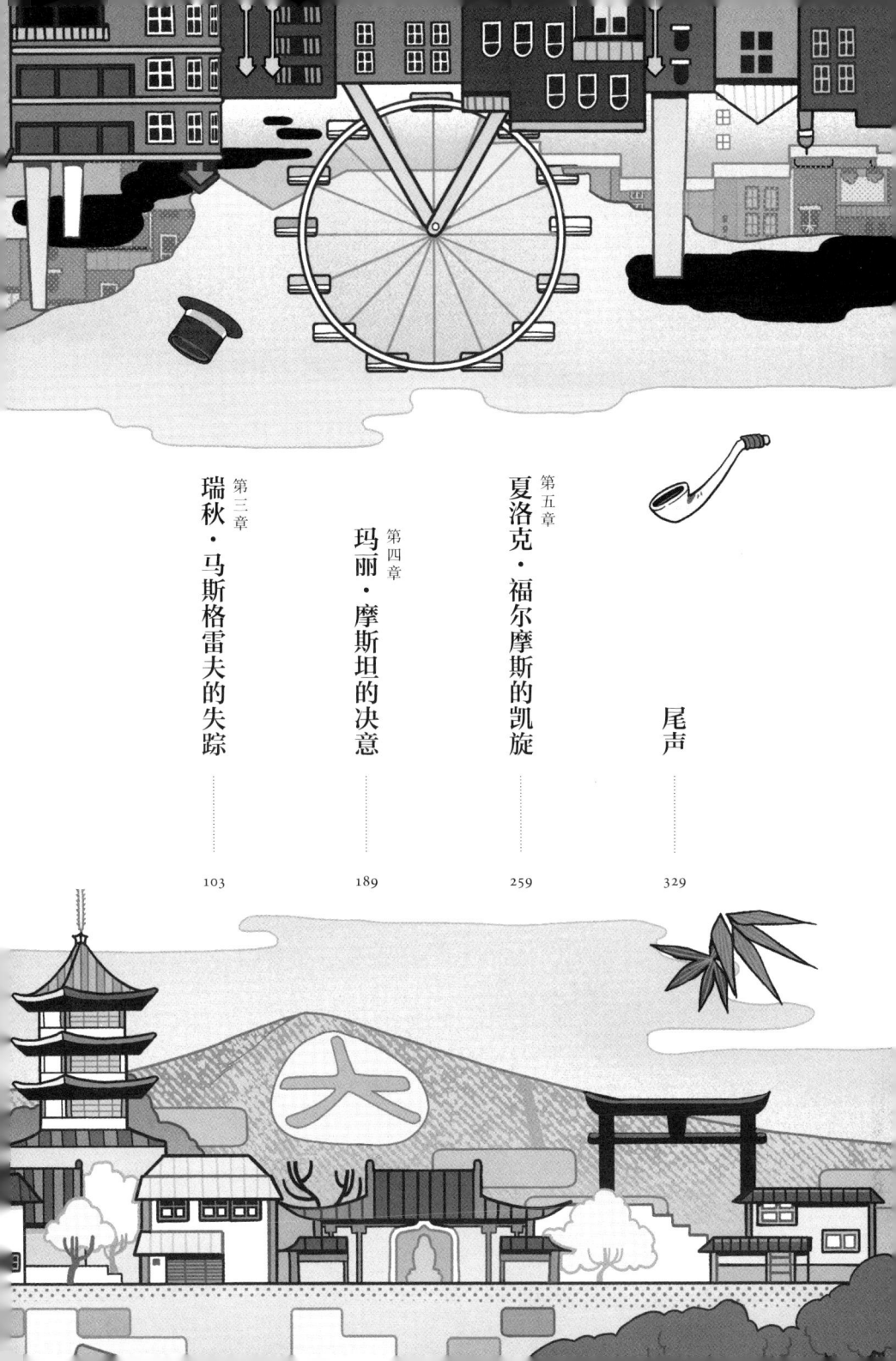

第三章 瑞秋·马斯格雷夫的失踪 …… 103

第四章 玛丽·摩斯坦的决意 …… 189

第五章 夏洛克·福尔摩斯的凯旋 …… 259

尾声 …… 329

{序 幕}

数年来，我获得夏洛克·福尔摩斯的允准，将他亲力亲为的案件记录发表在《海滨杂志》（*The Strand Magazine*）上。这些冒险谭[1]令洛中洛外[2]的侦探小说爱好者们为之疯狂，名侦探夏洛克·福尔摩斯的名号自此誉满天下。

的确，夏洛克·福尔摩斯的工作方式堪称天才。

然而如此盛名并非他一手赢得的。

是谁把那些动辄枯燥的凶案记录写成了"令人热血沸腾的罗曼史"？是谁有意扮演"无能的助手"，借此引致读者的共鸣？又是谁为了回应编辑的诉求，削减睡眠时间伏案倦首呢？

自不必说，正是我——约翰·H.华生。

"没有华生就没有福尔摩斯。"

来吧，诸位，请跟我复述一遍。

"没有华生就没有福尔摩斯。"

倘使诸位能将这颠扑不破的真理铭刻于心，并对约翰·H.华生这个独一无二的存在致以应有的敬意，那我小小的愿望便能实现。

———◇———

刊登了《福尔摩斯冒险谭》的《海滨杂志》销量暴涨。

随着杂志的热销，福尔摩斯的名声达到了巅峰，委托人从洛中洛外蜂拥而来，令寺町通[3]221B门庭若市。从玄关溢出的人流一直排到

---

[1] 以冒险为主题的故事形式，通常包含丰富的幻想元素和惊险刺激的情节，在文学、游戏、影视等领域都有广泛的应用。（除特殊说明外，本书脚注均为译注）

[2] 特指京都内外，"洛"为京都别名。

[3] "通"和下文的"条"，都是指道路。——编注

了寺町二条的拐角，甚至引来了贩卖点心和饮料的小摊。

见到这堪比祇园祭[1]的盛况，我们沉浸于喜悦之中。

夏洛克·福尔摩斯一门心思地投身于接踵而至的凶案，而我正打算和玛丽·摩斯坦小姐结婚，在下鸭神社一带开一家梦寐以求的诊所。一切都如此顺遂，乃至于我们都忘了一个事实——所有荣光都是构筑在"福尔摩斯的天才能力"这一玄妙根基上的空中楼阁。

为这场狂欢画上句号的，乃是福尔摩斯的如下低语：

"真是古怪，天赐的才能究竟消失到哪里去了呢？"

很难准确描述福尔摩斯的低迷是从何时开始的。

他在浑然不觉中步入了这个泥潭，当他意识到这是"无底深渊"之际，已经无法回头了。而"红发会"案这场重大失败，最终将福尔摩斯打击得体无完肤。

自那时起，夏洛克·福尔摩斯就一直蜗居在寺町通221B号。

毋庸讳言的是，当福尔摩斯深陷严重的低迷时，我们这些一直以来蒙受福泽的人也难免受到波及。福尔摩斯的连载被迫无限期休刊，《海滨杂志》的销量锐减。而我平时依赖稿酬偿还贷款，这下连诊所的经营也陷入困顿，玫瑰色的未来突然陷入幻灭。

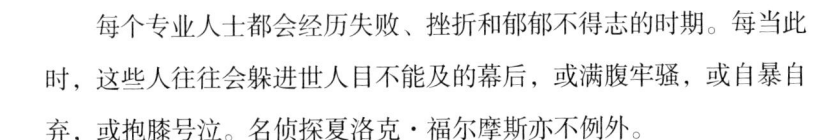

———◯———

每个专业人士都会经历失败、挫折和郁郁不得志的时期。每当此时，这些人往往会躲进世人目不能及的幕后，或满腹牢骚，或自暴自弃，或抱膝号泣。名侦探夏洛克·福尔摩斯亦不例外。

---

[1] 京都每年举行一次的大型祭典，7月1日开始，持续一个月。——编注

而这份手记,便是自幕后——那片无法脱逃的迷宫之域发来的报告。

在这不知不觉迷失方向的幕后,我们被迫经历了一场"非侦探小说式冒险",世人对这场冒险浑然不知。那是因为自陷入低迷以来,夏洛克·福尔摩斯在这个世上便等同死亡,而我——约翰·H.华生也是如此。

夏洛克·福尔摩斯的沉默,便是约翰·H.华生的沉默。

第一章

詹姆斯·莫里亚蒂的彷徨

十月下旬，一个清爽宜人的黄昏。

当我和妻子玛丽在下鸭本通[1]的自家兼诊所享用红茶时，女仆送来了邮件。在账单和医师协会的会刊中，夹着一个可爱的信封。

那是《福尔摩斯冒险谭》的忠实读者的来信。

敬启

值此深秋时节，谨祝华生老师身体健康，万事顺遂。

母亲总说："老师这么忙碌，哪有时间阅读读者来信？"但我仍不死心。我深信信写得越多，就越有机会引起您的注意。

我是一名十四岁的女孩，父亲经营着一家进口杂货店，母亲和哥哥也都在店里帮忙。某日，哥哥买了一本名为《海滨杂志》的刊物，我与福尔摩斯先生的冒险故事便由此结缘。内容真是太有趣了，以至于我因过于兴奋而发了烧，甚至惊动了医生。（现在烧已退，请不要担心！）后来，全家人都成了福尔摩斯先生的忠实粉丝。即便是很少看小说的父亲，也会边读边说："真是受益匪浅，对生意也很有帮助。"

正因如此，当福尔摩斯的故事停止连载时，我们全家都有种天塌了的感觉。福尔摩斯先生的冒险故事是我们的精神支柱。当然，我们也理解福尔摩斯先生和华生老师工作繁忙，可能有各式各样的事务需要处理……

华生老师，请务必重新开始连载福尔摩斯的冒险故事。

恳请您多多考虑，拜托了。

此致 敬礼

---

1 本通是主干道的意思。

一名福尔摩斯先生的忠实粉丝 谨书
致 约翰·H.华生老师

当我托腮沉吟之际，玛丽问我"是读者来信吗"，我应了声"是"。杂志连载被迫中断已过了一年，尽管如此，我仍像往常一样，每日都会收到读者来信。

"你在想那个人的事吧？"

"哪里，我没想。"

"骗人，看你现在的脸，就是在想'那个人'的表情。"

玛丽总是将夏洛克·福尔摩斯称作"那个人"。至少在这半年以来，没有听到过其他的称呼。

——"那个人"又发来电报了。

——"那个人"又在游手好闲吗？

——你又去找"那个人"了？

每当这时，玛丽必定会露出难以言说的表情。

玛丽是穷极左京区和上京区都无出其右的美人，这是众人钦服的事实，可只要一谈及"那个人"，就连她的无双美颜也会罩上一层阴霾。虽然这样倒更能衬出妻子的丽质，但绝不能让妻子觉察到我这般倒错的心思。

我刻意做出了厌烦的表情。

"福尔摩斯真是个让人头疼的家伙。"

重中之重是体谅妻子的情绪。

玛丽将"夏洛克·福尔摩斯"视作能将我们的未来计划彻底击碎的危险因素。福尔摩斯是地平线上若隐若现的不祥乌云，是家庭内讧的导火索，是灾难的征兆。而玛丽对眼前的威胁毫不懈怠的态度，我以为完全正当。

"那个人变成那副样子，已经有一年了。"

玛丽皱着俏丽的眉头说："最近我越来越觉得，那个人根本就没有走出低迷的意思，他很享受那种状态。"

"我觉得他并不是在享受吧。"

"就是你这样纵容他，他才会一直游手好闲下去。拜托了，请表现得决绝一点。"

"可是玛丽啊，我们也欠了福尔摩斯不少人情吧。"

我将读者来信装进信封，站起身子走到窗前。

窗外是尘土飞扬的下鸭本通，可以望见出租马车吱吱驶过十字路口。

街道对面是夕阳映照下的下鸭神社，虽然地段偏僻，但像我这样仅靠微薄的军人退役津贴生活的废柴军医，能够在此独立开业，可以说是难以置信的幸运。

四年前，当我和福尔摩斯仍住在寺町通211B号的时候，玛丽·摩斯坦以案件委托人的身份来找我们，案件始末以"四签名"为题发表。

以此为契机，我向玛丽·摩斯坦小姐求婚。不得不承认，撮合我们夫妇缘分的人正是福尔摩斯。但也正是福尔摩斯，将我们的新婚之家推到了崩溃的边缘。

这一年来，受他陷入低谷的拖累，诊所的经营、我的精神状态、玛丽的未来规划，都屡屡面临崩溃的危机。对玛丽而言，当初那位值得尊敬的"福尔摩斯老师"，不知不觉降格为"福尔摩斯先生"，最终沦落到了"那个人",这也是情有可原的。

玛丽站起身来,依偎在了凭窗而立的我的身边。

"听好了,约翰,你并不是夏洛克·福尔摩斯的私人记录员,你究竟打算被他的低迷折腾到什么时候?"

"话是这么说……"

"坚定地向前看,迈出新的一步吧。"

说着,妻子吻了吻我的脸颊。

"请一定拿出勇气。"

当晚,我和医师协会的同事相约见面。

"你是要去见瑟斯顿先生吗?"

"嗯,我们约好在俱乐部打台球。"我对站在门口的玛丽说道,"可能要晚点回来,你先睡吧。"

我走出诊所,在下鸭本通坐进出租马车。马车驶过葵桥,一路向西,可以望见鸭川沿岸的夕景。河畔沉浸在苍蓝的暮色里,人们在此各随己愿地信步而行。左手能望见夕色尽染的大文字山。

现处于低潮期的福尔摩斯,好似在维多利亚朝京都这片波涛汹涌的大海中遭遇船只失事的鲁滨孙一样,今天也宅在寺町通221B的住宅里,躺在长沙发上,重复着"天赐的才能究竟消失到哪里去"的怨言,或是将天地万物区分为"养胃的"和"伤胃的",就这样平白地浪费着时光。

我顺道去了荒神桥附近常去的俱乐部,给瑟斯顿留了口信,随后再度坐上马车,沿着河原町通继续前行。目标是寺町通221B,夏洛克·福尔摩斯的家兼事务所。虽然有点对不住瑟斯顿，但我对福尔摩斯的状况实在非常担心。

自从两星期前我俩大吵一架，我便再也没有见过福尔摩斯。

不多时，马车从丸太町通驶入寺町通。在石板铺就的街道两旁，林立着杂货店、烟草店和一些老字号的点心店。每当我经过这条街时，总会怀念起十年前，我和夏洛克·福尔摩斯开始在此同住的往事。我在寺町通221B的玄关前下了马车，按响门铃，房东赫德森太太把我迎进了门厅。

寄宿公寓里冷森森的，弥漫着阴郁的气息。

"福尔摩斯的情况如何？"

"华生医生，你能来真是帮了大忙。"赫德森太太松了口气，"福尔摩斯已经连着几天把自己闷在房间里了，既不开窗帘，也几乎不碰食物，他说自己是无用之身，只能选择引退了。"

"又来这个？"

"这回可能是认真的。"

"瞎扯！肯定又是嘴上说说。"

我叹了口气，踏上了总数十七级的台阶。

"你们不准吵架。"赫德森太太的声音追了过来。

自从福尔摩斯陷入严重的低迷，我已经有一年时间没有发表新作了。

狂热的侦探小说爱好者们越来越焦虑不安，甚至冒出了"让福尔摩斯陷入低迷的人是华生"这般出格的阴谋论。对名侦探福尔摩斯的失望转为了对助手华生的愤怒，我已经受够了成为众矢之的的憋屈。

夏洛克·福尔摩斯的房间一片昏暗，一如既往地凌乱不堪。地板上扔满了读完的报纸和犯罪记录，连落脚之处都没有。桌子和椅子好似群岛般随心所欲地散布着。化学实验台上弥漫着醋酸的气味，墙上布满了手枪弹孔。壁炉台上画了一只眼的达摩[1]身上落满了尘埃，那是赫德森太太为了祈愿福尔摩斯复活而放上去的。

"喂，福尔摩斯，你还活着吗？"

"嗯……"呻吟声传了过来，"是华生吗？"

我穿过昏暗的房间，靠近了壁炉旁的长椅。

夏洛克·福尔摩斯身穿灰色长袍，仰面躺倒在长沙发上。他胡子拉碴，正眼神呆滞地盯着天花板。墙边的小桌上摆着一只金鱼钵，一条名为"华生"的肥硕金鱼正神情倨傲地浮在水面上。

这条噘嘴淡水鱼是福尔摩斯在秋日祭典的夜市上买回来的。两周前，福尔摩斯向我大倒了一通苦水，最后赫然大怒地说道"你一点都不把我当回事"，并把"华生"的名字给了那条金鱼，还宣称要把它擢拔成新的助手。以这事为导火索，我俩之间爆发了一场激烈的争吵，被闻声赶来的赫德森太太泼了一身花瓶水。这实在不是两个年过三十的绅士该做的事。

我打开煤气灯，在扶手椅上坐了下来。

"你看起来好像不太舒服。"

"事态并没有一点好转。"

"但总该有些委托吧？"

---

[1] 日本的传统习俗，祈愿者首先请来一尊没有画眼的达摩不倒翁，然后在心中许愿。接着为达摩画上左眼，一旦愿望实现，再为达摩画上右眼，完成整个祈愿的过程。

"说起那些家伙就来气！净是些愚蠢至极的委托！"

"你是不是拼命刁难，把他们全打发走了？"

福尔摩斯怄气似的陷入了沉默，看来是被我说中了。

"这么说来，你是害怕失败吧。是啊，这样游手好闲，既不用担心失败，也能保护侦探的自尊心，但你以为这种骗术能奏效到什么时候？好好接活儿，证明自己的价值吧。"

"你想说我在偷懒？"

"你这不就是偷懒吗？"

"才不是！你要是这么看，那就说明你瞎了眼！"

福尔摩斯猛然坐起身子，恼恨地瞪向了我。

"你真是什么都不懂啊，华生。夏洛克·福尔摩斯为何会陷入低迷——这恰恰是有史以来最大的疑案。我正在解决'自身'这个疑案，哪有闲工夫去管那些世俗琐事。再说了，说要协助我，你自己又做了些什么？你可真是不够朋友。"

"说我不够朋友？你还真有脸说出这种话！"

"红发会"一案惨败后大约一年，我以助手、朋友、医生的身份，尽其所能帮助福尔摩斯走出困境。从踩青竹的健康法到汉方药，只要是能想到的办法，都依次尝试了一遍。每天向弁财天[1]祈愿，走进深山冲淋瀑布，去有马温泉疗养，而这一切都没能化解福尔摩斯的消沉。我被他的低迷状态连日连夜地折磨，最终过劳倒下。妻子玛丽甚至愤怒地跑到福尔摩斯跟前抗议，我也吃了数不清的苦头。

"我也有我自己的人生，不可能一直照顾你。"

---

1 日本神话中的七福神之一，是象征辩才、财富、音乐的女神。——编注

"哼，反正你最在意的是你那位夫人吧。"

"把妻子放在首位是理所当然的。"

"哦，是吗？那么是谁撮合了你跟你那位最疼爱的夫人呢？要是没有'四签名'一案，你又怎会遇见玛丽·摩斯坦小姐？若不是我为你们牵了红线，你搞不好至今还在这间宿舍的三楼无所事事地哼哼着'好想要个媳妇啊'。能告别单身贵族的身份究竟是谁的功劳？可爱的夫人到手，我就没用了吗？我和你的冒险就只是为了找对象吗？你们两口子都该好好感谢我，早中晚朝我所在的方位膜拜。"

"福尔摩斯，就让我告诉你吧。"

"行，想说什么就说。"

"首先，你能出名是谁的功劳？正因为我在《海滨杂志》上连载了探案记录，你才能声名大噪，才会接到这么多有趣的委托。要不是我的文章，你到现在还只是一个寂寂无名的侦探，成天窝在这间出租屋里，别以为一切都是你一个人做的。"

"那种东西！"福尔摩斯嗤笑了一声，"不就是一本浅薄至极的大众小说吗？除了骗骗小孩，没有任何用处。我可不记得要求你写过那玩意儿。归根到底想写小说的就是你吧？把我当成出人头地的工具悉听尊便，但请不要指望施恩图报。就算没有你的帮助，我也一定能凭自己的能力出人头地。"

"哦，是这样吗？"我也哼笑一声以作回应，"那么，请问你为什么会落到现在这步田地？"

对此，就连福尔摩斯也无言以对。

"好好看清现实吧，福尔摩斯。你一直都在找借口。"

"那请告诉我，华生，对你而言，现实是什么？就是被尊夫人踩在脚下吧。那里有这么舒服吗?无论有病没病,你都被夫人踩在脚下。你真的认为那样就可以了吗?玛丽是个毫无人情味的女人。之前帮她破案的时候,她对我笑脸相迎。可一旦我陷入低迷,就立马翻脸不认人了。"

"我不允许你侮辱玛丽!"

"真让人目瞪口呆啊,你到底要做老婆奴做到什么程度?"

我从椅子上蓦地站了起来,几乎要揪住福尔摩斯,却乍然感到一阵空虚。

"我受够了。"说着,我再度坐了下来。

要是玛丽知道我像这样偷偷去见了福尔摩斯,一定会勃然大怒的。"福尔摩斯问题"正是我们夫妻之间的火药库,只要稍有差池,华生家势必会陷入严重的内战。明知要冒如此大的风险,我却仍忍不住过来见他,但这种无聊的争吵究竟有什么意义呢?在过去的一年里,我们寸步未进。

尽管如此,我依旧无法抛弃福尔摩斯,这才是最大的问题。

———◯———

福尔摩斯从长沙发上起身,拾起了扔在地上的小提琴。

这是一把斯特拉迪瓦里小提琴,据说是他在大学时代,从东寺的跳蚤市场淘到的宝贝,然而福尔摩斯的拉琴技术无论如何都不敢恭维。即便和玛丽完婚搬到下鸭后,那堪比酒吞童子[1]磨牙的音色似仍能越过鸭川迢迢而至。

---

1 日本传说中的妖怪,据说有着凶恶的长相,一头红发,头上长角。——编注

"饶了我吧，别拉了。"

"没有人有权阻止我对艺术的热爱。"

福尔摩斯开始了他那吱哇吱哇的演奏，我叹了口气，目光飘向了壁炉。

不一会儿，天花板上传来了咚咚的跺脚声。

"咦？"

我抬头望向天花板。这间公寓的三楼曾是我的房间，但现如今应该是空置的。

"喂，三楼有人吗？"

而福尔摩斯仍旧面带愠色，继续激烈地拉着斯特拉迪瓦里小提琴。随着演奏热情的步步高涨，天花板上的踏脚声也越来越响。突然，楼上传来了"砰"的一记关门声，一阵夹杂着怒气的脚步声从楼梯上传了下来。

不多时，一位老人拿着手杖冲进了房间。

"马上停止你那令人作呕的演奏！"

"不好意思，我听不清你在说什么。"福尔摩斯一边拉着琴弓一边应道，"因为我在演奏呢。"

"我叫你停止演奏！别拉了，你这愚蠢的家伙！"

那个老人一身黑衣，瘦骨嶙峋，背弯成了一张弓。突出的额头白得发青，眼窝深深地陷了进去。他将薄薄的嘴唇抿成"人"字，徐徐摇晃着脸，犀利地瞪着福尔摩斯，好似一条盯上猎物的骇人巨蛇。很显然，此人并非等闲之辈。

福尔摩斯咂了咂嘴，停止了演奏。

"有什么事？要是只有五分钟，我姑且听你说说。"

"我的诉求你应该已经知道了。"

"既然如此，你也应该清楚我的回答吧。"

"你还打算继续拉下去吗？"

"那是当然。"

老人从口袋里掏出了一本小小的黑皮手簿。

"十月十五日晚上，你打扰了我；两天后，十月十七日的深夜，你又打扰了我；十月二十日，又是因为你，我丧失了宝贵的睡眠时间，导致第二天完全没法工作。自从搬到这间公寓，由于你持续不断的干扰，严重影响了我的研究进度。这是无法容忍的损失。"

"赫德森太太应该告诉过你了。"

"小提琴的事我确实听说过，但没想到会这么难听。你是怎么弄出这种声音的？拉得烂透了。"

"要是不喜欢听，那就换个地方住吧。"

"这可办不到，因为我已经预付了半年的房租。"

老人把手簿收进口袋，以锐利的眼神瞪向了福尔摩斯。

"听赫德森太太说，你是个有名的侦探。真是个愚蠢的职业！不就是追在罪犯屁股后面吗？"

"我觉得你们物理学家也差不多哦。"福尔摩斯还嘴道，"不就是追在大自然的屁股后面吗？"

老人气得浑身发颤，将手杖高高扬起。福尔摩斯随即架起斯特拉迪瓦里小提琴，摆好了防御的架势，宛如在岩流岛[1]参加决斗的剑客。

"我是在探寻宇宙的真理。"老人像毒蛇一样瞪着福尔摩斯，吼叫

---

[1] 日本战国后期两大剑客——宫本武藏和佐佐木小次郎的决斗之地。

似的说道，"我搬进这间公寓，就是为了断绝无聊的世俗社交，完成伟大的理论。这个理论将会解开宇宙中心的谜团，将人类引向新的阶段。可你那该死的小提琴却在捣乱，你不是在妨碍我一个人的工作，而是在妨碍人类进步本身。你应该感到羞耻！"

一口气把话说完之后，老人放下了手杖。

"今天暂且饶了你，下回绝不姑息！"

而后，他背过身去，化作一阵黑色的疾风离开了现场。

"莫里亚蒂教授？"

我惊诧地反问道。

"是那个詹姆斯·莫里亚蒂教授吗？"

福尔摩斯和我围着窗边的圆桌共进晚餐。

赫德森太太为我们送来了晚餐，顺便闲聊起来。这时我从她嘴里得知了三楼新住客的来历，竟是个大出所料的人物。

说起詹姆斯·莫里亚蒂教授，他是应用物理研究所的教授，参与了诸如"万国博览会"和"月球火箭计划"等国家级的项目，也是数年前热销的通俗自我启发书《灵魂二项式定理》的作者。

"这不是名士中的名士吗？那种人怎么会住在这里？"

"他说是为了集中精力搞自己的研究，为此辞去了大学研究所的工作。他是一个不输福尔摩斯的怪人，白天极少外出，只在深夜出门，直到天亮才回家。他究竟去了哪里，又做了什么呢？只有一个名叫卡特莱特的年轻人拜访过他一次，之后就再也没人来过了。"

"你也是，净找些奇怪的房客啊。"

"也只能认命了吧。"

赫德森太太一边说着,一边斜眼瞪着福尔摩斯。

"福尔摩斯先生,也请你尽量别拉小提琴了吧。"

"既然同住一间屋子,就应该互相忍耐。"福尔摩斯一边往嘴里送着鸡肉料理和馅饼,一边说道,"要是真忍不了,那就走人呗,反正是预付房租,你是不会吃亏的。"

"话是没错,可对方不是太可怜了吗?"

"那种家伙有什么好可怜的!"

我猜福尔摩斯是在故意恶心莫里亚蒂教授。

毕竟他对教授所著的《灵魂二项式定理》有着极为不快的记忆。

今年初夏,为了走出低谷而苦苦挣扎的福尔摩斯宣称要去践行那本神秘主义自我启发书的教义。恰好在那个时候,天空乌云密布,雷声滚滚,为了与天地的节奏同步,找回失去的才能,福尔摩斯爬上了寺町通221B的屋顶,脱光衣服在雷雨中狂舞。然而他那斯文尽丧的舞蹈并未挽回他失去的才能,反倒招来了巡逻的警察。

福尔摩斯险些被扭送到拘留所,多亏了京都警视厅(苏格兰场)的雷斯垂德警长的照顾才得以无恙。那起事件令福尔摩斯几乎丧失了最后的尊严。在这之后,自不必说,他将《灵魂二项式定理》扔进了壁炉。

"最好别让新房客住进来。"

"福尔摩斯先生会支付那部分的租金吗?"

"当然会付的。"

"什么时候给?"

"总有一天,等我摆脱这低潮期……"

"等不起这么久啊。我也有自己的生活规划呢。"

赫德森太太哭笑不得地转了转眼珠。

"早就建议过你了,去找里奇伯勒夫人商量下吧,她一定会为你提供有用的建议的。"

"里奇伯勒夫人是谁?"

"哎呀,华生医生,你连她都不知道吗?"

"就是那个可疑的灵媒啊。"福尔摩斯不屑地说,"这人是个骗子,趁着近几年的灵异主义热潮一夜暴富,从信徒那里卷走了不少钱,如今住进了南禅寺一带的豪宅。赫德森太太,丑话说在前面,我对那种灵异主义的玩意儿半点都不信。要是依赖水晶球啦,来自灵界的通信啦,或者说外质[1]之类的东西,我宁可一直低迷,直到饿死。"

就在这时,门铃响了,赫德森太太满脸怄气地站了起来。

"我明白了,如果你死活都不愿意去求里奇伯勒夫人,那就找华生医生商量,尽快摆脱低迷吧。可要是你拖欠房租,我就只能把你的斯特拉迪瓦里小提琴拿去卖了。"

言毕,赫德森太太气鼓鼓地走下楼梯。

福尔摩斯默默无言,只是往嘴里塞着馅饼。

来访者似乎是莫里亚蒂教授的客人。

我一边听着脚步声上到三楼,一边这样想着。紧接着赫德森太太兴冲冲地打开了门溜进房间。

---

[1] 外质(Ectoplasm),灵媒身上释放出的物质,能与灵魂沟通。

"是卡特莱特先生哦。"她对我们小声说道,"就是上回登门拜访的那个人。"

"是个什么样的人呢?"我问。

"是个年轻学者,听说是莫里亚蒂教授的弟子。"

赫德森太太把耳朵贴在门上,倾听着楼上的动静,我也站起身来,向门靠了过去。福尔摩斯百无聊赖地打了个哈欠,然后面朝壁炉横穿房间,盘腿坐在了他最爱的扶手椅上,开始往烟斗里塞烟丝。

"这不算侵犯隐私吗?"他问。

"这是身为房东的职责哦。"赫德森太太回答。

我也效法赫德森太太,将耳朵贴在门上。虽然听不清三楼谈话的内容,但莫里亚蒂教授似乎不愿让来访者踏进室内,在一阵你来我往的问答后,响起了毫不客气的关门声,紧接着是来访者下楼的声音。

"卡特莱特先生,要不要过来一下?"

对方是个二十出头的青年,顶着淡栗色的头发,戴着金框眼镜,灰色的大衣包裹着瘦削的身体,或许是对那场失败的会面留有遗憾吧,他那苍白的脸上流露出一丝哀伤的神情。

赫德森太太嘴里说着"你脸色很差""一定很心累吧""和别人倾诉一下说不定会好些",就这样把步履踉跄的卡特莱特君引进了房间。他似乎满腹心事,一脸茫然地坐在了长沙发上,当赫德森太太向他引见"这两位是夏洛克·福尔摩斯先生和华生医生"时,他才豁然顿悟似的重新审视起福尔摩斯的脸。

"你就是福尔摩斯先生,那个名侦探?"

"是的,我就是名侦探福尔摩斯。"

自嘲似的说完这些,福尔摩斯便再未开口,于是和青年对话的任务就落到了我的身上。

"你认识莫里亚蒂教授吗？"

"是的，我叫沃尔特·卡特莱特，在大学的应用物理研究所工作，莫里亚蒂教授是我学生时代的恩师。"

"像莫里亚蒂教授这样的知名物理学家，为什么要窝在这种公寓里呢？不仅在精神上道尽途穷，生活方式也让人费解。作为同住的舍友，福尔摩斯也很担心，能告诉我们这究竟是什么情况吗？"

"呃，这个……"

卡特莱特变得磕磕巴巴起来。

"涉及教授隐私之事……实在不便从我嘴里说出来……"

"这也是为了莫里亚蒂教授着想。福尔摩斯和我经常处理这类问题，我们的口风很紧的。"

"没错哦。"赫德森太太说，"我们或许能帮上忙。"

卡特莱特踌躇了片刻，然后叹了口气。

"这对我来说也是个谜。无论作为研究者还是老师，莫里亚蒂教授都是个杰出的人物。我从学生时代开始就受他的教诲，从去年春天开始成了应用物理研究所的正式研究员。能在他手下积攒经验，对我来说也是非常自豪的事情。但从去年开始，莫里亚蒂教授不再去研究所露面，然后就突然辞职了。"

"其中有什么理由吗？"

"完全不知道，他只说是个人原因。据说莫里亚蒂教授失踪了一段时间。"

上周，他终于见到了教授。

当天晚上，卡特莱特和研究所的同事们去先斗町游玩。当夜深人静踏上归途之时，他们注意到三条大桥底下坐着一个人影，那人正一心一意地往黑色的皮革小手簿上记着什么，全然不顾会妨碍到往来的行人。当那个人从笔记本中仰起脸时，卡特莱特不由自主地叫出声来。

"教授！你在这种地方做什么！"

于是莫里亚蒂教授慌慌张张地收起手簿逃走了。

卡特莱特非常惦记教授的状况，遂告别了同事，独自一人跟踪莫里亚蒂教授。最终，他查明教授居于寺町通221B，但对方连房间都不准他进去。

"我正在做最重要的研究。"

莫里亚蒂教授从门缝里这样说道。

"别让那些蠢货打扰我，让我一个人静静。"

卡特莱特问"我能帮您做点什么吗"，莫里亚蒂教授哼了一声，出言讥嘲道："你能有什么用？"这让卡特莱特深受打击。从前的莫里亚蒂教授是一个会认真倾听弟子意见的人。他表示自己无论如何都很担心教授，所以今天又来拜访，但仍吃了闭门羹。

"到底发生了什么，我也是一头雾水。"卡特莱特悲痛地说，"教授好像被什么东西附身了。"

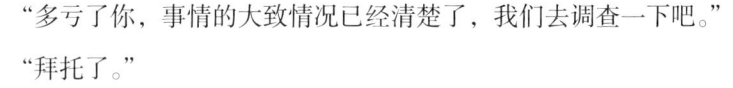

------⚬------

"多亏了你，事情的大致情况已经清楚了，我们去调查一下吧。"

"拜托了。"

卡特莱特说完，迈着不甚稳当的步伐走了出去。

赫德森太太收拾完晚餐离开的时候，向我使了个故弄玄虚的眼神，似乎是在说"让福尔摩斯揽点活儿吧，什么都行"，她强行把失意的卡特莱特带进房间，显然是有这样的打算。不得不说，她实在是个让人捉摸不透的房东。我微微颔首，她满意地点点头走了出去。

夏洛克·福尔摩斯抱着膝盖坐在扶手椅上。

"别擅自接委托啊。"

"别废话了，福尔摩斯，接下来吧。"

我在长沙发上坐了下来，向前探出了身子。

"你有什么看法？"

"没什么看法。莫里亚蒂教授本人不是说过吗？他想断绝世俗的来往，一门心思搞研究，仅此而已。既然没碍着别人的事，那就随他去吧。你们到底有什么不满呢？"

"可是莫里亚蒂教授的行为很反常啊。"

"有吗？"

"毫无来由地放弃了名誉教授的职位，窝在这种地方，连心爱的弟子都拒之门外，到底是在一门心思研究什么呢？而且据赫德森太太说，他每天三更半夜出门，直到天亮才回家。一个老人在街上转悠一整夜，究竟是在干什么呢？"

"听你的口气，难不成是怀疑他在后巷肢解美女吗？"

我觉得有这样的可能性，不由得默默抬头看向天花板。三楼并无任何响动，我的脑海中浮现出了荒凉的三楼房间。莫里亚蒂教授正贴在桌子上，沉迷在怪谲的研究中，壁炉里跃动的火光照亮了他的侧脸。他的眼里迸射出炽热的光芒，嘴角挂着邪恶的笑容。

"今晚要不要跟踪教授，去看看他究竟在做什么呢？"

"太荒唐了！"

福尔摩斯叹了口气。

"既然你独自应承下来,那你就独自去办吧。"

"当然行啊,我一个人也没问题。"

我站起身来,面带怒色俯视着福尔摩斯。

"真是无可救药,福尔摩斯!哪怕表面上看起来再无聊,也不知道背地里隐藏着怎样的罪恶——这不是你的一贯主张吗?如果是过去的你,一定会一马当先冲在前面的。现在的你最缺的就是主动发掘有趣案件的决心。去吧!不管是什么,都给我揽个活儿干干!"

在我苦口婆心地规诫之际,福尔摩斯并没有做出任何反驳。他蜷缩着身子坐在扶手椅上,把嘴唇撇成"人"字,看他的表情就像一个悒悒不乐的孩子。

"我知道了,华生。"

终于,福尔摩斯叹了口气。

"我接,我接总行了吧。"

莫里亚蒂在夜里九点左右出了门。

我们稍等了片刻,便尾随在他身后。在煤气灯和橱窗灯的照耀下,夜晚的寺町通一片流光溢彩。莫里亚蒂教授身着黑色斗篷、黑色礼帽、黑色手套,外加黑色手杖,就这样遍身漆黑,沿着小路缓缓向南走去。

"走吧,福尔摩斯。"

被我这么一说,福尔摩斯不情不愿地跟了上来。

到了二条寺町,莫里亚蒂教授拐向右边。

从这里往前,二条通的街道与寺町通颇为不同,显得十分昏暗,古老的灰泥建筑密布在狭窄的道路两侧,稀疏的煤气灯好似庭院里的踏脚石一般孤零零地伫立着。在聚光灯似的光束下，莫里亚蒂教授黑黢黢的身影刚被影影绰绰地勾勒出来，旋即又融化在了前方的黑暗中。这般明暗循环洋溢着梦幻的气息，让人产生了莫里亚蒂教授仿佛超然此世的错觉。福尔摩斯和我隐匿在黑暗中，蹑手蹑脚地一路追踪。

即将抵达柳马场道的时候，教授做出了怪异的行为。

在十字路口拐角处的煤气灯下，站着一个头戴毛线帽的卖花少女。在这种地方鲜有买花的客人，事实上，少女怀中的篮子里确实装满了未售出的鲜花。莫里亚蒂教授停下脚步，鹰视狼顾地看向了少女。我轻声喊着福尔摩斯，同时加快了脚步。教授的眼神十分骇人，就连卖花少女也因恐惧而僵在原地。

莫里亚蒂教授从口袋里掏出纸币。

——把卖剩的花全都给我。

他似乎说了这样的话。

少女瞬间怔住了，战战兢兢地将篮子递了过去。莫里亚蒂教授笨拙地抱住篮子里的花，轻轻挥了挥手说"零钱不用找了"，然后快步离去。少女呆呆地注视着莫里亚蒂教授离去的背影。

我俩也惊呆了。

"他为什么要买花？"

莫里亚蒂教授头也不回地朝南疾走，不久就来到了四条通。

大道两侧排列着宏大的高层建筑，路上的煤气灯在雾气的晕染下发出神秘的光芒。这是洛中首屈一指的大街，即便已至深夜仍熙来攘往。打烊归家的商贾，退伍军人，流浪汉，巡逻的警察，成群的近卫兵，形形色色的街头小贩，茫然伫立的举广告牌的人……正准备将显贵绅士送往祇园的四轮马车，缓缓前行的货运马车，还有数不清的出租马车在此往来不休。在雾气笼罩下的热闹街道上,莫里亚蒂教授手捧鲜花,专心致志地行走着。

他是打算向美女求婚吗?——福尔摩斯喃喃道。

———◇———

大约两小时后,福尔摩斯和我来到了木屋町的一家酒馆里。

我将胳膊肘支在桌子上,眺望着外边的高濑川,回想起了遇到福尔摩斯之前,刚从阿富汗回国时候的事。当时的我仅能依靠军人微薄的退役津贴,蜗居在佛光寺附近的廉价旅舍里。即便来到夜晚的街头,也因囊中羞涩做不成什么事,又不愿折回冷清的旅舍,于是就像这样徘徊于廉价的小酒馆,眺望着煤气灯照耀下的高濑川。

我望向吧台,只见莫里亚蒂教授正盯着一杯酒,宛如一尊漆黑的石像般纹丝不动,他的身旁堆放着从卖花少女那里买来的鲜花,这副模样显然十分怪异,就连酒馆老板和兴高采烈的醉汉们都不敢跟他搭话,在喧嚣的酒吧中,唯有莫里亚蒂教授坐着的一隅充斥着宛如另一个世界的阴暗。

福尔摩斯一直盯着桌上摊开的地图。

"找不出任何规律啊……"

"你确定?"

"感觉只是在瞎逛。"

他一边说着,一边将便携式地图滑向了我。

我凝视着地图,上面记录了莫里亚蒂教授的行动轨迹,这条线缠绕在东西走向的四条通上,蜿蜒穿过无数条后街小巷。我盯了半晌,感觉福尔摩斯所言非虚,看起来确实是在瞎逛。

今夜的尾随是我有生以来最为奇妙的经历。

看不到任何犯罪行为的迹象，但也不像是秋夜漫步那样悠闲。莫里亚蒂教授只是一心一意地走路，他的背影洋溢着某种异样气质，仿佛在拼命寻找迷宫的出口。

教授时不时停下脚步，有时是在即将歇业的商店前，有时是在空荡荡的街上，乍看之下都是些平平无奇的地方。他在此低下头，似在默祷一样。过了片刻，他又继续走了起来，在他离开后的地面上，总会落下一朵从卖花少女那里买来的花，就像在为逝者祈福一般。

"他到底在做什么啊？"

"买花又不犯法。"福尔摩斯说，"夜里散步也不是犯罪。"

言毕，他闭上了嘴，百无聊赖地抽起纸卷烟。

我环顾着这间热闹的酒馆"战舰提督亭"，店主是一位名叫温迪盖特的中年男子，年轻时好像是商船的船员。酒馆的墙上装饰着锚和罗盘灯，像极了前船员开的店。莫里亚蒂教授依旧把胳膊肘撑在柜台上，好似忍受痛苦般弓起脊背，可能是在打瞌睡吧。

在面向木屋町的入口，走进来了一个小个子的男人。

起初，我几乎没有留意那个男人。他顶着一头乱发，衣服皱巴巴的，给人的印象就是醉醺醺的小职员。这样的男人在这一带随处可见。男人迈着无力的步伐，从我们身边走了过去，坐在了莫里亚蒂教授旁边，与店主温迪盖特交谈了几句，点了一杯啤酒。当他不经意间转过头来的时候，我忽然感觉这张黄鼠狼模样的脸似曾相识。

我心下诧异，便转向福尔摩斯低声问道：

"这人看起来好脸熟啊，我感觉好像在哪里见过。"

福尔摩斯扭头看了一眼，然后轻蔑地哼了一声。

"这不是雷斯垂德警部[1]吗？"

"雷斯垂德？不可能吧？一点都看不出来。"

"可能是在便衣查案吧，别管他了。"

就在我俩耳语之际，雷斯垂德警部似乎也注意到了我们，他从吧台站起身来，晃晃悠悠地走向我们的桌子。突然，雷斯垂德将他那满是胡楂儿的脸皱成一团，大喊着"福尔摩斯先生"，随后"扑通"一声跪倒在满是食物碎屑的土坯地上，嘴里嚷着"实在对不起"。酒馆里登时鸦雀无声。

"像我这样的人，只配做趴在地上的蛆虫。"

雷斯垂德含混不清地说道。

"连米饭都吃不上，只能靠吃残渣过活。"

"战舰提督亭"的地板上似乎积满了营养价值极高的灰尘，但他那极度卑微的说话方式，让人很难把他和那个京都警视厅（苏格兰场）号称"恶鬼刑警"的雷斯垂德警部联系在一起，就连福尔摩斯也惊呆了。

"发生什么事了，雷斯垂德？"

"我陷入了低迷。"

雷斯垂德将额头蹭在地板上。

"如今的我深深体会到了福尔摩斯先生的痛苦。"

一年前的"红发会"一案——当福尔摩斯因此成为公众笑柄的时候，雷斯垂德警部非但没有支持他，反倒站出来指责说"业余侦探妨碍了调查"，明晃晃地只求自保。从此以后，福尔摩斯便与雷斯垂德断绝了往来。

---

[1] 日本警察职级体系中的中级职位。——编注

"对于过去的种种无礼,我在此真心地向您道歉。"

雷斯垂德哽咽着说道。

———◇———

"一个案子都解决不了,简直让人笑都笑不出来啊。"

雷斯垂德警部抱着膝盖,把屁股垫在脏兮兮的地板上。

自从因"红发会"一案与福尔摩斯分道扬镳,他在查案的时候处处触礁,过去的他能一眼勘破案件的关键,但如今却半点想法也没有。就在他挠破头皮地想着"真奇怪啊""是不是状态不好"的时候,犯罪调查部的同行们——埃瑟尔尼·琼斯、布雷兹特里特和斯坦莱·霍普金却接连有所斩获。

随着信心的逐步丧失,他越来越难专心工作,其他警官也没来安慰他。这些人想必对雷斯垂德之前的辉煌表现心存芥蒂吧。一年前,他还是警视总监眼中的红人,但现在每个月都要被叫到总监室承受怒火,被逐出犯罪调查部也只是时间问题了。

上周,曾大肆报道福尔摩斯窘况的《每日纪事报》刊载了一篇名为《雷斯垂德警部陷入窘境》的文章。雷斯垂德警部对这一切深感厌烦,据说最近一连几天都在木屋町附近借酒浇愁。

"原来如此,你也很不容易啊。"

夏洛克·福尔摩斯感慨地说。

但在我看来,雷斯垂德警部深陷低迷的原因是显而易见的。

迄今为止,他能够稳坐京都警视厅(苏格兰场)王牌的宝座,成功解决诸多棘手疑案,仰仗的是福尔摩斯给出的恰当建议。换句话说,他和我一样,也是豪华游轮"福尔摩斯号"的船员,而福尔摩斯这条大船已经沉了。

令人诧异的是,雷斯垂德本人并没有这样的意识,但更惊人的是福尔摩斯居然坦率地对他表示了同情。历经整整一年与低潮期的苦斗,或许培养了他对同病相怜之人的同情吧。

福尔摩斯轻轻拍了拍雷斯垂德的后背。

"雷斯垂德先生,别再自暴自弃了。"

"福尔摩斯先生,您真能原谅我这种蛆虫吗?"

"说起蛆虫,我也差不多吧。也罢,君子不追既往。"

福尔摩斯抓着雷斯垂德的手臂,扶他站了起来,替他掸去了粘在额头上的营养价值极高的灰尘,又帮他抹掉眼泪和鼻涕,拉着他坐到了同一桌。

"感觉自己就像陷入了漆黑的迷宫。"雷斯垂德一边喝着啤酒,一边感叹,"我彻底丧失了自信。就在一年前,明明一切都很顺利……被同事嘲笑,被社会责难,让妻女感到失望。与其这样,还不如被贬到大原的村子里,去追偷羊贼算了。我好想逃到没有人烟的土地,好想成为野地里盛开的紫罗兰啊!"

"我能理解你的感受,雷斯垂德。"

福尔摩斯鼓励着雷斯垂德警部。

"没错,如今的我们正处于谷底,做不成任何有意义的工作,更是受够了世间的冷眼。但越是被人当成失败者,就越该互相扶持。情绪低落的时候欢迎随时来寺町通221B,让我们携手面对困境吧。所谓低迷究竟是什么,这一年来,我在竭尽全力解决这个难题,尽管尚未看到曙光,但也绝不言弃。我一定会解决这个难题的!"

雷斯垂德激动地握住了福尔摩斯的手。

"拜托了，福尔摩斯先生，您是我唯一的依靠！"

正当他俩紧握双手的时候，邻桌的一个男人站了起来。这人头戴鸭舌帽，留着胡髭。

"打扰了，福尔摩斯先生，这位是雷斯垂德警部吧？"

一看到男人的面孔，福尔摩斯瞬间脸色大变。

"你这浑蛋！"

福尔摩斯站起身来，朝男人的胸口推了一把，对方错愕地问："你要干什么？"福尔摩斯摆出动手打人的样子，我和雷斯垂德警部慌忙按住了他。

"你就是《每日纪事报》的记者吧！"福尔摩斯喊道。

"我只想询问一下近况而已。"

"反正又打算写些无聊的报道吧？赶紧给我滚蛋！"

"好啊，那就真写一下呗，不然这顿打就白挨了。"记者一边逃离酒馆，一边抛下了气话，"败犬同盟成立，想必会是篇有趣的报道吧。"

《每日纪事报》的记者逃离后，福尔摩斯的怒火仍未平息，雷斯垂德警部露出忧心忡忡的表情：一半是对福尔摩斯的同情，一半是对即将见诸报端的不安。

"我正在面对人生中最大的难题。"福尔摩斯一口气喝干了啤酒，嘴里嘟囔道，"绝不会让那些蠢货妨碍我的。"

就在这时，我看了眼吧台，随即大叫了一声：

"福尔摩斯！"

不知何时，莫里亚蒂教授的身影消失不见了。

我急忙和雷斯垂德道了别，起身奔向了木屋町通。

面向街道的廉价酒馆将喧闹的灯光投射在卵石铺就的道路上，涨红脸的醉汉们脚步踉跄地在此行走，被纷纷吸入了通往先斗町的岔路。我一脚踢飞了掉落在地的礼帽，任其滚落进高濑川，在煤气灯的照耀下发出烁烁微光。哪里都看不到莫里亚蒂教授的身影。

"华生，我们回去吧。"

追上来的福尔摩斯说道。

"跟踪那种到处乱晃的老头子到底有什么用？"

我们走出了四条大桥的西端。壮丽的国会大厦沿着鸭川向南延伸，大本钟耸立其上。鸭川的雾气越来越浓。四条大桥好似飘浮在云端，桥对面的祇园也沉入了雾海之中，唯有提灯的红光影影绰绰地浮现出来。在鸭川对面，南座大剧院矗立在此，此时此刻，彼处早已熄灯，硕大的屋顶在夜色中黑压压的，像极了中世纪的古堡。此时恰值午夜零时，大本钟钟声鸣动。庄严的钟声在夜幕笼罩的街市上回荡不休。

我将手搭在四条大桥的栏杆上，凝望着河川上游方向。

"在那里！"

我将身子朝前探去，指着河边的一个人影。

莫里亚蒂教授正沿着鸭川的河岸蹒跚向北走去。

我从四条大桥的桥头跑下，沿着鸭川河岸再度追了上去，福尔摩斯满口怨言地跟了上来。

起初，河川两岸的街市灯火通明，可待穿过三条大桥继续往前时，繁华的街灯便逐渐失去了光辉。

包裹四周的沉闷雾气逐渐变浓。

这雾是文明的有害气息和鸭川雾气的混合体。我从阿富汗回国，住在廉价旅舍的时候，曾对这雾深恶痛绝。带着伤痛从战场归来，举目无亲，在小旅舍里腐烂——对这样的我而言，这沉重的雾气简直就像黯淡的未来本身。

"我只想早点回家睡觉。"

福尔摩斯一边在雾气浓重的河岸上行走，一边说道。

"就像刚才对雷斯垂德说的那样，我正在破解'低迷'这个人生最大的难题，我没有闲暇把精力浪费在无聊的事情上。"

"别废话了，跟上来。"

"华生君，你怎么了？"

"我要你重新振作起来。"

"感觉不只是这样吧，今晚的你很不对劲。"

快到荒神桥的时候，浓雾的对面突然亮起了一团光。走近一看，发现那是流浪汉们点的篝火。当莫里亚蒂教授经过篝火堆时，那些流浪汉被吓得纷纷后退，教授的脸色应该相当骇人吧。

经过篝火后回眸一看，火的温度似乎渗入了我的心田，就像是人类社会的最后堡垒。这也难怪，因为从那里开始，河滩变得越来越荒凉，被雾气遮蔽的月光显得苍白无力，除去沿着鸭川草地踏出的小径之外，几乎目无所见，好似一条通往世界尽头的道路。

教授扔下的一朵花孤零零地躺在那里。

"这里也有。"

我拾起了脚边的花，然后目不转睛地凝望着前方雾气的深处。

莫里亚蒂教授步履踉跄地走着，黑色斗篷兀自翻腾不休。

我为何如此在意莫里亚蒂教授？

在被黑色斗篷包裹的阴郁背影中，似乎透着一股此世无处栖身的悲哀，那背影中蕴含着让我悚然的事物。

在漫漫长夜中四处徘徊，满身疲惫；在冷冽雾气中濡湿身体，逐渐消失。

那身影像极了十年前尚未和福尔摩斯相遇的我，也似放弃摆脱低迷的福尔摩斯的末路。如今回想起来，这天晚上我始终无法放弃追踪莫里亚蒂教授，恐怕正是这个出于这个缘由。

"福尔摩斯，我们走！"

我低声说了一句，然后迈开了步子。

福尔摩斯依旧唠唠叨叨地跟在后面。

——夏洛克·福尔摩斯正深陷低迷。

将这一事实传遍洛中洛外的，便是"红发会"一案。

去年晚秋，一位名叫加贝兹·威尔森的红发商人咨询了一件奇怪的事情。威尔森先生在四条柳马场通经营着一家小当铺，在偶然的机缘下，他成了"红发会"的一员，"红发会"是依据某位大富豪的遗言设立的组织，致力于"繁荣红发之人及其后代"。其会员可通过看上去轻松无比的工作——誊抄平凡社的《世界大百科全书》来获取丰厚的报酬。幸运地获准加入"红发会"以来，威尔森先生一直满足于这份奇怪的工作和报酬，就这样生活至今。

然而到了某天早上，当他像往常一样前往"红发会"的事务所时，门上却贴了一张"红发会解散"的告示，简直像被狸猫耍弄了一样。威尔森先生想让我们调查究竟发生了什么。

我们当即赶赴现场，发现威尔森先生的当铺面朝柳马场通，在它后方仅一墙之隔的地方，恰好是四条通上一家大银行的金库，而且那家大银行刚刚将大量拿破仑金币运到地下金库。

如果这是"红发会"为了让不爱出门的威尔森每天被迫外出一段时间而精心构建的一场骗局呢？在没有店长的当铺里，一定在进行着什么阴谋诡计。如今我们已经确认，当铺紧挨着一家大银行的金库，那么"为了抢夺拿破仑金币而挖掘隧道"的企图就再明显不过了。"红发会"的解散意味着不再需要威尔森先生出门，也就是说，地下隧道已经接近完工——这就是福尔摩斯的推理。

"毫无疑问，就在今晚，他们将实施抢夺金币的计划。"

我对福尔摩斯的推理没有丝毫怀疑，一切都合情合理。

就这样，我们向京都警视厅（苏格兰场）的雷斯垂德警部打了招呼，并与大银行的行长沟通，进入了大银行的地下金库。我们打算彻夜监视，当场逮捕那些从地下通道爬出来的罪犯。于是我们就这样等着，在寒冷的地下室里苦苦等待，等了很久很久，但罪犯并没有出现。

事后证明，"红发会解散"的通知只是某人的恶作剧，这人在上次补缺的时候被威尔森先生抢了位置，因此怀恨在心。也就是说，"红发会"这一古怪组织是真实存在的，但根本就没有什么抢夺金币的计划，也不存在地下通道。

翌周，威尔森来到寺町通 221B，说了声"对不起，是我轻率了"，并留下了少得可怜的报酬。时至今日，威尔森先生仍在"红发会"的事务所里，勤勤恳恳地抄写着《世界大百科全书》。

威尔森这边怎样都好，倒霉的是福尔摩斯。

名为"红发会"的奇特组织，与小当铺毗邻的大银行，恰好被运往地下金库的拿破仑金币，假使以"抢夺金币"这一罪名来推敲的话，这些片段就能完美地串联在一起。也正因为过于完美，才欺骗了福尔摩斯。尽管说服了大银行的行长，并安排了大批警察待命，但一番地动山摇后，却连一只老鼠都没出来。

正因为太过自信，福尔摩斯的骄傲被摧残得体无完肤。

接下来的一周，《每日纪事报》抢先披露这一惨败，发表了一篇题为《福尔摩斯氏遭遇失败》的文章，该文对福尔摩斯的侦探能力提出疑问，并以雷斯垂德警部的尖刻评论作为结尾，雷斯垂德暗示说"福尔摩斯的荒谬推理干扰了警方的工作"。

福尔摩斯闯进位于乌丸御池的《每日纪事报》总部，抗议说"不要瞎写报道"，但这只是火上浇油。之后，《每日纪事报》又以《福尔摩斯氏的暴怒》为题，饶有趣味地写下了事情的始末。福尔摩斯读到这篇文章后，被气到脸色发白，遂将埃利二号手枪揣进怀里打算出门，赫德森太太和我不得不拼命把他拦了下来。

报道引发了强烈反响，福尔摩斯的恶名传遍洛中洛外。

———◯———

福尔摩斯和我回到寺町通，已是第二天的清晨。

黎明时分的寺町通就像被漂白了一样，到处白茫茫的。载着蔬菜驶向锦市场的货车发出悠然的嘎吱声，从我们身边超了过去。

"这是最后一朵了。"

在 221B 的玄关处，我拾起了一朵花。

莫里亚蒂教授已经回到了寺町通 221B。

我们怔怔地抬头望着三楼的窗户，良久之后，才打开大门进了屋子，几乎爬着上了楼梯，来到了福尔摩斯位于二楼的房间。

在福尔摩斯给壁炉生火的时候，我拉开窗帘，让光线照射进来。

我必须在玛丽起床之前赶回诊所，却怎么都迈不开步，身体冻僵了，心情也坠入了谷底。

我们整晚都在追踪莫里亚蒂教授。

昨夜，莫里亚蒂教授向着鸭川上游一路走到出町柳，然后跨过加茂大桥，沿着今出川通一路向东。深夜的大学城寂然无声，宛如石砌的迷宫，虽说如此，莫里亚蒂教授似乎并不打算去大学办事。

之后他穿过大街来到银阁寺道，从那里沿着白川通一路向北，再从北大路通向西，过了贺茂川后，只能认为是在瞎逛了。他在今宫神社和大德寺一带转悠了一圈，路过金阁寺，绕过北野天满宫，在纺织厂林立的西阵闲晃了一阵后，又沿着千本通向南径直走到二条城。当时的天空已然泛起鱼肚白，然后他向东走过丸太町通，回到了寺町通。

"都怪你，害我遭这种罪。"

福尔摩斯坐在扶手椅上哼哼着。

"莫里亚蒂教授没有做任何坏事，唯一能明确的事情，就是他的脚力惊人而已。"

我倒在长椅上，只有哼哼的份儿。

——你究竟在做什么呢，华生？

直到一年前，我与福尔摩斯的冒险还是层出不穷的惊异谜案，一旦两人结伴从寺町通221B出发，通往迷人冒险之旅的门扉就会次第向我开启。而如今呢？我们就只是花了一晚上的时间跟踪一个独居老人而已。

奶油色的百叶窗在晨光中闪耀，昭示着崭新一天开端的阳光令我愈加悲伤。就在这时，楼下的门铃响了起来，福尔摩斯看了眼壁炉架上的座钟，皱起了眉头。

"谁啊？大清早上门打扰，真是没常识。"

门铃一刻不停地响着，不多时，被吵醒的赫德森太太急急忙忙地跑过走廊。她打开门后，似乎和那位清晨的访客在门口小声交谈着。"或许是电报吧。"福尔摩斯说道，但事实并非如此。少顷，耳畔传来了某人上楼的声音，那串脚步声中蕴含着某种非比寻常的愤怒。

我像是被弹飞般猛地站了起来——

玛丽！

就在此刻，积攒至今的疲惫之感顿然消失了。

———○———

妻子玛丽总是称福尔摩斯为"那个人"。

玛丽对福尔摩斯的称呼彰显了她内心的距离感，但要是仅仅出于"不喜欢"，那多多少少也有商量的余地吧。可对于如今的玛丽而言，福尔摩斯的存在已经无法用如此优雅的手法应对了。

迄今为止，从"福尔摩斯老师"到"福尔摩斯先生"再到"那个人"，随着称呼的变化，妻子世界中的福尔摩斯也发生了改变。如今的福尔摩斯既不是"丈夫的同事"，也不是"丈夫的朋友"。无论丈夫遭到读者非难、诊所经营不善，还是与相爱的丈夫之间起内讧……究其缘由，必然会归结到夏洛克·福尔摩斯这个令人深恶痛绝的存在上。

对玛丽而言，福尔摩斯已不再是一个有血有肉的人，而是制造麻烦的万恶之源。

我从椅子上一跃而起,攥住了福尔摩斯的手臂。

"完了,福尔摩斯,玛丽来了!"

"干吗?为什么慌成这样?"

"我和她约好不再见你,我是悄悄来这里的。"

"你蠢吗?"福尔摩斯呆然地说,"为什么要撒这种谎!你当玛丽眼睛瞎吗?"

"我是逼不得已啊,这下该怎么办?"

"到了这个地步,就只能豁出去了。"福尔摩斯说道,"堂堂正正地面对她!"

"想要面对就拜托你一个人上吧,别扯上我!"

"等等!说起这个,我才是被扯进来的吧!"

就在我们争执不下的时候,传来了"咚咚"的敲门声,福尔摩斯倒吸了一口气,说了声"请进",玛丽一声不吭地走了进来。她身披灰色大衣,脸色苍白且疲惫。

"好久不见,福尔摩斯先生。"

然后,玛丽冷眼凝视着我。

"你在这里做什么呢?"

"呃,我在……"

"你不是说去和瑟斯顿先生打台球了吗?"

"我当然和瑟斯顿先生打球去了,只是后来在小酒馆碰见了福尔摩斯,简直太巧了。"

"然后呢?"玛丽扬起了俏丽的眉毛,催促道。

"嗯,既然好久没见面了,就想趁此良机探讨一下将来的事情。

当然了，我能理解你的感受，但要是可能的话，我们会积极考虑你的意见，同时找出我们自己的解决办法……"

正当我语无伦次之际，福尔摩斯上来帮我解围。

"那是因为有桩紧急委托。"

"委托？"玛丽诧异地问，"什么委托？"

"当然了，我知道你对我们的关系并不满意，但毕竟事关国家大事，非要借助华生君的力量不可，让你担心了，非常抱歉。"

"是啊，玛丽，我真的别无选择。"

"原来是这么回事。"

玛丽轻轻点了点头，然后说出了大出所料的言语：

"偷偷跟踪一个老人，这跟国家大事有什么关系？"

福尔摩斯和我都惊呆了。

"你是怎么知道的？"我喃喃道。

"昨天你的举止有些奇怪，于是我后来去了俱乐部。瑟斯顿先生就在那里，他说'你捎来口信，说约会取消了'，这样的话你一定是去了寺町通。当我来到这个地方的时候，恰好看见你俩从前门走出来，所以决意跟踪你们。这是作为妻子的权利，因为你对我撒了谎。"

"跟踪我们？"我不禁哑然，"一整晚？"

"在寄宿学校的时候，我可是个颇有能耐的新闻委员，不过是玩玩侦探模仿游戏而已，我整晚都跟在你们身后！现在请回答我的问题，那个行为和所谓国家大事究竟有什么关系？"

玛丽朝着福尔摩斯和我各瞪了一眼，我连哼都哼不出来，我们全身心地跟踪莫里亚蒂教授，根本没想到自己也在被人跟踪。

"你赢了。"福尔摩斯毫不犹豫地竖起了白旗，"我们是在跟踪新舍友莫里亚蒂教授，他并不是罪犯，只是个退休的大学教授。"

"也就是说，这其实就是一场游戏，对吧？"

"恐怕是。"

"福尔摩斯先生，我有个请求。"

玛丽以充满威严的声音说道。那是她在弗里斯特夫人家里担任家庭教师时磨砺出来的声音，同时也意味着我的妻子彻底进入了战斗状态。

"请和约翰断绝来往。"

"玛丽，你也太直接了吧。"

"若不直接一点，你是不会明白的。"

我正想插嘴，玛丽蓦地举起了手。

"这里交由我来处理，你给我把嘴闭上。"

随后玛丽直视着夏洛克·福尔摩斯。

"福尔摩斯先生，当然，我自认为可以理解家夫的感受。你是约翰的工作伙伴、昔日的舍友，而且还是撮合我们夫妻姻缘的人，是我们不可忽视的恩人。然而，你们却在彼此拖累，本应各自开辟人生的道路，如今却只是在互相舔舐伤口，白白浪费时间。昨晚的事情就是个很好的例子，为了有趣无端跟踪无辜的老人，就是这般无聊的侦探游戏。福尔摩斯先生，我想你也能理解吧，家夫并没有正视现实，他只是在怀念与你一起冒险的日子。只要继续这种来往，就无法断绝这种念想。福尔摩斯先生，要是你真的关心家夫的话，请停止这种不健康的来往，毕竟这对你也是有好处的。"

"或许你说得没错。"

"那么……"

"但这是我和华生之间的问题,当然了,作为妻子,你可以自行跟华生商量,但你无权过问我的生活方式。就像华生对你而言很重要一样,他对我同样重要。过去的一年里,我一直致力于突破'低迷'这一此生最大的难题。无论如何,我都要克服这个困难。为此,华生君的协助是必不可少的。"

在这真挚的台词面前,我也不可否认地有所触动。

"你别听他的!"

玛丽立即大叫起来。

"你总是被这一招诓骗进来!"

面向寺町通的窗户越来越亮。

穿过窗户的晨光照亮了芜杂的室内。

那是我曾经生活的房间,也是我和福尔摩斯无数次冒险的起点。能将维多利亚朝京都这座原本冷漠的城市化作一个令人兴奋的冒险世界,我内心深处真正渴求的,乃是福尔摩斯身上诱发冒险的力量。哪怕遭遇一次又一次的失望,我都无法放弃"夏洛克·福尔摩斯凯旋"的梦想。

福尔摩斯走到窗前,拉上了百叶窗。

"玛丽,能再给我们一点时间吗?"

"我不想再看到约翰受苦了。"

"我也很痛苦。"

"你可以随便自虐,这是你喜欢做的。"玛丽低下头,满怀懊恼地说,"可家夫有自己的人生。约翰·H.华生并不是福尔摩斯的专属记录员。"

福尔摩斯一言不发,我也把额头贴在玻璃窗上陷入了沉默。

"福尔摩斯先生,你有在听吗?"

"等下,玛丽,现在不是说这个的时候。"福尔摩斯举起了右手,"好像发生了什么事。"

听他这么一说,外边人声似乎大了不少。太阳初升,正是街道苏醒的时刻,但喧嚣还是太异常了。福尔摩斯打开窗户,路人"危险""别冲动"的喊声清晰可辨。

福尔摩斯从窗口探出身子,扭动上半身仰望天空。

下个瞬间,他向后一跃跳离窗户,朝门冲了过去。

"快点,华生,去屋顶上!"

"怎么了?"

"是莫里亚蒂教授,他要跳楼了!"

福尔摩斯好似疾风般飞身出屋,一口气冲上了楼梯。

━━━◯━━━

在和夏洛克·福尔摩斯同居于寺町通221B的那段时光里,当我撰写案件记录遭遇困境时,时常会跑到公寓的屋顶。屋顶没什么东西,除了长得像蘑菇一样的砖砌烟囱之外,就只有晾衣台和小小的弁财天神龛。东面是鸭川对岸的田园地带和东山,西面则是被煤烟包围的大都市。

当我跟随福尔摩斯冲上屋顶时,天空阴云密布。

"莫里亚蒂教授!"

福尔摩斯边跑边喊。

莫里亚蒂教授站在面向寺町通的矮墙上,背对着我们,一副垂头丧气的样子。随风飘扬的黑色斗篷让人联想到一只巨大的乌鸦。

福尔摩斯穿过弁财天神龛,径直奔向莫里亚蒂教授。

从他的猛烈之势来看，他似乎并不打算实施"劝说"这般从容不迫的手段。这是正确的决断，当莫里亚蒂教授看到飞奔而来的福尔摩斯时，他将头转了过来，脸上掠过了似哭似笑的奇异表情——就在他的脸映入眼帘的一瞬，莫里亚蒂教授缓慢地仰面倒下，观客的惊呼声响彻寺町通上方。

赶来的福尔摩斯就这样从矮墙上探出身子，双手攥住了莫里亚蒂教授的披风。福尔摩斯的身体毫无支点，他似乎预料到我会追上来，所以才采取了乾坤一掷的手段。

我立即抱住福尔摩斯的腰，但随即被巨力拉扯，福尔摩斯的身体有如绷紧的绳索般颤抖着。莫里亚蒂和福尔摩斯的性命全都悬在了我靠每日巡诊锻炼出来的腰腿之上。

就在这时，背后传来一阵暖意，一股炽热的吐息喷上了我的后颈，追赶而至的玛丽拼命地抱住了我的后背。

"亲爱的，振作点！"玛丽喊道，"使劲！使劲拉！"

莫里亚蒂教授被福尔摩斯拽着，福尔摩斯被我拽着，我被玛丽拽着——好似被硬拔出来的芜菁一样。在玛丽的援助下，我们艰难地扭转了局势。

福尔摩斯像投掷链球一样把莫里亚蒂教授转了个圈，最终将他抛到了屋顶上。教授像黑色的球一样滚着，我们则摔了个四仰八叉。

我们的精力和体力全都消耗殆尽，一时间动弹不得。正当我瘫在屋顶上茫然自失之际，观客们的欢呼声传入耳朵。过了片刻，福尔摩斯站起身来。

"莫里亚蒂教授，"他问，"你有没有受伤？"

"我是个无用之人。"

莫里亚蒂教授弓着背哭了起来。

"天赐的才能究竟消失到哪里去了呢?"

福尔摩斯缓缓地走向莫里亚蒂教授。

"能告诉我发生了什么吗?或许我能助你一臂之力。"

莫里亚蒂教授坐起身,开始断断续续地讲述自己的经历。

据说从去年秋天开始,他就为严重的低迷所苦。无论脑海中浮现出怎样的数学构想,结果全都徒劳无功。他苦恼得夜不能寐,暂时辞去公职也是为了设法从低谷中脱身。换言之,莫里亚蒂教授蜗居在这间公寓的三楼致力于"研究",正是因为他自身的低迷。

可无论他怎么努力,都找不到解决办法,反倒在低谷越陷越深。绝望的莫里亚蒂教授昨夜终于下定决心跳进鸭川自我了断,但不知为何,福尔摩斯和我一直跟在他的身后,这让他很难下定决心。就这样走了整整一晚,最终回到了寺町通221B。就在他万般无奈,决意从屋顶纵身跳下的时候,被我俩及时拉住了——事情就是这样。

"究竟是什么让你如此痛苦?"

莫里亚蒂教授低着头,哽咽着说道:

"譬如我有了一个数学上的发现,乍看是个无可挑剔的成果。那种时刻来临,我的内心充盈着抓住'真理'的喜悦,幸福至极。但到了第二天,我却发现了一个小小的漏洞,我想方设法填补这个漏洞,但越是埋头努力,漏洞反而越大。经过旷日持久的挣扎,我终于意识到拼命想要拯救的东西只不过是一堆废渣。本以为尽在掌握的'真理',不知何时如尘埃般消散了。"

福尔摩斯同情地说:

"我很理解你的感受,因为我也遭遇了同样的问题。"

莫里亚蒂教授蓦然抬起头来。

"你是说你也处于低迷中吗?"

"没错,我正致力于破解此生遭遇的最难一案。"

福尔摩斯向莫里亚蒂教授伸出了手。

"如何,教授?我们何不联手,共同破解这个谜题呢?"

在这之后,我和玛丽返回了下鸭。

马车行驶在阴冷的天空之下。

玛丽坐在马车上,不停地强忍着即将出口的哈欠,她显得疲惫不堪,就连开口说话都嫌麻烦。对福尔摩斯和我的怒火,似乎因为莫里亚蒂教授的骚动暂时不了了之了。事实上,从结果来看,福尔摩斯和我的"侦探游戏"并非全无意义,毕竟我们救下了莫里亚蒂教授的性命。

我想起了莫里亚蒂教授丢下的花。

"那些花原来是用来告别这个世界的啊。"

"不,不是。"玛丽扭动着身子说,"那人是在求救,希望有人能注意到他。"

我侧目观察着身旁玛丽的容颜。爱妻正似挑剔的少女般眉头紧锁,瞪着马车驶过的街道。清早的寒气和通宵行走的疲惫令她的脸颊白皙得好似透明,眼角渗出的泪珠闪耀着宝石般的光辉。

"不管怎样,今天就先原谅你们吧。"

言毕,玛丽把头枕在我的肩上,就这样阖上了眼睛。

第二章

艾琳·艾德勒的挑战

十一月的第一个周日，我和赫德森太太坐上了颠簸的马车。

我们从河原町三条上车，出租马车驶过三条大桥，沿着道路两旁的砖砌街景悠然前进。目的地位于南禅寺一带，是知名灵媒里奇伯勒夫人的宅邸——樱沼别墅。

赫德森太太打扮得光鲜靓丽，像是要参加野餐会一样兴奋不已。

"她一定能给出些有用的建议。"

"这人真有那么厉害？"

"当然了！她可是史上最伟大的灵媒呢。"

赫德森太太的房地产投资之所以如此顺风顺水，据说也是因为得益于那个灵媒。事实上，赫德森太太除了221B外，在寺町通一带还拥有好几处房产，正在成为寺町地产大亨的道路上稳步迈进。

"前段时间，在那个人的建议下，我又买下了221B对面的房子。"赫德森太太得意地说，"装修完成后不久，就寻到了一个好租客，名叫艾琳·艾德勒，据说是前舞台剧女演员。"

"哎呀，生意不错嘛。"

"那个人的建议准没有错。"

有关里奇伯勒夫人这个灵媒，我也做了一些调查。

据说此人是皇室御用占星术师家族的后代，但那只是她的一面之词，她的具体出身不详。近几年来，她以"在印度腹地参透心灵术之奥妙"为卖点，开始在洛中洛外频繁举办降灵会，诸多贵族绅士、淑女都是她的信徒，可谓造就近年心灵主义热潮的核心推手之一。

作为科学主义人士，我向来对心灵主义热潮持怀疑态度。唯一能够断言的是，在福尔摩斯的低迷问题上，我们已经试尽了各种手段，到了这个地步，无论是心灵主义还是什么，只要管用，什么都无所谓。

"不管怎样，我们都必须为福尔摩斯做点什么，再这样陪莫里亚蒂教授游手好闲下去，事态也不会有半分好转。"

"你是在嫉妒他们的友情吧？"赫德森太太面露微笑，"真是的，男士们的嫉妒心也挺强嘛。"

"赫德森太太，这并不是嫉妒，我只是发自内心地感到焦虑。"

"好吧，就当是这样吧。不过福尔摩斯先生也是，明明已经有华生医生了，却和莫里亚蒂教授打得火热……不过，多亏了这个，最近莫里亚蒂教授的脸色平和了不少。"

樱沼别墅坐落于南禅寺北侧的东山山麓。

从南禅寺码头沿着白川通一路向北，右手边尽是贵族的别庄和富商的宅邸，每一个建筑都占地广阔，树梢在长长的石墙对面探出头来。与这些豪宅相比，里奇伯勒夫人的宅邸毫不逊色。

马车穿过了石造的大门，驶过砾石路，碾着日光透过树叶投下的点点光斑一路向前。

到了十一月，福尔摩斯仍固守在寺町通 221B 号。

要说最大的变化，当数詹姆斯·莫里亚蒂教授，这个原本与福尔摩斯水火不相容的三楼住户，如今竟整天泡在福尔摩斯的房间里。当得知教授也陷入了严重的低迷之后，这两个人很快就变得意气相投了。

"我快忍不了了。"

"我懂，这种感觉我懂。"

两人就讨论着这样的问题，终日无所事事。

这于我而言不甚有趣。我尽心竭力想让他重拾侦探事业，但他俩只是互相舔舐着对方心灵的创口，根本不愿认真听我讲话。非但如此，福尔摩斯还说"归根到底，你嫉妒了，对吧"。按他的说法，我之所以非议他们的生活态度，是因为我不愿莫里亚蒂教授夺走"福尔摩斯的搭档"这一荣耀位置，我只希望他别太自以为是。

"我这么说都是为了你好。"我反驳道，"你打算闹到什么时候？"

"我们正在解决名为'自身'的疑案。"

福尔摩斯叼着烟斗回复道，坐在沙发上的莫里亚蒂教授点了点头。

"没错，我们都使出了浑身解数，没有比这更难解的谜了。"

他们讲得头头是道，其实只是在逃避现实。

再往后，京都警视厅（苏格兰场）的雷斯垂德警部也开始频频登门，寺町通221B变成了败犬们的聚集地。

"福尔摩斯先生给了我活下去的勇气。"雷斯垂德如此说道，"虽然还是老样子，一个案子都解决不了。"

玛丽自然知晓我常去寺町通221B的事。

但她对此未置一词，我也尽量不去谈及福尔摩斯的事情。

上个月，妻子因福尔摩斯而起的怒火似乎因为"救下莫里亚蒂教授的性命"这般出乎意料的发展而暂且平息下来，但那只是活火山的暂时休眠罢了，不知何时又会以某种契机再度迎来爆发。彼时爆发的战争，想必会成为铭刻于我们夫妇历史中的前所未有的大战吧。

马车停在了一间大宅门口，出来迎接我的管家将我们带到门厅右

手边的等候室，并吩咐说"请在这里稍等片刻"。

虽名为等候室，但房间之大，足以装下我家和整个诊所。

进门左手边的墙上嵌着一个华丽的大理石壁炉，壁炉架上排列着印度雕像，木板铺就的墙面上装饰着奢华的挂毯，右手边是一排宽大的窗户，窗外是借景东山的庭院，阳光灿然地照进室内。

正当我感慨不已地眺望庭院之际，赫德森太太低声说道：

"很气派的宅邸吧，好像是圣西蒙勋爵的别墅哦。"

"圣西蒙勋爵？"我讶异地反问了一句，"新娘失踪事件？"

"解决那个事件的正是里奇伯勒夫人，据说那以后，西蒙勋爵就成了心灵主义的虔诚信徒，并且对夫人的活动提供赞助。"

"最好别把这事告诉福尔摩斯。"

"毕竟他被西蒙勋爵痛斥了一顿呢。"

圣西蒙勋爵的新娘失踪事件发生在去年秋天，也就是福尔摩斯开始出现低迷征兆的时期。最终福尔摩斯未能解决圣西蒙勋爵的家庭问题，还遭到了诸如"无能""吹嘘""懒惰"之类的詈骂。以福尔摩斯的傲气，他是绝不会向西蒙勋爵赞助的灵媒求助的。

不多时，管家再度现身，将我们领到了二楼走廊深处。

"赫德森太太和华生医生到了。"

言毕，管家在背后掩上了门，室内几乎伸手不见五指。厚重的天鹅绒帘布将窗户遮得严严实实，室内暗如黑夜。能算得上光源的，就只有左手边小壁炉的熅熅炉火，以及放在桌面上的烛台，摇曳的微光照亮了铺在地板上的虎皮和印度雕像。我问了声"里奇伯勒夫人在吗"，右手边的冥暗里响起了宛若清泉喷涌的应答声。

"欢迎光临，华生医生。"幽渊之底传来了甜腻的声音，"我早就从赫德森太太那里听说过您的事情。"

待眼睛逐渐适应黑暗之后,我终于看清那边摆着一张硕大的长沙发,一个丰满的女人坐在成堆的垫子里,好似被埋入其中一般。只见她身着黄昏天空般的群青色礼服,正优雅地吸着水烟袋。

"这边来。"里奇伯勒夫人冲这边招了招手。我们时刻留意着脚下,在昏暗中靠了过去,坐在了和她面对面的两把椅子上。

里奇伯勒夫人的年龄不详,四十五六岁的样子,由于化了浓妆,那炯炯有神的大眼睛配上棱角分明的大脸,好似一张飘浮在空中的大号白色面具。

"终于见到您了,我一直在等待这一天。"

"什么?您一直在等我?"

"夏洛克·福尔摩斯先生陷入了严重的低迷……当我从赫德森太太那里得知此事之后,就一直希望能尽绵薄之力。若能将那位著名的大侦探从困境中解救出来,简直是无上的光荣。其实,我是华生医生的著作,也就是《福尔摩斯冒险谭》的忠实读者。"

"那可真是太意外了,我还以为心灵主义和侦探小说就像油和水,是两种不相容的东西。"

"您认为我们心灵主义者尽是些乖谬无稽的人吧?"

里奇伯勒夫人抿嘴一笑,从靠垫中坐直了身子。

"其实这是对心灵主义的常见误解。我们只是试图将现代理性代入灵界而已。越来越多的科学家在尝试以科学的方法证明灵界的存在,而我们这样的职业灵媒对这类研究也向来不吝协助。这难道不是非常理性的态度吗?"

"原来如此。"我点了点头,"您说得很对。"

"既然如此，您应该能够理解我为什么钟情于侦探小说了吧。"

里奇伯勒夫人快活地说了起来。

"我也算得上是探究灵界之谜的侦探，因此能从福尔摩斯先生身上感知到一种近乎同类之爱的情感。即便现在看似很难，但我相信有朝一日，福尔摩斯先生也会不得不承认灵界的存在。只要我们携手合作，就能解开一切谜题，令世上不再有神秘之物。"

关于心灵主义的对错姑且不论，她的言论确实有一定的道理，再加上说话的语气十分冷静，看起来并不是可疑人物。

"里奇伯勒夫人，有关福尔摩斯先生——"赫德森太太探出了身子，"您是怎么看的呢？"

里奇伯勒夫人闭着眼睛，一边吸着水烟袋一边说：

"福尔摩斯先生若想走出低迷，就必须查明陷入低迷的原因。但人对自身的了解浅薄得出奇，尤其是福尔摩斯遭遇低迷的难题。要是不将连自己都不知道的自己，也就是心灵领域的部分考虑在内，那这个问题是永世无法解决的。"

里奇伯勒夫人慢悠悠地从长沙发上站起来，走向房间中央的一张大桌，桌上摆着一个小小的底座——柔软的群青色垫子，上面放着水晶球。里奇伯勒夫人示意我们坐在她的对面。

"这个水晶球是用来收集心灵能量的。"

里奇伯勒夫人用柔和的声音说道。

"它的作用类似聚集阳光的凸透镜，华生医生，你作为福尔摩斯的挚友，赫德森太太，你作为福尔摩斯的房东，共享着他的心灵能量。那股能量极其微弱，即便是我这样的灵媒，不借助这样的工具也无法将其具现。"

里奇伯勒夫人把手按在水晶球上，阖上眼睛，深深地叹了口气。

"请尽量抚平心绪，凝视着水晶球。"

赫德森太太紧握双手，一丝不苟地凝视着水晶球。我总感觉有些可笑，但事已至此，怀抱奇怪的倔强也无济于事，于是我也效法赫德森太太，紧盯着水晶球。水晶球在烛台的照耀下熠熠生辉，影影绰绰地映出里奇伯勒夫人的群青色连衣裙。

又过了片刻，我骤感脊背发凉，室内变得冷峭无比。

桌上烛台的火光开始摇曳，明明房间的窗户紧闭，这风是从哪里刮来的呢？我猛然抬起了头，只见里奇伯勒夫人依旧纹丝不动地将手按在水晶球上，一种诡异阴森的气氛弥漫开来。

赫德森太太突然吃惊地说了一声：

"我看到了什么东西。"

水晶球内部发出了朦胧的亮光。

我目瞪口呆地盯着这一幕，只见光芒中浮现出一个人影。

虽说低着头看不清长相，但那无疑是一个身材曼妙、略显孤寂的少女。我使劲揉了揉双目，但少女的身影确乎映入了眼帘。

"看到了吗？"我低声问道。

"看到了！看到了！"赫德森太太使劲地点着头。

"这个少女从灵界传来了呼唤。"

里奇伯勒夫人语气严肃地说道：

"这个人应该就是令福尔摩斯陷入低迷的原因。"

就在此刻，水晶球的光辉骤然散去，少女的身影也消遁在黑暗中。

按里奇伯勒夫人的说法，烙印在福尔摩斯内心的创伤似乎就是以这般形象具现的，可能与很久以前的某桩案子有关。

"除此之外，我也无可奉告，最好的办法还是把福尔摩斯先生本人带到这里，至少要知道当时究竟发生了什么……"

赫德森太太先出了房间，我正待跟随，却被里奇伯勒夫人轻轻地抓住了手臂。

"欢迎随时前来商量。"

伴随着这样的话语，白皙如月的脸庞浮现在黑暗中，一股妖媚的香气飘了过来。里奇伯勒夫人语调热切地低声说道：

"华生医生，我真的很想帮助福尔摩斯先生。"

在这之后，我和赫德森太太离开了樱沼别墅，前往南禅寺。

东山的阴影好似巨人般将南禅寺罩在其中，在包裹着山之寒气的寺内，众多参拜者来来往往，有身着军用外套的军官、成群的绅士淑女，还有商贾模样的一大家子。寺门前设有马车停靠站，车夫们一边抽烟，一边谈笑风生。

走在寺院境内的松林里，我才感觉自己终于回到了现实，不由得感叹了一声：

"里奇伯勒夫人真是个厉害的人物。"

"没骗你吧。"

"真是惊人的体验啊。"

我再度回想起水晶球里少女的身影。

无论她是何方神圣，我都对她毫无印象。赫德森夫人和我都绝不可能忘记能在福尔摩斯内心留下深刻创伤的事件，倘若如此，这事就只能发生在我和福尔摩斯相识之前。

十年前，在医学院时代的友人斯坦弗的引荐之下，我和福尔摩斯开始成为舍友。如此想来，在我俩相遇之前，刚入行的福尔摩斯究竟办过哪些案子，我其实一无所知。

我苦恼地说：

"得想办法把福尔摩斯带到里奇伯勒夫人那里。"

"你觉得能说服他吗？"

"要是迫不得已，哪怕用绳拴脖子也要把他带过来。"

我们穿过寺院，向在寺门口接客的车夫招了招手。

两人坐上出租马车，沿着坡道下行，被雾气和煤烟包裹的街道展现在眼前，朦胧的太阳悬浮在爱宕山的对面。

———◯———

在寺町通 221B，当天也举行了"败犬同盟"集会。

当我造访福尔摩斯的房间时，他正靠在扶手椅上悠然地叼着烟斗，与坐在长沙发上的莫里亚蒂教授和雷斯垂德警部畅谈。这些人照例将自身的低迷当作下酒菜，无所事事地胡诌八扯。

"最要紧的是静下心来认真对待，雷斯垂德君。"莫里亚蒂教授说道，"太心急是会坏事的。"

"可职务不允许我太悠闲啊。"

"干脆被贬到大原的村子得了。"福尔摩斯不负责任地说道，"这样就能坦诚地面对自己，如今的你需要这样的时间。要是你真被贬了，我们也会跟着去的。一边躺在田野上眺望浮云，一边直面低潮期的困境即可。华生君，你也会跟来的吧？"

"别说傻话了。"

当时的我正站在窗边，预备点燃手上的烟。

"我有玛丽，还要经营诊所，跑去大原做什么？说到底，陷入低潮期的是你们，又不是我。"

"他又在说这种话，莫里亚蒂教授。"

福尔摩斯告状似的叨咕了一句，莫里亚蒂教授神情严肃地摇头。

"本人总是不愿意承认。"

"华生君，"福尔摩斯清了清嗓子，"的确，你有个出色的夫人，也得到了梦寐以求的诊所，表面上顺风顺水，但内在并没有那么光鲜。你的诊所没几个病人，偿还开业资金的负担很大，诊所的经营早已陷入了困顿。为了弥补赤字，只能搞点副业，可你已经将近一年写不出侦探小说了。"

"那是被你的低迷拖累的吧。"

"你总是把责任推给我。"

福尔摩斯扬扬自得地说：

"归根到底，要是没我，你就什么都写不出来，所以我的问题就是你的问题。我陷入低迷，你也别想独善其身。可你这人总把自己打造成纯粹的受害者，试图把所有责任都推到我身上。别摆出只有自己身在高地的样子，面对现实吧，华生君。"

和莫里亚蒂教授他们结成"败犬同盟"之后，福尔摩斯的说辞就越来越诡辩，本该用于破案的智慧能量，全被用在寻找逃避现实的借口上面。再这样下去，就唯有在低谷中越陷越深一途。

我叹了口气，将视线移向窗外。

就在这时，对面房子的窗户上映出了一个窈窕的人影。

虽然只有一瞬，但总觉得和玛丽很像。

但这是常有的事，只要在街上遇见能稍微撩动心弦的女性，我就一定能从对方的举止中窥见一丝玛丽的模样，而这不仅限于女性。柴犬、雪人、伏见人偶、酸橙、吉备团子[1]……只要稍能吸引我的物事，无论是不是生物，我都能在森罗万象中寻觅到玛丽的倩影。

我将这奇妙的现象称为"无处不在的妻子"，但因为是常有的事，所以自己当时并未介怀。

我摇了摇头，重新打起精神，开始反驳福尔摩斯。

"你才是不肯面对现实的那个人吧？"

"我们正在解决名为低迷的问题。"

"这就是逃避现实。"

"接纳低迷，并不意味着逃避现实，而是静下心来，勇敢地直面人生的根本问题。可你这家伙却整天嚷嚷着'去工作吧''去查案吧''证明存在的价值'。要我说，真正逃避现实的是你才对，你总是指责我，却不去正视自己的问题。"

"好，既然如此，那我就奉陪到底。"

我压抑着对福尔摩斯的怒火，接着往下说道：

"关于你低迷的问题，我想到了一件事。你在寺町通221B，和我成为舍友之前，也有过初出茅庐的时期吧。当时你还是个寂寂无名的侦探，应该是在经历数次失败的过程中逐渐掌握了侦探的诀窍，要是逐一检视当时发生的事件，或许就能找到摆脱低迷的线索了。"

"这话在理。"莫里亚蒂教授点了点头，"华生君的意见很有道理。"

"福尔摩斯先生初出茅庐的时代吗？那已经是十多年前的事了。"

雷斯垂德警部怀念地眯起了眼睛。雷斯垂德和福尔摩斯打交道的时间比我还长。

---

1 日本冈山县（古吉备国）特产点心，在民间故事《桃太郎》中亦有登场。

"当时的福尔摩斯先生跋扈得很,我恨得牙根痒痒,好几次都想把他丢进鸭川里。"

"福尔摩斯当时就几近拥有天才的工作能力了吗?"

"那是当然的。"

"有什么特别劳神的案子吗?"

"怎么说呢?有过这样的案子吗?"

奇怪的是,我刚提及这一话题,先前还喋喋不休的福尔摩斯登时没了声响。

"怎么样?福尔摩斯,有没有什么印象深刻的案子?"

我刚这么一问,他就用尖锐的眼神瞪了过来。

"为什么要问这个?"他反问道,"有古怪的气味。"

"哪里古怪了?"

"这么说来,赫德森太太早上出门的时候打扮得漂漂亮亮的。"福尔摩斯眯起了眼睛,"你们该不会是去见那个灵媒了吧?"

正在我钳口结舌之际,福尔摩斯又补了一句"说中了吧",明明一个案子都解决不了,为何只有多余的直觉如此好使。

"不管用也没事,我只是想找点启发。"

我耸了耸肩,话音刚落,福尔摩斯当即从扶手椅上一跃而起。

他燃烧起了骇人的怒火,一把折断了壁炉的火钳,使出浑身气力将它甩进了壁炉。

"你这个蠢得没边的家伙!"他大叫道,"偏偏去找那种假得离谱的灵媒帮忙?你到底在想什么!"

由于气势过于猛烈,就连莫里亚蒂教授他们也被吓得目瞪口呆。

"你也犯不着发这种火吧。我还不是为了你……"

"就算落魄了，我也是天下无双的名侦探啊！"

福尔摩斯大声怒喝，额头上的青筋根根暴起。

"依靠心灵主义算怎么回事，而且里奇伯勒夫人的赞助人不是圣西蒙勋爵吗？那个该死的虚胖贵族！你知道你做了什么吗？你在给我脸上抹黑！真是太谢谢了，你可真是个能干的队友！"

福尔摩斯咂了咂嘴，坐回了扶手椅，满心不忿地背过脸去。莫里亚蒂教授和雷斯垂德警部尴尬地低下了头。

就在这时，赫德森太太端着茶具走了进来。

"喝点红茶冷静一下！"赫德森夫人说道，"吵得外边都听见了。"

———◇———

我只能认为福尔摩斯是在刻意执拗。这一年来，他没做过任何一件与名侦探相称的工作。事到如今，拘泥于所谓的"骄傲"又有何用？到了这步田地，不管是心灵主义还是别的东西，抓到什么算什么吧。或许玛丽的话并没有错，福尔摩斯根本就没有走出低迷的意思。

我懒得说话，于是背对着福尔摩斯站在窗边。

从赫德森太太手里接过红茶，我俯瞰着午后的寺町通。

就在这时，远远望见一个绅士模样的人从车道走了过来。天鹅绒圆礼帽，天鹅绒西装，配上打理精致的小胡子，虽是一副富裕绅士的模样，但神情透着一丝忐忑。只见他一边逐一确认门牌号，一边走了过来。根据以往的经验，这样的人多半是前来拜谒福尔摩斯的委托人。

可就在这时，发生了奇怪的一幕，虽说这位天鹅绒绅士在221B门前驻足，点点头像是在说"就是这儿了"，却怎么都不肯按响门铃，反倒转身看向了街对面的建筑。踌躇了片刻，绅士快步穿过街道，按响了对面的门铃。一名女仆出现在门口,郑重地迎接了绅士。

"喂,总觉得有些古怪。"

我嘀咕了一声,但没人在听。

从刚才开始,福尔摩斯一直围绕着心灵主义和赫德森太太争论不休。赫德森太太以自身投资的成功经验为心灵主义辩护,而福尔摩斯则抛出了合理的反驳:"请问灵界和房地产价格到底有什么关系?"

"那屋顶的弁财天又算什么?"赫德森太太反驳道,"福尔摩斯先生每天早上不是都会去膜拜,还要奉上香火钱吗?我为了帮你摆脱低谷请来的单眼达摩,不也被你放在壁炉架上吗?要是按你的说法,'心灵主义没有科学依据',那弁财天和达摩就有吗?"

"这就是图个心安。"

"这样的话,把相信心灵主义也当成'图个心安'不就行了?"

"赫德森太太——"这个时候我插了句嘴,"关于对面搬来的艾琳·艾德勒,之前听说是个引退的女演员,那她现在在做什么?"

"咦,我没说过吗?"赫德森太太冷淡地说道,"艾德勒小姐是侦探。"

这个消息给我们带来了莫大的冲击,福尔摩斯紧紧攥着椅子扶手,半晌说不出话。一阵沉默之后,莫里亚蒂教授用沉痛的声音说:

"赫德森太太,我还以为你是福尔摩斯先生的盟友。"

"当然了,我永远站在福尔摩斯先生这边。"

"既然如此,为什么要把房子租给抢生意的同行呢?"

"不管我招来什么样的租客,都不该被人抱怨。况且近来福尔摩斯先生总是把委托人拒之门外,要是对面也有一间侦探事务所,那些人就不至于白跑一趟了。"

"不仅如此,连客人都开始被抢了。"我指着窗户说道,"刚才就被抢了一个。"

"那再抢回来不就得了?上吧,可不能认输啊!"

赫德森太太或许想用自己的方式点燃福尔摩斯的斗志,我的脑海中不禁浮现出将孩子踹下悬崖的英勇母狮子形象。就在这时,雷斯垂德叩打着窗户说道:

"瞧,这不是又来了一个委托人吗?"

一名身穿破旧大衣的微胖男子停在了221B的门口,一边犹豫着是否按铃,一边时不时朝街对面瞥上一眼。

"福尔摩斯,你不后悔吗!"我呵斥道,"艾琳·艾德勒会夺走你所有的客户!"

"那可不行,我去把他抓回来!"

雷斯垂德警部好似一条被释放的猎犬般冲了出去。

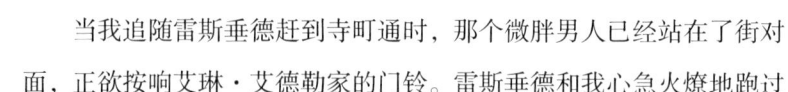

当我追随雷斯垂德赶到寺町通时,那个微胖男人已经站在了街对面,正欲按响艾琳·艾德勒家的门铃。雷斯垂德和我心急火燎地跑过街道,向他问道:"您是不是在找侦探?"对方诧异地回过了头。

我尽量挤出一个谄媚的微笑,向他搭话说:

"您真是太幸运了,我们是名侦探夏洛克·福尔摩斯事务所的人,福尔摩斯先生刚刚解决了一桩国际大案,现在刚好有空,他愿意以超优惠的委托价接受您的委托。"

"不,还是算了。"

微胖男皱着脸摇了摇头。

"福尔摩斯已经不行了,这一年来都没什么好消息。"

男人不管不顾地按响了门铃,雷斯垂德警部一把攥住了他的胳膊。

"别废话,到这边来!"

"你干什么?"对方瞪大了眼睛。

"不行,雷斯垂德,这人不是罪犯!"

"你能咽下这口气吗?这家伙在小觑福尔摩斯先生,小觑了他,也就等于小觑了我!"

"你们到底在干什么?放开我的手!"

微胖男和雷斯垂德警部激烈地扭打在一起,男人自然拼命抵抗,嘴里大叫:"救命!救命!"

喧哗声很快在午后的寺町通传了开来,行人们纷纷驻足。打着阳伞的妇人们蹙着眉头,拉出租马车的车夫们探出身子,身穿制服的杂役们饶有兴致地过来围观。一个头戴鸭舌帽的男人走过来问"出什么事了吗",雷斯垂德警部回头瞟了一眼,不耐烦地咂了咂嘴。

"没事,彼得斯,你快走。"

"那可不行,我嗅到了有趣的气味。"

仔细一看,那人正是上个月在木屋町酒馆里撞见福尔摩斯的《每日纪事报》的记者,他正兴奋地舔着嘴唇,急不可耐地掏出记事本,事态正在迅速恶化。我对雷斯垂德警部耳语"暂且撤退吧",但倔脾气的雷斯垂德怎么都不肯放开男人的胳膊。

眼前的门打了开来,一个高个子女人从中现身。

"你们在吵什么?"

这人就是艾琳·艾德勒。

她比想象中年轻不少,大抵和玛丽年纪相仿。无论是修长挺直的脊背，还是清脆嘹亮的嗓音，都散发着和前舞台剧演员相称的威势，再加上坚毅的浓眉、高挺的鼻子、锐利细长的眼睛，即便身上裹着素色的礼服，也掩盖不了充斥全身的气魄。一眼就能看出她绝非寻常之辈。

"你就是艾琳·艾德勒小姐吧？"微胖男求救似的叫道，"我是来找你咨询的，这些人却来妨碍我！"

艾琳·艾德勒先是边"哎呀"边睁大了眼睛，随后好似老师训斥没教养的学生般，狠狠地瞪向了我和雷斯垂德。

"是华生医生和雷斯垂德警部吧？我对你俩很了解，请放开这个人的手，难不成你们真要抢走我的委托人吗？"

围观的人群开始窃窃私语，雷斯垂德只得不情不愿地放了微胖男的胳膊。

"抢人的是你们吧？"

就在这时，有人说了这样的话。

回头一看，福尔摩斯拨开看热闹的人群出现在了这里，他穿着皱皱巴巴的居家服，手里还捏着带琥珀烟嘴的烟斗，莫里亚蒂教授好似影子一样紧跟在他身后。

"你就是艾琳·艾德勒小姐吧？"

"你就是夏洛克·福尔摩斯先生吧？"

福尔摩斯和艾琳·艾德勒互相打量着对方。

"被称作'抢人'可太令人意外了。"艾琳·艾德勒说，"既然你没有履行侦探的职责，那只能由我来担当了。"

"你是说你能替代我吗？"

"嗯，那是当然。"

"哎呀，可真是个自信的家伙。"

"福尔摩斯先生，你为什么不办案了？京都警视厅（苏格兰场）依旧那么无能，这一年来，悬而未决的案子有增无减。许多人深受其苦，你却从不破案，无所作为。要是你已经丧失了侦探的意气，那么夏洛克·福尔摩斯的时代就该宣告落幕了，现在是我的时代。"

这番豪言壮语引发了围观者们的骚动，欢呼声和鼓掌声此起彼伏。相对于好似站在聚光灯下熠熠生辉的艾琳·艾德勒，一身居家服且满脸胡楂儿的福尔摩斯显得愈加落魄不堪。

"可以听我说一句吗？"正当我备感苦涩之时，《每日纪事报》的记者举起手说，"在这里展开一场侦探对决如何？本报将设立专栏，登载两位的破案数量，到今年最后一天为止，破案更多的人将获得'名侦探'的称号。"

"这听起来挺有趣的。"艾琳·艾德勒露出了微笑，"意下如何，福尔摩斯先生？想接受挑战吗？"

围观者的目光纷纷聚焦在福尔摩斯身上，他皱着眉头沉吟不语。

"千万别中了挑衅。"我慌忙攥住福尔摩斯的胳膊，悄声对他说道。

在过去的一年里，福尔摩斯在破案方面毫无斩获，怎么看都没有胜算。这只会成为艾琳·艾德勒的宣传材料，对福尔摩斯没有任何益处。

"事到如今还能犯怂吗？"

福尔摩斯恨恨地甩开了我的手。

"行吧，艾德勒小姐，我接受你的挑战。"

翌日，《每日纪事报》刊载了事情的始末。

——艾琳·艾德勒氏下书宣战

——被逼入死路的夏洛克·福尔摩斯氏

——"名侦探"称号将花落谁家？

记者彼得斯以如下文字作为报道的收尾：

"夏洛克·福尔摩斯氏曾有赫赫之功，但正如本报屡次所载，近一年之迷失亦令人目不忍视。其能否力克艾琳·艾德勒氏，重获'名侦探'之衔？且让我等拭目以待福尔摩斯氏之奋勉。"

艾琳·艾德勒恰是有如彗星般突然降临的新人。

她原本以舞台剧女演员的身份在南座大剧院演出，于去年秋天突然引退，沉寂了一年之后，在寺町通开始涉足私家侦探业，但对于华丽转身的缘由和私生活，她却一概不谈。

"我凭什么要跟你说这些？"据说她曾对死缠烂打的记者撂下这样的话。

艾琳·艾德勒崭露头角之际，京都警视厅（苏格兰场）完全没把她放在眼里。

"业余侦探能做成什么事？"

然而，当埃瑟尔尼·琼斯警部、布雷兹特里特警部、斯坦莱·霍普金警部这般当红警官纷纷在她面前败下阵来之时，京都警视厅（苏格兰场）陷入了恐慌。此外，艾琳·艾德勒与过去的福尔摩斯全然不同，绝不会做出给警视厅"留点面子"的关怀之举，而是毫不留情地把功劳尽数揽走，惹得大众纷纷欢呼喝彩。逃脱她獠牙的大概只有在犯罪调查部无人问津的角落里坐冷板凳的雷斯垂德警部了。

艾琳·艾德勒身上满溢着顺风猛进、大展拳脚的力量，这是天赋和不懈努力相乘的结果，是唯有在命运女神露出微笑时才会显现的神秘之力。但在现如今的福尔摩斯身上已经寻觅不到这种东西了。

之后的两周，我都没有去找福尔摩斯。

因为拜访里奇伯勒夫人触动了福尔摩斯的逆鳞，我被勒令禁止出入221B。

"我要和你绝交。"福尔摩斯说，"侦探属于严谨的科学，依赖灵媒的人没资格做助手。哪怕没了你，我还有金鱼华生，起码金鱼知道自己的位置。"

《每日纪事报》的侦探对决在洛中洛外引发了巨大反响。

——夏洛克·福尔摩斯对阵艾琳·艾德勒，哪边会赢？

就连在来我诊所的患者中，这场对决也成了热门话题，甚至有人在候诊室里开局对赌。退伍军人约翰逊尤为热心，隔三岔五就以这里痛那里痛为由登门造访，其实是想从我这里打探有关福尔摩斯的信息。

"我最近没见过福尔摩斯。"我淡然地说道。

"别瞒着我了。"约翰逊咧嘴笑道，"你不是他的搭档吗？老实说，福尔摩斯获胜的希望有多大？"

多亏我是一个高洁的医师，才没给约翰逊灌下砒霜。

从这个月开始，妻子玛丽似乎彻底忘了福尔摩斯的事，每天精力充沛地东奔西跑。她本就热衷于慈善委员会的活动，之后似乎又参加了写作班，有时泡在图书馆，有时写作写到深更半夜。

我们夫妻俩唯有在吃饭的时候才能静下心来聊上几句，但绝大多数时候，我都耽溺在抑郁和忧思中。这是因为每天都会送上门的《每日纪事报》，明知不该翻开，可我仍忍不住去看。

专栏用特大号数字标出了福尔摩斯和艾德勒解决的案件数目。

艾琳·艾德勒解决的案件数以惊人的势头上涨,而福尔摩斯的数目却长久地停留在零。当我每天早上翻开《每日纪事报》,看到那个雷打不动的"零"时,每每只能叹息"早知道会是这样"。

这不啻一个糟糕的玩笑,相当于在洛中洛外的茶馆餐厅宣传福尔摩斯的无能。

就在我盯着餐桌上的报纸时,玛丽搭话道:

"你又在想那个人了吧?"她的声音里带着近乎怜悯的音色,"烦恼也是理所当然的,那个人似乎根本没有胜算。"

"是啊,玛丽。"我叹了口气,"他不该接受艾琳·艾德勒的挑战,当时哪怕把福尔摩斯揍倒在地也该拦下他。可更让人恼火的是,他明明败得那么惨,却丝毫没有寻求帮助的意思。他完全不理会我的感受。"

"可那人以前就是这副德行吧?"

"变本加厉了,都怪莫里亚蒂教授。"

"莫里亚蒂教授,是上个月我们救下的老爷子吗?"

"就是那个老古董物理学家,成天到晚黏着福尔摩斯,把我撂在一边,完全把自己当成了福尔摩斯的搭档。那种家伙怎么能做他的搭档?我比任何人都了解他。我可是夏洛克·福尔摩斯学的世界权威!"

"那是当然的,可你去了又能帮上什么忙?"

这话说得我无言以对。玛丽用认真的眼神注视着我。

"听好了,约翰,你已经被他的低潮期折腾得够呛了。那个人根本就不考虑你的感受,只图用得顺手而已。今年夏天,你都操劳到病倒了,难不成还打算重蹈覆辙吗?干脆把福尔摩斯搭档的位置让给莫里亚蒂教授得了。"

"但福尔摩斯的搭档是我。"

"那个人的时代已经落幕了。艾琳·艾德勒是个天才。"

玛丽伸出手来,用她那温暖的手抓过了我的手。我满怀悲伤的心情,凝视着随手扔在桌面上的报纸,上面标记着福尔摩斯解决的案件数,"零"。

福尔摩斯,你为什么不尽全力呢?

"我觉得这样挺好。"玛丽紧握着我的手说,"这样一来,我总算能够把你夺回来了。"

事后我才知道,从十一月上旬到中旬,福尔摩斯竟接了三十多件委托。以半个月的时间而言,这属于极端异常的状况。其中还包括了以往会被他拒之门外的案子,可见福尔摩斯摒弃了一切挑剔,开始全盘接受委托。这般大胆的方针转变无疑缘于艾琳·艾德勒这个"竞争对手"的出现。

然而,问题在于福尔摩斯完全没有出面查案。

由于没法去寺町通221B,我便在寺町二条拐角处的咖啡店与赫德森太太碰头,打探福尔摩斯的近况。根据赫德森太太的说法,福尔摩斯虽然接下了很多委托,却始终不曾展开调查。

"那他在干什么?"

"他和莫里亚蒂教授窝在房间里。"赫德森太太说,"好像在搞什么低潮期的研究。"

倘若后世有人想为吾友夏洛克·福尔摩斯撰写评传,那么这期间福尔摩斯这番骇人听闻的无为想必会让他目瞪口呆。福尔摩斯接下了所有委托，却不曾为解决这些委托付出任何具体的努力，只是一味地和莫里亚蒂教授探讨自身的低迷，这怎么看都不是正常的举动，难怪《每日纪事报》的解决数目一直是纹丝不动的"零"。

"他到底有什么打算？"

赫德森太太和我一起叹气，啜了一口苦涩的咖啡。

我只觉得福尔摩斯和我所构筑的一切都将分崩离析。当然了，福尔摩斯作为侦探的名望因为这一整年的低迷早已直坠到底，然而这场纸上对决却向天下展示了终究只停留在"预感"层面的现实——名侦探夏洛克·福尔摩斯时代的落幕。

福尔摩斯正面临着空前的危机，我没法就这样一声不吭地被排除在外。无论如何，我都必须说服他直面眼前的危机。

终于，我再也忍不下去了，决意动身前往寺町通211B。

然而，那天我连福尔摩斯的面都没见到。

就在我刚踏上楼梯时，一道黑影便横亘在了我的面前。莫里亚蒂教授宛如门神般站在那里，堵住了我的去路，二楼窗户漏出的灯光映照在背后，看起来就像一团诡异的黑影。

"请你离开这里。"他沉重的声音传了下来，"我不能让你见福尔摩斯君。"

"你没资格这么说。"

"是吗？"

"我是福尔摩斯的搭档。"

"搭档？你只不过是个记录员吧？"莫里亚蒂教授倨傲地俯视着我，嘲讽似的说道，"你笔下那些小说的价值完全仰仗福尔摩斯的天才能力，由你担任记录员，只不过是机缘巧合而已，因此能替代你的人多如牛毛。这点想必你自己最清楚吧。若非他以侦探之身大显身手，你只不过是个平庸的小镇医生。也就是说，这全然是出于利己的目的，根本称不上纯粹的友情。与你相反，福尔摩斯君和我是出于真理之爱而走到一起的。"

"别说大话了，你只不过想要个败犬盟友罢了。"

"你说什么？"

"能找到陪你游手好闲的伙伴，可真是好啊。"我瞪着教授说道，"你会毁了福尔摩斯的！"

"能找到像你这样善解人意的朋友，福尔摩斯君想必幸福得很吧？"莫里亚蒂教授饱含讥嘲地说，"我深刻体会到了福尔摩斯君的苦恼，孤身面对名为自身的谜团，生活得如此艰辛，像你这样庸碌的凡人是无法理解的。理解不了也就罢了，闭上嘴在一边看着就好，可你总唠唠叨叨地说着什么'不要偷懒''直面工作'之类的废话，我就说句实话吧，像你这种庸人挂在嘴上的空洞斥责和激励，根本就起不到任何作用。"

"现在不是窝在家里的时候，赶紧出去查案。"我朝着楼上大喊道，"看看报纸吧，你已经被打得落花流水了！"

"就是因为拘泥于眼前的胜负，你才会上了骗子灵媒的当。你根本不理解问题的本质。我们亟待解决的问题，那唯一且最大的谜团，就是我们自身的低迷。只要解开这个谜团，那些世俗的琐碎案子，福尔摩斯抬抬手就能解决。像艾德勒这样的小姑娘根本不足为惧。"

莫里亚蒂教授的漆黑身姿好似瘟神一般。颇具讽刺意味的是，上个月向福尔摩斯提议追踪莫里亚蒂教授的正是我本人。早知道就让他跳河算了——坦白地说，我的内心掠过了这样的念头。

"福尔摩斯！"我冲着二楼吼道，"难道你真打算就这样窝在家里吗？"

但二楼一片死寂，福尔摩斯没有回答。

———◇———

出租马车翻越鸭川，穿过田地。

卡特莱特生活的大学城就位于吉田山山麓。

——必须想办法赶走莫里亚蒂教授。

当这般念头翻腾于内心之际，我的脑海中骤然出现了他的弟子——卡特莱特君的身影。

我们在百万遍十字路口下了马车，沿着今出川向东步行，远远望见一座中世纪城堡般的壮丽建筑。厚重的墙壁、幽暗的窗户、矗立于阴晦天空下的尖塔次第跃入眼帘。福尔摩斯在此度过了学生时代，由于推理癖而被同窗们敬而远之。我望向学院宿舍的大门，可以窥见青翠的草坪，回廊空无一人，好似干涸的水渠。

卡特莱特君的研究室位于今出川通北侧，是半新的茶色砖造建筑。看到我来拜访他，青年人瞪大了眼睛。

"华生医生！"

"不好意思，突然登门打扰。"我说，"我想和你谈谈莫里亚蒂教授的事。"

"请进，我刚想休息呢。"

卡特莱特虽有些困惑，但仍把我请进了研究室。

研究室宛如一处大型地窖，占满墙面的书架上塞满了厚厚的书，大黑板上写满了谜一样的数学公式和图形。房间中央的大书桌上堆满了计算纸和参考书，还装饰着天体模型和小小的月球火箭。

我有种误入了魔术师工作室的错觉，正在东张西望的时候，卡特莱特给火炉添了煤，正对庭院的窗户边上有一张桌子，他在那张桌子上为我倒了红茶。

"我要好好感谢福尔摩斯先生和华生医生。"他说，"听说你们救下了莫里亚蒂老师的性命。"

"没什么。"我吞吞吐吐地说道，"只是碰巧运气好而已。"

"上周我拜访了寺町通221B，老师看起来很精神，好像换了个人似的，把我吓了一跳。听说他和福尔摩斯先生意气相投，似乎找回了活下去的意志。我真的非常高兴。说实话，我全然不曾料到莫里亚蒂教授会陷入低迷，他是那种绝不示弱的人。"

"你这么一说，我都不好意思提了……"

"什么事？"

"能不能请你说服教授重返大学？"

福尔摩斯和莫里亚蒂教授确实都在各自的低迷中挣扎，但在我看来，他们是在通过夸大自身的低迷，试图逃避现实。现如今福尔摩斯接受了艾琳·艾德勒的挑战，却全然不愿面对现实中的案子，恐怕这样的态度反倒会加剧低迷状态。我是这样对他说的。

"或许华生医生的话没有错。"卡特莱特若有所思地说道，"不过，还有另一种思路，或许福尔摩斯先生和莫里亚蒂教授的低迷在本质上是一回事，他们并不是在逃避现实，而是真的在试图解开这个谜团。"

"这是怎么回事？"

卡特莱特一边擦着金框眼镜，一边说道：

"优秀的数学家能够直观地看透自然界的基本数学结构，并在事后证明这点。数学家身上有个类似罗盘的东西来指示数学结构，但要是那个罗盘出于某些缘由失灵，又该怎么办呢？即便有了绝妙的点子，也会被现实全盘否定。福尔摩斯先生不正处于这样的状态吗？"

没错，卡特莱特君准确地指出了福尔摩斯的现状。回想一下"红发会"事件的悲催经过就知道了，无论福尔摩斯做出多么天才的解谜，都会被"现实"无情地否定。

"可为什么会发生这种事呢？"

"我也不清楚。"

卡特莱特君重新戴好眼镜，镜片上闪过了一道光。

"莫里亚蒂教授一直独自承受着苦难，所以我很高兴老师能遇到福尔摩斯先生，要是合两人之力，或许真能找到让那个疯狂的罗盘复原的办法，即便最终不能如愿，至少也能有个互相慰藉的朋友。我实在没法把现今的老师从福尔摩斯身边带走。"

说着，卡特莱特低下了头。

"很抱歉没能帮上忙。"

"不，你的意思我明白了，很有参考价值。"

我和卡特莱特握了握手，正待离开研究室时，骤然瞥见了门边的书架上摆着"心灵现象研究协会"的机关杂志。我拿在手里哗哗地翻阅了一通，诸多名声显赫的科学家以投稿人的身份名列其上。看来这是一个科学调查心灵现象的团体，而非心灵主义者的团体。

"我是在今年秋天加入的，虽说莫里亚蒂教授从来都是心灵主义的否定派……"卡特莱特战战兢兢地说道，"你相信心灵主义吗？"

"现在还说不清楚，所以才想调查一下。"

我漫不经心地翻了一页机关杂志，一张熟悉的大头照映入眼帘。

即便是粗糙的黑白照，也足以传达出那个人物的威严。这是一篇隶属于心灵现象研究协会的科学家与里奇伯勒夫人对谈的报道。

"这不是里奇伯勒夫人吗？"我小声说了一句。

听到这话，卡特莱特露出了意外的表情。

"您认识里奇伯勒夫人？"

"之前见过一次，是个很有意思的人。"

"事实上我已经向夫人提出了共同研究的请求。"说着，卡特莱特又急忙补充了一句，"千万别告诉莫里亚蒂教授，他会骂死我的。"

———〇———

当晚，我和医师会的朋友们在荒神桥的俱乐部里打台球。

俱乐部里的热议话题也是夏洛克·福尔摩斯和艾琳·艾德勒的侦探对决，这甚至成了他们的赌注。我不认为有人会在福尔摩斯身上下注，其中的一个朋友却表示"非也非也"。确实，就目前的状况来看，艾琳·艾德勒的确具有压倒性的优势，但不管怎么说，夏洛克·福尔摩斯要是连一桩案子都解决不了，那也太不正常了。有人说这是福尔摩斯的策略，他计划在后半段一举追上。

"不管怎样，还有一个多月的时间吧，瑟斯顿，你怎么看？"

瑟斯顿是我医学院的校友，他在河源町御池开了一家大型医院，是一众朋友里混得最成功的。我在下鸭开诊所的时候，也向他请教过不少事情。

他在台球桌前弯下腰，瞥了我一眼。

"我要是下注的话，那肯定是艾琳·艾德勒。"

"哦，这样啊。"

"只要看华生的脸色就行。你的脸色一直阴沉沉的。福尔摩斯氏败局已定,连他的搭档都在到处宣扬这事。"

瑟斯顿微笑着打了一杆,我只能报以苦笑。

过了一段时间,其他的医生朋友都离开了,我和瑟斯顿一起去了休息室。在面向鸭川的高敞房间里,煤气灯投射着柔和的光芒,几组男人正在谈笑。

我们一边喝着威士忌,一边从宽大的窗户往外眺望,鸭川上浓雾霭霭,对岸的街灯只剩朦胧的光球。码头上的小船漂荡,让人联想到三途川[1]的渡口。

我眺望了一会儿窗外的雾气,然后向瑟斯顿问道:

"你知道里奇伯勒夫人吗?"

"里奇伯勒夫人?"

瑟斯顿有些意外地盯着我,

"真没想到会从你嘴里听到这个名字,是觉醒了心灵主义的兴趣吗?"

"那倒没有,只是有点好奇。"

瑟斯顿点了点头,沉吟了片刻,又说:

"我在熟人的介绍下参加过几次里奇伯勒夫人的降灵会,她让我听到了先祖的声音。虽然不愿承认,但那个建议非常有用。毫无疑问,里奇伯勒夫人具备某种特殊的力量。"

"这么说来,你相信心灵主义喽?"

"我可没这么说哦,我只是说在某些方面确实有用。所以要是你

---

1 出自《源氏物语》,流淌于冥界的河流,日本文化中生死界限的象征。

想找里奇伯勒夫人商量，我也不会拦着你，不过我还是建议你别太过痴迷。你听说过斯坦弗的事吗？"

"这么说来，好久没见他了，发生什么事了吗？"

斯坦弗是我就读医学院时的好友。我刚从阿富汗回来的时候，就是他把四处寻找住处的我介绍给了福尔摩斯。换句话说，他几乎相当于我的救命恩人，可我们在忙忙碌碌中慢慢断绝了来往。

"斯坦弗是里奇伯勒夫人的忠实信徒。"瑟斯顿说，"他到处鼓吹心灵主义和现代医学的融合，开始自称'心灵医师'，搞得正经医生都不愿搭理他了。尽管如此，还是有人声称多亏了他的心灵疗法，疾病才得以痊愈。这就是微妙的地方，无论是不是骗局，只要有人笃信，现实就会改变。正如疾病会不治而愈，股价会大跌大涨一样。有传闻说圣西蒙勋爵在里奇伯勒夫人的帮衬下赚了不少钱。唉，总之小心为妙吧。"

我和瑟斯顿道了别，返回了下鸭的家。刚进家门，就望见起居室的方向漏出了明亮的灯光。

我偷偷瞄了一眼，发现玛丽正把纸和笔记本摊在餐桌上，专心地写着什么。只见她猫着腰，饿虎扑食似的贴伏在案上，以惊人的气势奋笔疾书，嘴里甚至还哼着小调。她看起来非常开心，连我的精神都为之一振。

我喊了声"我回来了"，玛丽"啊"的一声跳了起来，想必是专注过度了吧。

"看起来挺忙啊，事情很多吗？"我指了指桌面。

"嗯，是啊。"玛丽点点头说，"慈善委员会的文件积攒了很多，你先睡吧。"

"别太勉强自己了,晚安。"

然后,我回到二楼的卧室,爬上了床铺。

我本想在玛丽上来前先看会儿书,却怎么都无法集中精神。

一直以来,我都将幽灵鬼怪之属斥为迷信,认为它们理应被科学的进步驱逐,可我们真能如此笃定地全盘否决吗?

对于这个世界的结构,我们所了解的也只是一鳞半爪。像卡特莱特君这样的科学家,对待心灵主义也秉持着严谨的态度。瑟斯顿也并不否认里奇伯勒夫人的建议对自身的助益。我想起水晶球内部浮现出的少女身影,赫德森夫人也看到了相同的东西。很明显,这并非我个人的臆想。

"这个少女从灵界传来了呼唤。"

里奇伯勒夫人如是说道。

也就是说,水晶球里的少女理应已不在人世。

也许在与我相遇之前,夏洛克·福尔摩斯曾参与过有关那个少女的案子,他之所以如此恼怒,或许不仅是因为对心灵主义的厌恶,也可能因为那桩案子是他绝不愿触及的"惨痛的失败"。如果相信里奇伯勒夫人的说法,那么,必然是和我相遇之前发生的某个案件,导致福尔摩斯如今深陷低迷——

想着想着,我进入了梦乡。玛丽并没有上来。

━━━◯━━━

一周之后,我再度造访了寺町通211B。

当邮差送来赫德森太太的口信时,玛丽刚好以"去见寄宿学校的朋友"为由,一大早就出门去了。这真是再好不过,我也不想让玛丽对我将要做的事情刨根问底。我匆匆做完剩下的诊察,在门口挂上"暂停营业"的牌子,搭上出租马车赶赴寺町通。

那是一个寒冷的微阴之日,贺茂川河堤上的树叶绛红尽染。

当我按响寺町通221B的门铃时,赫德森太太迫不及待地迎了出来,不知是不是心理作用,她似乎异常兴奋。

"他们出门了吗?"我再度确认道,赫德森太太使劲点了点头。

"傍晚之前应该回不来吧。他俩去了大文字山,说是想向天狗求教。"

"天狗?"

"是啊,到底在想什么呢?"

我不由得深深叹了口气,当代首屈一指的大侦探和物理学家殚精竭虑、费尽心思找到的冲破低迷的对策,竟是向天狗求教……这已经让人超越愤怒,抵达了怜悯的境地。必须赶紧采取对策才行。

"雷斯垂德警部那边也联系过了吧?"

"嗯,他先到了,正在二楼等您。"

我快步走上楼梯,赫德森太太紧随其后。

雷斯垂德正在福尔摩斯的房间里的壁炉前烤火,他转过头来,脸色出奇地清爽,简直和前几天判若两人。浑浊的眼眸已然恢复了生气,脸颊也丰润起来,气色好得不行。

"你好,雷斯垂德,看起来挺精神的嘛。"

"是啊。借你吉言,恢复得还算不错。"

对于雷斯垂德警部而言,艾琳·艾德勒的出现简直是"天助我也"。处于竞争关系的刑警们被她连汤带水抢尽了功劳,雷斯垂德的低迷早已淡出人们的视线。犯罪调查部正处于震惊之中,但事到如今,也再难向一度被他们贬为"业余侦探"的艾琳·艾德勒低头求教，同事们纷纷陷入进退维谷的境地。

"我把所有报道他们事态的新闻报道全都搜集起来，剪下来做成剪报册，放到枕头底下，结果每晚都睡得很香，身体状况也比以前好了很多。这多亏了艾德勒小姐。哦哦，请不要误会，我一直是站在福尔摩斯这边的，否则也不会专程赶到这里。"

雷斯垂德一本正经地探出身子。

"情况看起来相当不妙啊。"

雷斯垂德也知悉福尔摩斯接下了大量委托，却将其撇在一边。据说被福尔摩斯放鸽子的委托人组成了"受害者联盟"，昨天甚至跑到京都警视厅（苏格兰场）告状去了。福尔摩斯始终不去解决案子，有关调查状况的询问也纷纷石沉大海，他们想知道究竟发生了什么。

"昨天我费了好些工夫，可算是把他们哄走了。"

"委托人会生气也是应该的吧，毕竟接下案子却搁在一边……不仅如此，福尔摩斯还和莫里亚蒂教授跑到大文字山野餐去了。他们已经丧失了正常的判断力，所以我们得自己想办法。"

我把数天前拜访里奇伯勒夫人的始末告知了雷斯垂德。

如果相信里奇伯勒夫人的建议，是福尔摩斯曾经手过的某个案子导致了他如今的低迷，那么映在水晶球上的少女就该和那桩案子有关。可要是正面询问福尔摩斯，恐怕他不会吐露实情，他对心灵主义极端厌恶，而且那桩案子对他而言也是"不愿触碰的过去"。

"福尔摩斯和莫里亚蒂教授暂时不会回来，现在我们要分头调查福尔摩斯的案件记录，找出类似的案件。案件的内容一旦明确，或许就能从里奇伯勒夫人那里寻求到更加有用的建议。"

雷斯垂德警部抱着胳膊，沉吟了片刻。

"虽然没法说所有的心灵主义都是骗局，不过里奇伯勒夫人算是相当可疑的人物。警视厅也在盯着她，可因为信奉者里有很多名门望族，所以没办法随便出手。你也知道圣西蒙勋爵在替她撑腰吧。"

"还有别的好主意吗？"赫德森太太问。

"不，我不是这个意思……"

"我也知道擅自翻阅案件记录是有悖道义的，但要是再这么旁观下去，夏洛克·福尔摩斯就会彻底成为艾琳·艾德勒的手下败将。你也不愿让福尔摩斯继续低迷下去，对吧？难不成你很想去大原抓偷羊贼吗？"

"我明白了，就这么办吧，反正也没什么可失去的了。"

我从客厅隔壁的福尔摩斯的卧室里搬出一个大铁盒子，里边塞满了随意捆扎的各类文件和形形色色的破烂儿，这些全都是福尔摩斯往日经办过的案件资料。福尔摩斯曾故弄玄虚地说"在遇见你之前，我也处理过很多案子"，却从来没拿出来给我看过。

我们要寻找的案件条件如下：

一、案件发生在十年前。

二、案件涉及一位少女（她可能已经过世）。

三、必须是福尔摩斯未能解决的案件。

雷斯垂德一边盘腿坐在地毯上翻阅文件，一边问道：

"那个水晶球里的少女大概多大年龄？"

"不太确定。"我说，"大概十五岁的样子吧。"

"我觉得她是个显赫人家的姑娘。"赫德森太太说，"她有一头漂亮的金发。"

接下来的两个多小时里，我们无言地埋头处理堆积如山的文件。这是一项艰巨的任务，福尔摩斯并没有好好分类整理，阅读手写的文字极其吃力，即便能读懂，却又会因为越读越有趣而沉溺其中。尽管如此，我们还是设法大致浏览了一遍，但铁皮箱里找不到任何关于这桩案子的资料。

"或许福尔摩斯抢先一步把它拿出来了。"

我们又翻遍了房间的角落，但哪里都没有文件。

"没办法了。"雷斯垂德一边拍打着手上的灰尘一边说，"可能藏在银行的出租保险柜里，也可能被扔进壁炉里烧掉了，又或者里奇伯勒夫人所谓的'案件'根本就是在胡说八道。"

"赫德森太太，"我问，"福尔摩斯最近出去过吗？"

"他一直闷在家里。"

"当真？"

"嗯，只有在拜弁财天的时候才会出门。"

那一刻，赫德森太太和我突然对视了一眼。

我们争先恐后地跑出房间，爬上楼梯来到屋顶。

灰蒙蒙的天空一望无际，眼看即将下雨。在冷峭的晚秋寒风中，我们穿过荒凉的屋顶，来到了弁财天的神龛跟前。

那个小神龛据说在赫德森太太买下这间公寓前就存在于此，虽会祭祀弁财天，但没人知道它的来由。这座神龛漆面剥落，几乎是废弃的状态，但多亏了赫德森太太的修葺，如今的神龛有着光鲜亮丽的朱红色柱子，看起来格外可爱。陷入低潮期后，福尔摩斯连日参拜，他慷慨投入的香火钱更是滋润了赫德森太太的腰包。

我击掌合十，随后打开了神龛的门，在里面摸索着。

"怎样？"

雷斯垂德紧张兮兮地问。

我的指尖触碰到了什么东西。

"有东西。"

拽出来一看，是一本破旧的革装记事本。

三人一齐噤声，面面相觑，灰蒙蒙的天空飘起了小雨。我们退回房间，读起了那本革装笔记，上面记录着发生在马斯格雷夫家的案子。根据福尔摩斯的记录，那是发生在十二年前的事情。

马斯格雷夫家族是拥有悠久历史的洛西世家。

该族原本是十六世纪上茂贺的马斯格雷夫家族的分家，之后移徙洛西，建立了赫尔斯通庄园。由于本家在十七世纪的大动乱中凋零殆尽，因此如今所谓的"马斯格雷夫"通常是指洛西的马斯格雷夫。前任家主罗伯特·马斯格雷夫是颇有能耐的实业家和政治家。他不仅把庄园经营得井井有条，还涉足钢铁业和化学工业，取得了显赫的业绩，就连十五年前在京都举办的万国博览会也是由这位前任家主一手促成的。当时引发热议的"水晶宫"，如今已成为冈崎公园的名胜。万国博览会的口号"人类的进步与和谐"亦是马斯格雷夫一族的家训。

罗伯特·马斯格雷夫娶了霍尔德赫斯特勋爵的二女儿伊丽莎白，但由于她疾病缠身、脾气暴躁，加上罗伯特本身也不太顾家，因此夫妻的感情并不和睦。案件发生时，马斯格雷夫夫人已经过世，留下了膝下的一对儿女，哥哥雷金纳德时年二十，妹妹瑞秋时年十四。

马斯格雷夫小姐向来体弱多病，极少出门，尽管如此，她的求知欲依然非常旺盛，对赫尔斯通庄园的藏书比任何人了解得都多。她和母亲一样，也精通钢琴，还对天体观测和科学实验表现出浓厚的兴趣。孩提之际，每逢月圆之夜，她会和哥哥雷金纳德一起去屋顶观测月亮。尽管没有进学校学习的机会，但她还是热心地邀请鹿谷寄宿学校的学生们参加每半年一次的茶会。

马斯格雷夫小姐十四岁生日后，罗伯特·马斯格雷夫开始广邀洛中洛外的贵族子弟参加赫尔斯通庄园举办的晚宴。表面的理由虽各不相同，但本质都是为马斯格雷夫小姐寻觅夫婿。她毕竟是洛西首屈一指的名门千金，家产不计其数，年轻的绅士们好似被火光引诱的夏虫般纷纷聚集于此。

尽管罗伯特·马斯格雷夫投入了相当大的热情，但这门亲事始终未能谈妥。按仆人们的说法，马斯格雷夫小姐本人对自身的婚姻大事兴趣寥寥，似乎在父亲意愿的裹挟之下感到左右为难。

事情就发生在当年的初冬。

那天恰好是寄宿学校的学生们参观赫尔斯通庄园的日子。

马斯格雷夫家世代担任鹿谷寄宿学校的理事，那天也从学校邀请了数名学生参加马斯格雷夫小姐主持的茶会，茶会结束后，学生们被允许在图书室和谈话室自由活动。马斯格雷夫小姐像往常一样招待了女生们，并没有表露出什么异状。然而到了傍晚，学生们已经聚集在了门厅，准备坐上迎接他们的马车，马斯格雷夫小姐却始终不曾露面。由于她一直没有现身，管家布伦顿只得先安排学生们上车回校，然后命令仆人们把赫尔斯通庄园的每个角落都仔细搜索了一遍。

然而，马斯格雷夫小姐的身影彻底从宅邸中消失了。

罗伯特·马斯格雷夫谈完生意回家后，获悉了女儿失踪的消息。

哥哥雷金纳德此时正在海外旅行，并不在场。之所以过了很久才向京都警视厅（苏格兰场）报案，大抵是因为罗伯特不愿把家庭内部的问题公之于众吧。当刑警们赶到赫尔斯通庄园时已是翌日中午，马斯格雷夫小姐已经失踪整整一天了。

在负责本案的刑警的指挥下，警方展开了对赫尔斯通庄园及其周边地区的大规模搜索和调查，参加茶会的寄宿学校学生们也被逐一问话。而马斯格雷夫小姐的候选新郎们——那些曾被邀请参加晚宴的贵族子弟也悉数接受了询问，负责调查的刑警绞尽脑汁，甚至抽干了领地内的池塘，却始终未曾寻获任何线索。

福尔摩斯受召前往洛西，已是马斯格雷夫小姐失踪两周之后了。雷金纳德·马斯格雷夫是福尔摩斯在大学时的友人，他在校时就非常欣赏福尔摩斯的非凡才能。从海外归来的他对毫无头绪的警察感到恼火，于是委托福尔摩斯来解决案件。

福尔摩斯对赫尔斯通庄园进行了彻底的调查。

他的笔记中逐日记录着调查的内容和他所想到的多种假设，但仍未寻获决定性的线索，笔记记录的内容也在逐日减少。

在赫尔斯通庄园逗留的日子对福尔摩斯来说并不是愉快的经历，案子本身就像捉风捕月一样困难，再加上罗伯特·马斯格雷夫采取不合作态度。罗伯特曾当面痛斥福尔摩斯是"外行侦探"，并就如何对待福尔摩斯与儿子雷金纳德发生了多次冲突。在笔记中有这样一条记录："罗伯特·马斯格雷夫的怒气有些异常。"

笔记的最后，记录了在赫尔斯通庄园发生的一起小骚动。

那个时候，福尔摩斯因旷日持久的调查备感压力，饱受失眠之苦。当晚，他似乎在昏暗的走廊里来回踱步，苦思冥想。当绕到人迹罕至的旧宅时,他遇到了一个少女,还没来得及叫出声来,少女就逃走了,是马斯格雷夫小姐——福尔摩斯是这么想的。于是他吹响了警戒哨,宅邸登时乱作一团。

在用人们的协助下,费了一番周折抓住了少女,却发现她是参加过茶会的寄宿学校的学生。少女的"侦探兴趣"十分浓厚,经常在寄宿学校里惹是生非,成了问题学生。她自认为"我若出马,定能解决马斯格雷夫小姐的失踪案",于是擅自离开寄宿学校,潜入了赫尔斯通庄园。

罗伯特·马斯格雷夫勃然大怒,要求寄宿学校的校长开除少女,还痛斥福尔摩斯的无能。福尔摩斯用潦草的字迹写下"真没意思!",大约是忍无可忍了吧。

而事实上,福尔摩斯并没有解决那桩案子。

笔记的记述以如下言语结束——

"天赐的才能究竟消失到哪里去了呢?"

━━━━◇━━━━

雷斯垂德、赫德森太太和我一起造访了樱沼别墅。

和数天前一样,管家先把我们领进了等候室。雷斯垂德感叹着说:"好气派的房子啊!"透过面向庭院的窗户看去,烟雨笼罩的东山近在眼前。

樱沼别墅位于东山山麓,因此靠北的大文字山无法进入视野,但那里想必也被丝绸般的细雨笼罩着吧。此刻的福尔摩斯和莫里亚蒂教授是不是正冒着凄凄寒雨,拨开落叶寻找天狗的踪迹呢?真是可悲啊,与其指望山里的妖怪,还不如依靠心灵主义来得好些。

事实上，我已经开始相信里奇伯勒夫人的力量了。

十二年前从赫尔斯通庄园消失时，瑞秋·马斯格雷夫小姐恰是十四岁，她是名娇小的金发少女，失踪的时候穿着纯白的朴素礼服。数日前显现在里奇伯勒夫人的水晶球里的少女确乎是那副模样。这实在不像是偶然的一致。她是自杀、被他人所害，还是遭遇了意外呢？无论如何，马斯格雷夫小姐倘若真在灵界，那么她在这十二年来踪迹全无也是理所当然的。

而且，假使福尔摩斯的低迷真是由"心灵机制"所引发，那我们没能解决问题也就情有可原了。这原本就不是"侦探"和"医生"能涉足的领域，若非里奇伯勒夫人那样的"灵媒"，恐怕是无法将福尔摩斯自低迷中拯救出来的。

"让我们等了好久啊。"赫德森太太说道。

前面一位客人的面谈似乎拖了很久，管家迟迟没来叫我们。

雷斯垂德坐在长沙发上，一心一意地盯着福尔摩斯的笔记。

"马斯格雷夫家的案子我还记得，当时我也被召去寻找马斯格雷夫小姐，但我不知道福尔摩斯也被卷进来了。"

雷斯垂德仰起脸来，出神地望着窗外。

"那是桩古怪的案子，由于发生在洛西的名门之中，京都警视厅（苏格兰场）无论如何都必须设法解决。再加上罗伯特·马斯格雷夫在政界很有权势，内务大臣想必给警视厅总监施加了莫大的压力吧。事实上，被派去赫尔斯通庄园的是一名资深刑警，他进行了地毯式的搜查。但不知怎的，风向突然变了，搜查本部很快就遭到了裁撤。我还记得自己当时十分沮丧，明明没找到任何线索，却被命令从洛西撤回。"

"这确实挺怪的，究竟是为什么？"

"当时我只是个新人刑警，不清楚是怎么回事。"雷斯垂德压低声音说道，"上面貌似出了状况，等回过神的时候，搜查本部也已解散。马斯格雷夫小姐的失踪彻底成了悬案。福尔摩斯未能解决这桩案子，说不定也有这方面的原因。"

"你是说有人施压？"

"应该是相当厉害的人物。"

雷斯垂德说着故弄玄虚的话。

此后的十二年，马斯格雷夫小姐行踪杳然。

马斯格雷夫小姐的失踪为马斯格雷夫家投下了阴影，更确切地说，那个文静的少女一直以来都维持着马斯格雷夫家岌岌可危的平衡。或许是为了弥补内心的缺失吧，罗伯特·马斯格雷夫展开一系列冒进的事业，但再也没获得过往日的成功。直至最后，罗伯特·马斯格雷夫都未能从女儿失踪的打击中恢复过来。

去年夏天，罗伯特满怀失意地撒手人寰，他的儿子雷金纳德继承了家业。

"那位名叫瑞秋的小姐也很可怜啊。"赫德森太太说道，"要是她还活着，大概和玛丽差不多岁数吧。"

"还是搞不明白啊。"雷斯垂德歪着脑袋说，"为什么福尔摩斯要费尽心思去隐藏这本笔记呢？"

"或许是因为耻于被别人看到吧。"

"但读完这份记录，也不会觉得这是多么惨痛的失败。"雷斯垂德眉头紧锁地翻阅着笔记，"福尔摩斯已经尽了侦探应尽的责任，也没看出有什么致命的错误。相比这桩案子，去年的'红发会'事件要尴尬得多吧。为什么事到如今还要在意十二年前的案子呢？更何况还因此陷入低迷……真叫人搞不懂啊。"

"交给里奇伯勒夫人就好。"赫德森太太鼓励似的说,"她会解释清楚的。"

就在这时,走廊上传来了说话声,大概是和里奇伯勒夫人面谈的访客出来了吧。不多时,一对女性走进了等候室,就在此刻,赫德森突然惊叫了一声,等看清她们的脸后,我也不禁大吃一惊。

来者是艾琳·艾德勒和我的妻子玛丽。

"约翰,你来这里做什么?"

"我还想问你呢,你不是去见寄宿学校的校友了吗?"

"是啊,艾琳·艾德勒就是我寄宿学校的校友。"

听到这话,我惊得目瞪口呆。福尔摩斯被艾琳·艾德勒逼得山穷水尽,这件事在家里早已谈及多次,尽管如此,玛丽却从未提及她与艾琳的关系,这显然是刻意缄口。

"你为什么不告诉我?"

对于我的问题,玛丽若无其事地说:

"你也没问。"

"没想到会在这里见面。"赫德森太太说,"我们是来谈关于福尔摩斯先生的事的。"

我赶忙戳了戳赫德森太太的胳膊肘。艾琳·艾德勒是福尔摩斯的对手,没必要特地透露福尔摩斯的窘境。

赫德森太太"呀"了一声,旋即闭上了嘴。艾琳·艾德勒使了个眼色,玛丽也轻轻点了点头。

就在这时,管家走进了等候室。

"里奇伯勒夫人可以见各位了。"

虽是第二次造访，这个房间的黑暗仍让我难以习惯。

里奇伯勒夫人坐在放置水晶球的桌子对面，身后垂着厚重的黑天鹅绒窗帘。烛台的微光映照在她面具般的脸庞上。桌子对面按扇形摆放着三张木椅。雷斯垂德自我介绍之后，里奇伯勒夫人微笑着说："我很了解警部的活跃表现。"绝大多数人在得知对方是警察时往往会有些紧张，可里奇伯勒夫人似乎完全不受影响。

"夏洛克·福尔摩斯先生没能一起来吗？"

"福尔摩斯是个倔脾气，要把他带到这儿来可不容易。不过我们带来了一些或许能成为线索的东西，是发生在十二年前的案件记录。"

我将皮革笔记本放在桌面上，简略地讲述了那件事。里奇伯勒夫人两眼放光地探出身子，我的话似乎勾起了她的兴趣。

"您的意思是，映在水晶球里的人就是马斯格雷夫小姐吗？"

"是的。里奇伯勒夫人，您说那个少女就是福尔摩斯陷入低迷的原因，而福尔摩斯的行为的确令人费解。他十分不愿触及过去的案子，甚至特地藏起了这本笔记，这怎么看都不像巧合。"

"华生先生，您说得对，这绝不是巧合。"

言毕，里奇伯勒夫人把革装笔记拽了过来。

她把笔记本摊在桌面上，一页页细细披览，好似不愿漏过任何一处细微的线索。花费许久读完笔记后，她将身子靠在椅背上，茫然地凝望着虚空。

"我从这本笔记中感受到了一股强大的心灵之力。"里奇伯勒夫人说道，"或许这本笔记本身就是媒介，可以连接来自灵界的呼唤。马斯格雷夫小姐的灵魂一直在试图诉说什么，也难怪福尔摩斯先生会陷入低迷。那是因为心灵之力一直在运转，试图把福尔摩斯拽回十二年前那个悬而未决的谜案中去。"

"马斯格雷夫小姐究竟想说什么呢？"

里奇伯勒夫人陷入了沉思，将目光落回了笔记上。

"我想知道的是，福尔摩斯在十二年前为什么半途而废，放弃了对案件的调查。笔记最后是关于一名寄宿学校学生潜入宅邸的记述，然后福尔摩斯先生的记录就突然终止了，这里边究竟发生了什么呢？"

这也是我们困惑不已的地方。

根据雷斯垂德的回忆，由于某种政治上的压力，警视厅的调查虎头蛇尾地歇火了。但福尔摩斯是以个人身份受雇于雷金纳德·马斯格雷夫的侦探，并不受警视厅调查方针的束缚，即便真的存在某种压力，那个偏执顽固且自尊心极强的福尔摩斯似乎也不大可能轻易临阵退缩。

"可以提一嘴吗？"赫德森太太战战兢兢地举起了手，"刚才我在等候室翻看笔记时注意到一件事，有关案件的记录虽然中断了，但笔记并没有就此终结。继续往下翻，在隔开好几页的地方写了一首像诗一样的怪东西。"

听了赫德森太太的指点，里奇伯勒夫人又翻起了笔记，在翻过数页空白的页面后，她的手骤然停了下来。

"这里的确写着什么。"

里奇伯勒夫人大声念了出来。

何人之物？
遗世去者。

谁将得之？

俄尔来者。

吾辈当奉何物？

倾其所有，悉数奉上。

吾辈何故奉之？

伟大觉醒，俱为此故。

我们面面相觑，这像是某种仪式的问答文本，却教人参不透其中的意味。福尔摩斯究竟是出于什么缘由要把这些东西写在笔记本上呢？

"这是什么？"我问了一句，但里奇伯勒夫人并未回答。

她挺起群青色礼服包裹下的丰腴身体，凝视着摊在桌面的笔记。只见她眉头紧锁，眯着眼睛，似乎在拼命地思索着什么。

又过了片刻，里奇伯勒夫人深吸一口气，胸膛随之鼓起，然后忽而瞪大了眼睛。

那副表情让人联想到揭开真相前的福尔摩斯，尽管如此，她的反应还是强烈得多。只见她的双眼目光炯炯，嘴唇因无法掩饰的微笑而扭曲，就像看到了什么不该看的东西一样，脸上赫然一副令人悚然的表情。

突然间，雷斯垂德拍了拍我的胳膊。

"华生医生，快看那边！"

我顺着他所指的方向看去，桌面上的水晶球正发出光芒。

我向前探出身子，凝视着水晶球，一个俯首的少女形象依稀浮现出来，可能是马斯格雷夫小姐吧。但不知为何，总觉得和上次的印象不太一样——就在我这么想的那一刻，少女抬起了原本低垂的头，用挑衅的眼神瞪向了这边，我被吓得倒吸了一口冷气。

"这不是玛丽小姐吗？"赫德森太太叫道，"为什么是玛丽小姐？"

水晶球里的玛丽大力挥手，朝这边喊着什么。她举起了一张纸，上面是这样写的——

你们都被骗了。

━━━◯━━━

"这是怎么回事？"

我抬高声音，质问里奇伯勒夫人。

就在这时，身后的门被推开了，光线射入了幽暗的房间，就似驱散黑暗一样，艾琳·艾德勒步履飒爽地走了进来。

里奇伯勒夫人站起身来，冲到墙边，伸手去拽拉铃的绳子，大概是要召唤用人吧。

"你这是徒劳之举！"艾琳·艾德勒喝道。

她的声音好似挥去一记巴掌，里奇伯勒夫人不由得松开了绳子，转身面对入侵者，那张面孔好似能乐[1]面具般全无表情。

"艾德勒小姐，我和你的谈话应该已经结束了。"里奇伯勒夫人语调严肃地说道，"请回吧。"

"真对不住，那可不行。"

艾琳·艾德勒毫不畏惧地撂下这话，径直穿过了房间。

她从赫德森太太和我之间穿过，停在了桌子跟前，然后毫不犹豫

---

[1] 日本传统艺术形式之一，分为"能"和"狂言"两种类型，"能"的特点是表演者会戴上面具，扮演妇女、儿童、老人、鬼魂等形象。——编注

地伸出双手捧起了水晶球。由于行动过于大胆，就连里奇伯勒夫人也未来得及阻止。被举起的水晶球已然完全失去了光亮，放置水晶球的垫子中央开了个洞，光线正是自此处射入的。

"这个房间的正下方有个专用的演播室。"

艾琳·艾德勒宣誓胜利般地做起了解释：在地下的演播室里，对着目标物施加强光，然后通过镜子和透镜组成的传输装置，将影像投射到水晶球内部的镜子上——一旦解释清楚，就会发现只不过是个简陋的光学诡计而已。我们之所以未能识破，是因为从未想过有人会大费周章地做出如此复杂的机关。

"只要使用这个机关，就能把任何想给你看的东西展示给你看。"艾琳·艾德勒说道，"就像玛丽刚才演示的那样。"

的确，我们刚才清清楚楚地看到了水晶球上映出了玛丽的身影。

也就是说，数日前我们所看到的形似马斯格雷夫小姐的少女身影，也是用同样的方式投影出来的。多亏了艾琳·艾德勒的揭秘加上玛丽的演示，原本围绕在里奇伯勒夫人身上的神秘气息已烟消雾散，不留一点痕迹。

往侧边一看，赫德森太太沮丧万分，一副可怜兮兮的样子。这也难怪，她一直把里奇伯勒夫人奉为史上最伟大的灵媒。而另一边，雷斯垂德则满眼钦佩地凝望着艾琳·艾德勒。她所展现的"名侦探"的浮夸举止是如此生动，像极了黄金时代的福尔摩斯。

里奇伯勒夫人背靠着黑天鹅绒窗帘直直地站着。

"你对心灵现象根本就一无所知，艾德勒小姐。"里奇伯勒夫人语调平静地说，"心灵现象处于主观和客观的夹缝中，观者的心理状态对其影响极大。信者自见，不信者永世不见。猜疑心才是心灵现象的大敌,像我们这样的灵媒,必须彻底打消委托人的猜疑心,让对方从心底相信灵界的存在。为了达到这个目的,有时也会使用一些机关,仅此而已。何必摆出这副扬扬自得的表情呢?"

"也就是说,你承认欺骗了委托人吧?"

"我可没这么说。"里奇伯勒夫人摇了摇头,"华生医生一定能理解的吧,有时候为了缓解患者的紧张,医生也会说一些无伤大雅的谎言。因为这能抚平患者的情绪,对治疗有所助益。世人皆病,而我是灵魂的医生。有朝一日,等世人真正觉醒,灵界的存在被广泛接受的时代来临,届时也就不必使用这种手段了。"

"那样的时代是不可能到来的。"艾琳·艾德勒探出身子说道,"其实连你自己都不相信灵界存在,对吧?"

就在她俩隔着桌子对峙的时候,玛丽出现在了门口。

"一切顺利吗?"

"非常完美。"艾琳·艾德勒目不转睛地瞪着里奇伯勒夫人,嘴里回答道。

然而里奇伯勒夫人并无惧意,她慢腾腾地坐回椅子上,对艾琳·艾德勒挑衅般地说道:

"那你打算怎样,是要逮捕我吗?正巧雷斯垂德警部也在。"

"我不着急。"艾琳·艾德勒直起身子,轻描淡写地说道,"我今天到这里来,原本不过是打个招呼而已,但现在我改主意了。因为你试图笼络华生医生和赫德森太太,被我看穿了企图。你是想乘虚而入,利用福尔摩斯先生,对吧?"

"我只是想帮助福尔摩斯先生。"

"福尔摩斯先生不需要心灵主义的帮助!"

艾琳·艾德勒掷地有声地说了一句，然后转身看向了我。她的眼里流露出强烈的愤怒与失望之情。

"华生医生，"她厉声说道，"你已经看清里奇伯勒夫人的手段了吧？像华生医生这样的人物，居然也会着了这种骗子的道！你的本职工作应该是支持福尔摩斯先生，而不是让他卷入一场无聊的闹剧中。"

艾琳·艾德勒的言语好似利刃般贯穿了我的胸膛。

我羞耻得想找个地缝钻进去，同时也感到了深深的失望。

我把希望寄托在里奇伯勒夫人身上，只盼她能把福尔摩斯从低迷中解救出来，结果却是空欢喜一场。这样的失望周而复始地上演着，我被彻底击垮了。

"你说得对，艾德勒小姐。"

我边说边转过身去，映入眼帘的是在门口观望着这一切的玛丽，亮光透过半开的门自她背后流入室内，令玛丽的轮廓化为了黑漆漆的影子。我看不清她的表情，也不知道妻子究竟在想什么。

"好了，闹剧结束了，我们走。"

艾琳·艾德勒不由分说地说道。

在尴尬的沉默中，我们站起身来，准备离开昏暗的房间。

就在这时，一道疑念骤然掠过我的脑海。

的确，里奇伯勒夫人展示的"心灵现象"是骗人的，但十二年前，马斯格雷夫小姐在洛西的家中突然失踪，而福尔摩斯一直回避提及此案，这一事实并没有改变。

"华生医生。"

就似看穿了我的内心一般，里奇伯勒夫人从背后呼唤着我。

我站在门口回头望去，幽暗的房间深处摇曳着烛台的灯火，照亮了里奇伯勒夫人苍白的面容。藏身于惬意的黑暗中，她的身上再度散发出神秘的气息。

"请替我转告福尔摩斯先生，"她说，"马斯格雷夫家的谜案是无法逃避的。"

我们冒雨回到了寺町通221B，福尔摩斯和莫里亚蒂教授已经先行一步从大文字山回来了，两人都裹着毯子窝在壁炉跟前，福尔摩斯满脸不悦地瞪着膝盖上的金鱼钵，莫里亚蒂教授则半死不活地翻着白眼，很显然，他们未能成为天狗的弟子。非但如此，两人还在山里迷了路，似乎吃了相当大的苦头。

觉察到我们走进房间，福尔摩斯从金鱼钵上抬起头来，臭着一张脸说：

"赫德森太太，你跑到哪里去了？今天真是糟糕透顶，我们迷了路，淋了雨，莫里亚蒂教授还从山上滚了下去，差点在大文字山遇难。我们累得要死，终于挣扎着回到家里时，却发现屋里漆黑一片，连个烧水的人都没有。难不成你又去找那个骗子灵媒了？"

"嗯，你说得对。"赫德森太太话中带刺地说道，"我就是找那个骗子灵媒去了。"

艾琳·艾德勒拆穿水晶球的诡计后，赫德森太太一直沉默不语，在回程的马车上也几乎未发一言。大概是因为被里奇伯勒夫人耍弄而深受打击吧。

她憋在肚里带回家的愤怒和失望，在福尔摩斯的无心之言下终于爆发了出来。

"没错,你说得对,心灵主义都是骗人的!"赫德森太太突然把帽子一摔,大声喊道,"福尔摩斯先生,这下你满意了吧。想必我们在你眼里都像傻瓜一样,可我们都是抱着抓住救命稻草的想法去的。没错,里奇伯勒夫人确实是个骗子,可你觉得我们大老远去找那个骗子灵媒是为了谁?不都是为了你吗!"

赫德森太太一口气把话说完,然后迈着重重的脚步走出房间。虽然有些迁怒于人的意思,但她的心情也是可以理解的。

"她怎么了?"

夏洛克·福尔摩斯呆然地捧着金鱼钵。

在长沙发上久久不省人事的莫里亚蒂教授不知何时也坐了起来。

"发生什么事了?赫德森太太不是里奇伯勒夫人的忠实信徒吗?"

"里奇伯勒夫人的把戏已经被拆穿了。"

说着,雷斯垂德讲述了今天造访樱沼别墅的始末。

提起艾琳·艾德勒的活跃表现,雷斯垂德的语气里充满了热情,一双眼睛也宛若少年般熠熠生辉,看来他已经被艾琳·艾德勒的"侦探"才能折服了。雷斯垂德越是夸赞她的能力,福尔摩斯的脸色就越是难看。

"嗯,看来还是有点前途的。"

"什么叫有点前途,福尔摩斯先生。"雷斯垂德兴奋地探出了身子,"毫无疑问,艾德勒小姐是个天才。怎样?福尔摩斯先生或许也该找艾德勒小姐商量一下。"

"我该找她商量什么呢,雷斯垂德?"

"比方说推理的诀窍啦,侦探的心态啦,艾德勒小姐会给你很多有用的建议,说不准会成为你摆脱低迷的契机。"

福尔摩斯脸上的表情眼看着消失了，皮肤因愤怒变得苍白，室内陷入了让人喘不过气的沉寂。

"我拒绝。"福尔摩斯说，"为什么名侦探夏洛克·福尔摩斯这号人物，非得跑去向那种业余侦探求教呢？要是这样就能让我摆脱低迷，又何至于如此痛苦。不过要是你个人想向艾琳·艾德勒请教，我也不会拦着你，因为你毕竟还有公仆的职责。"

"不，我不是那个意思。"

雷斯垂德张口结舌，沮丧地低下了头。

———◯———

在离开里奇伯勒夫人的宅邸之前，艾琳·艾德勒抓住我的胳膊，把我拽到了门厅的角落，外边传来安静的雨声。

"为什么福尔摩斯先生不肯认真办案？"

艾琳·艾德勒瞪着我说。

"你以为我为什么要挑战福尔摩斯先生？以这样的方式获胜一点都不会开心——"她滔滔不绝跟我说着这些，眼里蕴含着强烈的愤怒。

在这番愤怒背后，可以窥见她对福尔摩斯的殷切期待。比任何人都企盼福尔摩斯复活的，不正是在公众面前向福尔摩斯下战书宣战的这个人吗？

"请让那个人认真起来。"艾琳·艾德勒说，"这才是你的本职工作，华生医生。"

———◯———

裹在毯子中的福尔摩斯一声不吭地盯着壁炉，我从包里拿出革装笔记本，举到福尔摩斯鼻子底下。福尔摩斯皱着眉头瞥了眼笔记本，当他意识到那是过去案件的记录时，便默默地从我手中将它夺了过去。

"十二年前，马斯格雷夫家里究竟发生了什么？"

听我这么一问，福尔摩斯咂了咂嘴，挪开了视线。

"这事跟你没任何关系吧？那是我在遇到你之前经手的案子，当时的我还是个生手，案件没能解决，仅此而已。"

"你为什么要撒谎，福尔摩斯？"

我俯下身子正视着他。

"如果真是这样，那就没必要特地藏起笔记了。你是有所介怀吧？为什么不告诉我呢？"

但福尔摩斯缄口不语，像个执拗的孩子裹着毛毯，用恨恨的眼神瞪着我。

福尔摩斯为何要隐瞒真相？我的疑窦越来越重。马斯格雷夫家的谜案是无法逃避的——里奇伯勒夫人是这样说的。

突然，福尔摩斯发出了低吼般的声音。

"你也有事瞒着我吧？"

"什么？"

"《海滨杂志》的最新一期，你们究竟在搞什么？"

《福尔摩斯冒险谭》被迫无限期停止连载后，我便再也没有翻开过那本杂志，因为即便只是翻看，也会徒增对其他作者的嫉妒。

"怎么，你打算装无辜吗？"见我疑惑不解，福尔摩斯哼了一声，"来，告诉我这个新连载是怎么回事。"

福尔摩斯从毯子底下摸出一本杂志，向我扔了过来。

福尔摩斯所谓的"新连载"堂堂正正地登在卷首。编辑部似乎对其寄予厚望，以"侦探小说界的新星！""洛中洛外热议纷纷！"这般夸张的评价吸引着读者的眼球。

待标题和作者名跃入眼帘，我如遭雷击。

《艾琳·艾德勒事件簿》——玛丽·摩斯坦著

就在这时，我的脑海中浮现出玛丽伫立在蒙蒙细雨中的身姿。

当离开里奇伯勒夫人的宅邸时，玛丽如影随形般依偎在艾琳·艾德勒身边，透过冷峭的细雨之帘静静地注视着我。

不知为何，我始终无法真切地感知到玛丽就站在那里。凝望着我的那个妻子，并非我熟知的妻子，只觉得她是某种无法接近、神秘莫测的存在。

"玛丽和艾琳·艾德勒联手了。"

福尔摩斯冷冰冰地说。

"难道你真的没有觉察到尊夫人的背叛吗？"

第三章

瑞秋·马斯格雷夫的失踪

当晚，读毕《艾琳·艾德勒事件簿》的震撼，令我久久难以忘怀。

我悄悄把刊登连载的杂志带回家，窝在诊室读到深夜。在阅览完《夏蜜柑俱乐部》《布朗少校的名声》《小偷哲学家》这三篇作品之后，我一时间陷入了茫然。艾琳·艾德勒以层层推进、逻辑清晰的推理来推导真相，必要时还会发挥舞台剧演员的经验，从"青年"到"老妪"变装自如。和恶棍们交手时，"住在长滨的铁匠打造的秘密武器"便大展身手——

简而言之，艾琳·艾德勒将夏洛克·福尔摩斯的风格化为己用，并且运用得更加娴熟。而她的搭档玛丽·摩斯坦不仅将艾德勒小姐过去经手的案件改编成小说，她本人更是陪同调查，成为破案的助力。

我对玛丽艳羡无比，我渴望书写的故事就存在于此。

———◯———

十二月上旬，某个休诊日的早晨。

我披上大衣走出诊所，去下鸭神社参拜。

不知不觉间，清晨的空气早已沁满冬寒。我走在静谧的神社境内，长长地吸了口气，此间满是太古森林的气息。

在本殿参拜完后，我沿着贯穿糺之森的南北参道一味地往前走。从前，每当我的写作陷入瓶颈之时，时常会像这样在下鸭神社的参道或鸭川边散步。只要心无旁骛地行走，就一定会想出解决办法。

但当天早上，无论我走多远，心情仍是十分沉重。

《艾琳·艾德勒事件簿》在洛中洛外掀起了狂热的浪潮。

艾琳·艾德勒的活跃表现时常登上各大报纸，激起了世人的好奇心。由于《福尔摩斯冒险谭》的停载，侦探小说的粉丝们对新作的发表充满了饥渴，《事件簿》就是在这样的背景下出现的，就好似把点燃的火柴扔进成堆的干稻草里。玛丽·摩斯坦的丈夫是约翰·H.华生的事情很快就被揭露了，夏洛克·福尔摩斯和艾琳·艾德勒的侦探对决不知何时演变成了我和玛丽的夫妻对决。

按照玛丽的说法，她和艾琳·艾德勒的相识可以追溯到学生时代。

妻子自小就失去了母亲，由于父亲是当时驻印联队的军官，在十八岁之前，她一直生活在鹿谷的寄宿制女校。在她十二岁那年，从印度回国的父亲神秘失踪了，其始末已整理为《四签名》一篇公开发表。她曾栖身于孤立东山山麓的学园，孑然无依，孤苦寂寞，还曾全身心投入新闻委员的活动——这些事我都有所耳闻。艾琳·艾德勒也就读于同一所学校。

"她在那里只读了不到一年，没多久就退学了。"

"从那以后你们就没见过吗？"

"嗯，快十二年了。"

"尽管这样，她还是让你执笔。"

"做新闻委员的时候，我和艾琳就一起经历过很多事。"玛丽怀念地说，"我们是很好的搭档。"

直到今年春天，玛丽才再度见到艾琳·艾德勒，当晚她和慈善委员会的伙伴一起去四条的南座大剧院看戏，机缘巧合之下坐在了艾琳的邻座。久别重逢令她们欣喜无比，在幕间去了剧场内的酒吧。她们沉浸在交谈中，并没有直接回到观众席。

玛丽也从传闻中听说了艾琳成为舞台剧演员的事，但此时她已退出了歌剧院。

"我打算转行当侦探。"艾琳是这样说的。

玛丽笑话她是不是在开玩笑,但艾琳是认真的。

之后发生的事情如前所述,艾琳·艾德勒的侦探才能爆发性地结出累累硕果,即将从福尔摩斯手中夺下"名侦探"的桂冠。艾琳·艾德勒的华丽转身,也是玛丽的转身。

"我应该多次请求过你别再和那个人来往了。"玛丽说,"可你从未认真考虑过,相比医生的工作和我们的家庭生活,福尔摩斯总是被放在前面。也就是说,福尔摩斯比我们的人生还要重要。既然如此,我也有自己的考量。"

我在下鸭神社的参道上踱步,抬头仰望冬日枯槁的树梢,某种几近死灰的情绪包裹着我。

在这一年里,我一直在设法找回自己和福尔摩斯的黄金时代,牺牲了自己与玛丽的生活。虽然口头上重视玛丽,却总把福尔摩斯置于首位。如今的事态可以算作报应。骄兵必败,夏洛克·福尔摩斯和华生的时代已经落幕,艾琳·艾德勒和玛丽的时代正在到来。

那天,玛丽陪同艾琳·艾德勒在外过夜,一起做了调查,逐渐确立了"艾琳·艾德勒的搭档"这一名副其实的地位。

我带着萎靡不振的心情回到了诊所。

"华生医生,电报。"

女仆将一张纸片递给了我。

喜讯断绝已久,肯定又是什么糟心的消息。

我叹了口气,看向了电报,上面是这样写的——

夏洛克·福尔摩斯君音信全无　莫里亚蒂

当我造访寺町通221B时，赫德森夫人一脸阴郁地出来迎接。

"福尔摩斯消失了？"

"嗯，就是这样。"赫德森太太一边从我手里接过手杖和大衣，一边说道，"前天中午突然出去了。"

"真不省心啊。"我皱起眉头，"他在哪里？在做什么？"

倘若放到过去，福尔摩斯一连消失几天的事情并不稀见，不是如猎犬般追查案件，就是在图书馆阅览室里搜罗犯罪史料，抑或在大学医院里沉溺于法医学研究，总之没有担心的必要。但如今的福尔摩斯已非昔日的福尔摩斯了。

"除了福尔摩斯先生，莫里亚蒂教授也很让人担心。"

"为什么？"

"他一直在等待福尔摩斯先生回来。"赫德森夫人皱着眉头，"好像几乎没睡过觉。"

这简直就是忠犬八公啊。我一边想着，一边来到二楼福尔摩斯的房间。房间里窗帘紧闭，冷得就像黎明前的荒野。

莫里亚蒂教授身披黑色斗篷，靠在扶手椅上，在几乎熄灭的壁炉跟前，那阴郁的身姿就似一团死灰。我在壁炉里添煤拨火，莫里亚蒂教授将空洞的眼睛移向了我。

"福尔摩斯君已经消失整整两天了。"

"过几天就会回来的吧。"

嘴上虽这么说，但我并不确信。

福尔摩斯用来睡觉的长沙发周围散落着读过的报纸。

上面都是对艾琳·艾德勒亮眼表现的报道，在这些报道之中，"雷斯垂德警部"的名字也到处都是。

上个月，因为里奇伯勒夫人的事，雷斯垂德被艾琳·艾德勒的侦探能力折服，他对京都警视厅（苏格兰场）此前的无礼表示道歉，并虚心向她求教。从那以后，艾琳·艾德勒和雷斯垂德的名字经常同时见诸报端。福尔摩斯自然无法容忍这种"背叛"，已向雷斯垂德宣布绝交。

莫里亚蒂教授无精打采地盯着壁炉里跃动的火焰。

"真是讽刺啊，名侦探夏洛克·福尔摩斯和物理学家詹姆斯·莫里亚蒂，在解谜的领域，我们从不输任何人。可我们竭尽了全力，还是没能解开自身低迷之谜，越是想从迷宫中脱身，却越是深陷其中。"

我满怀痛心地盯着莫里亚蒂教授。

"但你的存在也支持了福尔摩斯吧。"

"真的吗？确实，我每天都会来这个房间找福尔摩斯君。多亏了他，我才得到了救赎。我一直把福尔摩斯君当成可以分担苦痛的友人，但这或许只是我的一厢情愿，事实上，福尔摩斯君可能已经厌烦了。"

莫里亚蒂教授用猛禽般的双手捂住了脸。

"所以他才躲到了什么地方吧。"

彼处并无傲慢的物理学家，唯有悲伤的垂老男人。我不知道该如何安慰，只能靠近莫里亚蒂教授，把手久久地按在他因呜咽而颤抖的肩膀上。

"福尔摩斯君一直在迁就我。"莫里亚蒂教授说，"我希望他一直低迷下去，害怕自己被孤零零地抛下。怀抱着这种念头，算是什么心灵之友呢？简直就是瘟神啊。"

夏洛克·福尔摩斯曾这样说：

"我正在解决名为'自身'的疑案。"

我曾以为那不过是逃避现实的借口。

但如今回想起来,当时不愿正视现实的人应该是我才对,在福尔摩斯迷失的那个迷宫里,确乎潜藏着一个魔物。而深刻体会到这个魔物有多可怖的人,恐怕只有莫里亚蒂教授。

———〇———

一阵敲门声后,赫德森太太走进了房间。

莫里亚蒂教授拿出手帕抹着眼泪,大概是茶饭不思的缘故,他的脸颊憔悴不堪,原本就缺乏血色的脸此刻看来就似一尊蜡像。

"我很担心福尔摩斯君,担心得睡不着觉。"

"莫里亚蒂先生,光苦思冥想是没有用的。"赫德森太太边倒茶边说,"好好晒晒太阳,暖暖肚子吧。来,喝杯红茶,吃点烤饼。"

赫德森太太所言非虚。我拉开窗帘,任由阳光照射进来,嘴里嚼着涂满黄油的温热烤饼,心情逐渐趋于明朗,莫里亚蒂教授的脸色也有所好转。话虽如此,福尔摩斯依旧下落不明。

根据赫德森太太的说法,福尔摩斯是在前天中午前后离开221B的,当时他身穿大衣,肩披围巾。而他的旅行包仍放在卧室里,所有烟斗都竖在壁炉架上。

倘若他打算出远门,不大可能不带这些东西。支票簿和现金还在桌子的抽屉里,所以他身上最多只带了一点零钱吧。没取心爱的烟斗,没拿换洗的衣服,甚至连钱都只带了一点。福尔摩斯究竟打算如何度日呢?

此时浮现在脑中的是,陷入低迷以来福尔摩斯屡次表露出的对隐居生活的憧憬。

"大原的村子如何?"他曾这样问我,"那是最北端的边鄙山村,无论是扰人的街道喧嚣、潮湿的鸭川雾气,还是艾琳·艾德勒的活跃表现,都难以到达。我一定能在那里平心静气地生活,和遍身青苔的地藏石像谈话,还能养养蜜蜂。"

"为什么要养蜜蜂?"我问。

"蜂蜜对身体很有好处,蜂王浆也是。"

"话是没错,可田园生活不适合你。"

"在竹林结庵[1]也很不错,有种遗世独立的感觉。在竹林的草庵里度日,每天早晨挖点竹笋,然后以竹笋汤为主食生活。不对,光靠竹笋汤营养应该不够吧?或许还是应该养蜜蜂。你觉得只靠喝竹笋汤和蜂蜜能活得下去吗?我对营养学不大了解,请给我点医生的意见吧。"

"别说什么隐居了,凯旋的日子一定会到来。"

"哦,是吗?那会是什么时候?拜托请告诉我。"

福尔摩斯厌腻地说道,然后背过了身子。

——竹林结庵。

就在此刻,天启的灵光终于闪现。

"福尔摩斯有可能去洛西了。"

"洛西?"莫里亚蒂教授喃喃道,"为什么要去那里?"

"马斯格雷夫家的领地里有大片竹林,要是福尔摩斯决定弃世隐居,他首先就会想到这里。而且现任家主雷金纳德·马斯格雷夫是福尔摩斯学生时代的朋友,结一两个草庵总不在话下。"

---

1 搭建草庵居住。

"可毕竟有十二年前的案子，福尔摩斯君不是很不愿提及那件事吗？又怎么会特地在这片充满痛苦回忆的地方隐居呢？"

说到这里，莫里亚蒂教授做出了恍然大悟的表情。

"不，或许正是因为有痛苦的回忆才会吧。十二年前的疑案一直萦绕在福尔摩斯君的心头，他是不是想再度拜访马斯格雷夫家，重新面对他初出茅庐时未能解决的悬案呢？"

莫里亚蒂教授的眼神恢复了锐利。

"我们也去洛西，华生君！"

就在这时，玄关的门铃响了起来。

"哎呀，来客人了。"

赫德森太太站了起来，匆匆地下了楼梯。

莫里亚蒂教授上了三楼，去做外出的准备。

这段时间，我一直在楼梯旁的走廊等待，但我非常在意楼下的情形。赫德森太太正在门口和某人争执不下。过了一会儿，当莫里亚蒂教授夹着手杖走下楼梯时，门外传来了一阵粗暴的拍打声。我们匆匆下楼抵达门厅，看到赫德森夫人正用背顶着门。

"委托人找上门来了。"

"是'受害者联盟'的那些人吗？"

"我说福尔摩斯先生不在家……"

就在赫德森太太解释情况的时候，门外"把福尔摩斯交出来！""别让他跑了！"的怒吼声此起彼伏，我提议由我来代替福尔摩斯出面应付，但赫德森太太说：

"你只会代替福尔摩斯被吊起来而已，这里交给我，你们从后门逃走。"

"事情到了这步田地,我没法撇下你不管。"

"我是夏洛克·福尔摩斯的房东。"赫德森太太这样说道,"早就习惯这种麻烦事了。"

她的脸上反倒多了几分活力。

"与其这样,还不如赶紧到洛西去,早点把福尔摩斯先生带回来吧。我的事不用担心。万一有什么情况,我会把福尔摩斯先生的手枪拿出来,放两三枪就解决了。"

虽然她的话里全都是问题,却毋庸置疑地可靠。

我向赫德森太太致谢后,朝莫里亚蒂教授点了点头,我俩便一起沿着走廊往里退。我扭头一看,赫德森太太正挥着手说"路上小心"。

"哎呀,"莫里亚蒂教授叹着气说,"真是了不起的人啊。"

从后门可以进入逼仄的后院,与其说是后院,其实就是一片荒凉的空间,除了赫德森太太种在花盆里的草药和一棵寒碜的白杨树,其余的就只有厕所和晾衣架而已。

我们快步穿过后院,从后门溜进了小巷。

天空呈现出神秘莫测的水蓝色,刺痛脸颊的风裹挟着寒冬的气息。

───◯───

我们乘坐出租马车前往四条大宫,在此搭乘岚电[1]。

电车穿过房屋密布的右京街市,在澄澈的阳光下,低矮的砖瓦、灰泥宅屋,以及寺院长长的墙壁,都在车窗外缓缓移过。

"之前我对你说了很多刻薄的话,"莫里亚蒂教授痛切地说,"真

---

[1] 京福电气铁道的岚山本线与北野线,是京都历史颇久的电车线路。

是太对不住了。"

"彼此彼此。"

"为了福尔摩斯君,我们必须合作。"

岚山车站前挤满了洛中洛外蜂拥而至的游客,以及觊觎他们钱包的本地商人,满山红叶尽染,桂川上的游船往来不绝。我们在渡月桥边拦了辆出租马车,从那里沿着向南的古街前行。不愧是历史悠久的街道,年深岁久的旅舍和商店鳞次栉比。

天高气清,宛如刷子扫出的薄云飘浮在空中。

少顷,宅屋渐次稀疏,最终不见。左手边是辽阔的练兵场,彼方是拖着黑烟驶向大阪的蒸汽火车,看起来犹如玩具。右手边是处于休耕期的田地和牧草草场,过了片刻,它们又尽数被竹林取代。

"这一带就是马斯格雷夫大人的领地了。"车夫告诉我们。

莫里亚蒂教授与前任家主罗伯特·马斯格雷夫曾有来往。

"我在赫尔斯通公馆住过几次。"

"前任家主是怎样的人物?"

"与其说是家世悠久的贵族,不如说更像是暴发户大商人。毫无疑问,他是富有才干之人,没有罗伯特,就没有如今的马斯格雷夫家族。万国博览会也正是在他强大的手腕下才得以举办的。但他也是个极度傲慢、惹人讨厌的人。最后因为'月球火箭计划',我和他决裂了。"

"我还记得那个计划。"我说,"当时传得沸沸扬扬的。"

大约五年前,罗伯特·马斯格雷夫发表了"月球火箭计划"。

把人类装到炮弹上,再射到月球上去——这般荒唐无稽的想法震惊了所有人,甚至有人私底下议论说,就连那个豪强马斯格雷夫也老糊涂了,但罗伯特随即发动了声势浩大的宣传活动,很快就笼络了越来越多的支持者。以"在月都相会"为口号，《竹取物语》和天体观测掀起了一股热潮，月球被视为人类的下一片待开拓地，是应被纳入我等帝国版图的战略要地。不久之后，执行委员会宣告成立，各省厅、东印度公司、陆军弹道学研究所、大学应用物理研究所等诸多重要机关机构赫然在列。马斯格雷夫家族所有的广阔竹林的一隅被开辟出来，在这里反复进行火箭发射试验。然而，实现这一想法的道路却无比艰辛。

按莫里亚蒂教授的说法，这个梦对人类而言为时尚早。

"想要摆脱地球引力飞往月球，需要极其庞大的能量。起初我们打算用巨炮发射，但仍远远不足，必须在月球火箭内部封装燃料，实施分段炸裂，以获得更大的加速度。可我们既没有如此便利的燃料，也不具备建造能承受如此冲击的船体的技术。以现代科学的力量，这是绝无可能实现的。我曾多次向罗伯特·马斯格雷夫进言，可他完全听不进去，执拗地要亲手将之实现。"

在一无所成的情况下，世间的狂热逐渐冷却。即便是家财万贯的马斯格雷夫家族也不可能永远承受如此巨大的开销。待到去年夏天，罗伯特·马斯格雷夫去世之后，他的儿子雷金纳德宣布无限期冻结"月球火箭计划"。

"他为什么这么执着？"

"我也不明白。"

莫里亚蒂教授皱着眉头嘟囔着。

"也有人说他之所以会变成这样，契机是马斯格雷夫小姐的失踪。确实，自从女儿失踪，罗伯特就像变了个人，他原本不是那种盲目追梦的人，恰恰相反，他是个近乎非人的功利主义者，这也是他力量的源泉。但晚年的罗伯特·马斯格雷夫根本不计较得失，就好像被什么东西附体了一样。"

不久，马车转向右边，驶入一条横穿竹林的岔道。

放眼望去，两侧是绵延不绝的美丽竹林。马斯格雷夫家族与竹林的深厚渊源我也有所耳闻。毕竟连家族纹章都包含竹林。传闻他们祖传的藏品里甚至还有现存最古老的《竹取物语》抄本。

"这么宽广的地方，多少个草庵都能结啊。"

"冬天苦冷，夏天蚊虫遍地，我可不觉得能在这里生活。"

少时，一扇大铁门出现在了前方，马车停了下来。从左手边的砖砌守门人小屋里走出一位貌似园丁的戴帽老人。莫里亚蒂教授探出身子，报上了自己的名字，老人慢吞吞地行了个礼，慢吞吞地靠近大门，慢吞吞地打开了门。从此处开始，竹林逐渐稀疏，点缀着灌木的苍翠草坪向前方延伸，道路也变成了砾石路。

赫尔斯通公馆坐落于竹林环绕的椭圆形广阔场地上。

公馆由将初创风格传承至今的旧宅和百年前增建的新宅组成，可以想象成一个巨大的字母"L"。"L"的横处是旧宅，毕竟是十六世纪的建筑，看上去阴森且苍古，如今只是作为收纳祖传藏品的收藏库和囤放农产品的储藏库，几乎不为人使用。"L"的竖的位置为新宅，这里相对明净，从烟囱里腾起的煤烟也能感受到些许人气。雷金纳德·马斯格雷夫领主和用人们的居所都在新宅。我们在新宅的门口下了马车。

前来迎接我们的是一位年迈的管家。

"你好，布兰顿。好久不见。"

"莫里亚蒂教授，欢迎您的到来。"

管家布兰顿平静地说着，低头行了个礼。他是那种典型的世家老仆，仿佛被雨濡湿的花岗岩一般温润沉稳。莫里亚蒂教授向布兰顿告知来意，布兰顿面无表情地点点头说：

"夏洛克·福尔摩斯先生目前确实在此地逗留。"

"啊，果然在！太好了！"

我们握手欢呼，看来猜中了。

根据布兰顿的说法，夏洛克·福尔摩斯获得了雷金纳德·马斯格雷夫的允可，在庄园内的竹林里结了个小草庵，无论怎么劝，他都不愿住进赫尔斯通公馆，据说目前由一个在马厩见习的少年往来竹林，为他送去各种生活用品。

"稍后我带您去吧。"布兰顿这般说道，然后将我们邀请进了门厅。在此之前，他希望我们先与雷金纳德·马斯格雷夫见上一面。

趁布兰顿前去通报的时候，我环顾了一下四周。

天花板高悬的门厅里摆放着数个玻璃柜，陈列着先祖在战争中用过的武器、麾下企业生产的样品、万国博览会纪念章、冈崎水晶宫模型等讲述了马斯格雷夫家族历史的种种物件，宛如一座博物馆。大厅深处可以望见一座巨大的楼梯，楼梯平台处的墙壁上悬挂着数幅历代家主的精美肖像画。

"好气派的宅子啊。"我感叹了一声。

"这条走廊通往旧宅。"莫里亚蒂教授朝着大厅右手边的走廊动了动下巴，"据说那里藏着绝不外露的宝物，毕竟马斯格雷夫是屈指可数的世家大族。"

不多时，布兰顿回来了，他把我们领到了门厅左手边的书房。

那是一间宽敞而明亮的房间，左手边矗立着数扇面向草坪的大窗，右手边的墙壁上摆放着书架和博古架，最引人注目的莫过于一幅巨大的月面图，这是用望远镜才能观测到的月球表面的精细绘图，应是晚年的罗伯特·马斯格雷夫痴迷的"月球火箭计划"的产物。房间深处靠墙的壁炉前，站着一位像是雷金纳德·马斯格雷夫的绅士，他正和坐在对面长沙发上的两名女性谈话。

布兰顿毕恭毕敬地报告说：

"莫里亚蒂教授和华生医生到了。"

坐在长沙发上的女人们好似等待已久般回过了头。

我不由得倒吸了一口冷气——竟是艾琳·艾德勒和我的妻子玛丽。

———◯———

雷金纳德·马斯格雷夫有着一如画中形象的贵族风貌，无论是身穿高级西装站在那里，还是从容不迫的高雅举止，都看不出一丝瑕疵。那副苍白而严厉的仪容令人联想到中世纪的黑暗城堡。而他高昂着的小巧头颅，顶着过早形成的满头灰发，微微抬起下巴看着对方的习惯，也赋予了马斯格雷夫领主超然的气质。这与莫里亚蒂教授所描述的前任家主罗伯特那精力充沛的模样截然相反。

我一边靠近马斯格雷夫，一边看向坐在长沙发上的玛丽。

背对着冬日澄澈的阳光，玛丽保持着谜一样的沉默，艾琳·艾德勒则依偎在她身边。

她们怎么会在马斯格雷夫家呢？

莫里亚蒂教授从前任家主罗伯特时代起就与马斯格雷夫家族有所往来，自然与彼时尚是学生的雷金纳德·马斯格雷夫相识。他们和颜悦色地互致问候。这似乎是他们自去年罗伯特葬礼以来首次见面。马斯格雷夫领主也知道，就在那次葬礼后不久，莫里亚蒂教授就辞去了大学教授的职务。

"我一直很担心您的情况。"

"还算过得去，多亏了福尔摩斯他们。"

"人的缘分真是奇妙。华生医生，很高兴见到您。我拜读了您所有的案件记录，获益良多，也逐一了解了福尔摩斯君的活跃表现。请允许我向您道谢。"

"荣幸之至，马斯格雷夫领主。"

"话说回来，您居然知道福尔摩斯君就在这里。本该专程上门通知的，可福尔摩斯君坚持说没有必要。您究竟是怎么找到他的呢？"

"没什么，也算不上推理。"我含糊其词地说，"就是作为朋友的直觉吧。"

"真不愧是福尔摩斯君的搭档。"马斯格雷夫面露微笑，"前天下午，福尔摩斯君只身来到鄙处，声称自己意已决，从此自侦探界引退，让我允许他在领地内结个草庵。我说没必要结什么草庵，赫尔斯通公馆任君歇脚。不过他还是径直走进了竹林，真是个古怪的家伙，从学生时代开始就一点没变。"

"福尔摩斯先生来这里了？"听到这里，艾琳·艾德勒探出身子问道。

她似乎没料到福尔摩斯会栖身于洛西的竹林，脸上浮现出讶异之色。

"他真的说要'引退'吗？"

"是啊，确实如此，姑且不论是不是真的。"

艾琳·艾德勒眯起眼睛，不悦地鼓起了白皙的脸颊，然后狠狠地瞪向了我。

"请问'引退'是什么意思，华生医生？"

"不，我已经尽力了。"

"太让人失望了。"

"你没资格说这种话。"

突然间，莫里亚蒂教授因愤怒而颤抖的声音响了起来。

"艾德勒小姐，你居然说这种话。我们这些人一直在尽心尽力帮福尔摩斯振作起来，可你却把福尔摩斯君逼得走投无路，逼到他决定引退。"

"这是什么道理？"艾琳·艾德勒傲然挺起胸膛，"我只是做了分内的工作。"

"所以我才说你伤害了福尔摩斯君的自尊。"

"这是福尔摩斯先生的问题，不是我的问题。归根到底，这种自尊又有什么用处？早点抛掉不就好了？"

"什么！"莫里亚蒂教授低吼道，"你居然这样说！"

"华生医生也好，莫里亚蒂先生也好，都是因为你们宠着福尔摩斯，才让他动弹不得。从那些无聊的自尊中解放出来，承认自己力有不逮，向合适的人寻求建议，对不足之处进行改善，拥有这样的勇气和谦逊才是解决问题的唯一途径。要是连自身的问题都解决不了，又怎么能解决别人的问题？"

没错，艾琳·艾德勒说的是无可挑剔的正论。

然而能否照此践行完全是另外一回事，唯有徘徊于人生低谷的人，才会觉醒"岂能遵从正论"这般不甚合理的欲望。倘若按照理所当然的正论行事，福尔摩斯宁愿选择怀抱荣誉逃进竹林吧。

莫里亚蒂教授一脸怒气，眼看就要"爆炸"。而另一边，艾琳·艾德勒似乎全无改变自己观点的意思。

出来收场的人是雷金纳德·马斯格雷夫。

"总之，我会差遣仆人引路的，您可以和福尔摩斯君好好谈谈。"

马斯格雷夫一边用拉铃召唤布兰顿，一边又说：

"我有件事想顺便拜托华生医生，能不能请你说服福尔摩斯来这里？今晚会有个特别的聚会，我希望福尔摩斯先生，还有华生医生和莫里亚蒂教授都能出席。今夜请在赫尔斯通公馆下榻，有什么需求和布兰顿说一声即可。"

这真是一个唐突而奇妙的提议。

正当我们不知所措时，艾琳·艾德勒有些遗憾地说：

"您的意思是，只有我一个人您不放心吗？"

"不不，没这回事，请您不要有什么想法。"马斯格雷夫以平稳的语调说道，"可对方毕竟是身经百战的里奇伯勒夫人，我方也得慎之又慎，以万全的阵势迎接她。"

"里奇伯勒夫人？"莫里亚蒂教授皱了皱眉。

"还请不必担心，教授，我并没有觉醒心灵主义信仰。"

按马斯格雷夫领主的说法，里奇伯勒夫人在这数年来一直声称赫尔斯通公馆里寄宿着神秘力量，多次提出"心灵调查"的请求，但都被罗伯特·马斯格雷夫拒之门外。然而，在力阻她的前任家主去世一年多后，雷金纳德·马斯格雷夫决定接受她所谓的"心灵调查"。

"我认为是时候彻底做个了断了。

"但那个女人就是个假扮灵媒的骗子。"

雷金纳德·马斯格雷夫的语气骤然变得严肃。

"里奇伯勒夫人是个非常危险的人物。在过去的数年里，她的心灵主义信徒数量稳步增加。我们不能一味将其轻忽为儿戏。如果就这样放任不管，对我等帝国的进步和发展而言，将会是不测之忧。为了揭开里奇伯勒夫人的伪装，我特地请来了名侦探艾德勒小姐。"

马斯格雷夫如此说道。

"这也是我想请福尔摩斯君协助的原因。"

与马斯格雷夫领主的会面结束后，莫里亚蒂教授和我离开了赫尔斯通庄园。

虽说冬日晴空万里，但过了下午四点，前庭硕大的橡树树荫已渗出了黄昏的气息，我们跟着手提篮子的马厩学徒少年，踏上了赫尔斯通公馆正面的草地，在像极了澎湃海面的苍翠草坪尽头，马斯格雷夫家的竹林好似未被涉足的大陆般横亘在眼前。

"竹林有多大？"我向少年问道。

"非常大。"少年说，"有时甚至会让人遇难，每当这种时候，威廉先生就会领着庄园的人一起搜寻。"

"威廉先生是竹林的管理人吗？"

"嗯。"少年点了点头，"他有点怪，不过是个好人。"

这个叫威廉的人似乎是全国闻名的竹林管理大师，一年前被马斯格雷夫家族招入麾下后，便执掌领地内竹林的打理工作。在罗伯特·马斯格雷夫生前,出于建造月球火箭发射基地和削减管理预算的原因,这片闻名遐迩的马斯格雷夫家族的竹林近乎荒废,但在过去的一年里，由于威廉先生的努力，这片竹林开始逐渐恢复以往的旖旎风光。

"真是个技艺高超的大师。"

听我这么一讲,少年笑着说道:

"威廉先生真的非常喜欢竹林,他总是待在竹林里,几乎不出来。"

就在少年和我闲聊之际,莫里亚蒂教授挥舞着手杖,嘴里嘟囔着什么。

"真是个无所顾忌的女人!"

"算了算了,莫里亚蒂教授,艾德勒小姐的话也是有道理的。"

"这才是让我愤怒的地方,要是那些正论真能解决问题,我们早就走出低迷,脱离苦海了。正因为做不到,才会如此痛苦!"

"但艾德勒小姐并没有恶意。"

"那又怎样?"

"确实有点无所顾忌就是了。"

我面向草坪彼端,眺望着被风吹得沙沙作响的竹林。

我的脑海中浮现出艾琳·艾德勒的形象,她打扮成上古女神的模样,射出"正论之矢",追逐着可怜的福尔摩斯。而福尔摩斯在辽阔的草坪上东逃西窜,最终只能躲进幽暗的竹林。但追逐福尔摩斯的并不只有艾琳·艾德勒,在她的身旁还有另一位如影随形的女神。

最令人不安的是玛丽那诡异的沉默。

在莫里亚蒂教授和艾琳·艾德勒争执不休的时候,玛丽缄口不语,没有发表任何意见,仿佛要抹去自身的存在。然而,艾德勒小姐主张的那些正论毫无用处,福尔摩斯的低迷是何等的棘手,玛丽自己应该深有体会。即便如此,她还是任由艾琳·艾德勒随意发表意见,其中可以窥见冷酷的算计。难不成一切的幕后黑手竟是玛丽?

无论是特地在寺町通221B对面开设事务所,还是挑衅福尔摩斯并将其卷入侦探对决，要是这一切都是玛丽一手策划的呢？要是在南座大剧院与艾琳·艾德勒重逢以来，玛丽一直在密谋赶走福尔摩斯的话……可这是非常令人不安的假设。

我们踏进了马斯格雷夫家的竹林。

走了五分钟，周遭就只剩下林立的青竹，堪称是秀丽而神秘的景观。每当寒风摇动竹梢，四面八方就会传来嘎吱嘎吱的声响。由于遍地都是摇曳的太阳光斑，总感觉像是在水底行走。此处是不甚平坦的竹林，既有干燥的小山丘，也有潮湿昏暗的山谷。

"你是怎么毫不犹豫地往里走的？"我问了一句。

少年并没有回答，而是指向了眼前的一根青竹，上边系着染成红色的毛线，恰在他眼睛的高度。被他这么一指，我才发觉前方还有绑着相同红线的竹子，星星点点，历历可见。看来只要沿着这些竹子，就能毫不费力地往返福尔摩斯的草庵。要是没有这样的标记，只怕很快就会迷失方向。

"要是这里有装满黄金的竹子就好了。"

"《竹取物语》吗？"

莫里亚蒂教授哼了一声。

"事实上，确实有这样的传闻，洛北的马斯格雷夫家族已经灭亡了数百年，洛西的马斯格雷夫家族却繁盛至今，姑且不论什么装着黄金的竹子，很多人都觉得洛西的这片土地上隐藏着某种秘密。里奇伯勒夫人肯定也是这样认为的。甚至有传闻说马斯格雷夫家与魔界有什么交易。据说《竹取物语》正是对这种禁忌交易的隐喻。正是因为这个，马斯格雷夫家族才得以长久显赫，但作为代价，他们的家族将永世遭到诅咒。"

莫里亚蒂教授沉吟了片刻，又说：

"马斯格雷夫小姐的事情也是。"

"你是说她的失踪是因为那个诅咒？"

"荒谬！我当然不是这个意思！"

莫里亚蒂教授焦虑地挥舞着手杖。

"不过那件事曲折难解也是事实，就连福尔摩斯君也未能解开那起失踪案的谜团。那件事真是令人痛心。我在赫尔斯通公馆的晚宴上与瑞秋·马斯格雷夫有过数面之缘，她虽然身体病弱，却是个好奇心旺盛、聪慧颖悟的少女。"

据说当马斯格雷夫小姐失踪的事情闹得满城风雨时，也有人在暗中议论马斯格雷夫家族的"诅咒"，也不知是出于嫉妒还是羡慕。富裕的世家总会伴随着不负责任的流言蜚语，哪怕将这些谣言尽数断言为非科学的迷信，马斯格雷夫小姐的失踪难以解释，仍是不争的事实。

就在这时，我突然想起了里奇伯勒夫人来访的事情，根据她的说法，她是来对赫尔斯通公馆展开"心灵调查"的。

"里奇伯勒夫人也打算解开这个谜团吗？"

"或许吧。"莫里亚蒂教授怫然应道，"我不觉得那种骗人的灵媒能做成什么事。"

———◯———

不多时，我们抵达了一处被伐倒的竹子围成的小小洼地。

洼地底部有个莫名的物事。据领路的少年说，那就是福尔摩斯栖身的草庵。这是个以竹为骨，外覆帆布的简陋之物，只比棺材略大一点。草庵跟前有个挖坑而作的火炉，上面吊着一口铁皮锅，散发出与竹林不太相称的咖喱味,一个二十多岁的青年坐在铺于地面的毛毯上,守着那口悬在火上的锅。

"威廉先生,您好。"

少年打了声招呼。

"你好,约翰。"

青年用温和的声音回应道。

负责管理马斯格雷夫家族这片知名竹林的人,在我的想象中本应是个历尽沧桑的工匠模样的男人,但出现在眼前的却是一位难以捉摸的青年。他头戴一顶枯荷叶模样的奇怪帽子,身穿粗陋不堪的棕色上衣,还抽着手制的竹烟斗。尽管气质中透着几许精悍,但凝望铁皮锅的眼神里总有一丝如梦如幻的虚无。长期在竹林中生活会有这样的眼神吗?

"福尔摩斯先生把剩下的羊肉咖喱分给我了。"威廉先生一边搅拌着锅中的食物,一边说道,"偶然来点咖喱倒也不错。"

"我把福尔摩斯先生的朋友带来了。"

"是华生医生和莫里亚蒂教授吧,福尔摩斯先生提起过你们的事。"

可福尔摩斯又藏在什么地方呢?我环顾周遭,在落满枝叶的洼地里似乎根本没有藏身之处。

正当我们困惑不已的时候,威廉先生指了指竹林的梢头。抬头一看,只见纠缠在一起的枝叶不自然地摇曳着,污渍斑斑的裤子隐约可见。

"喂,福尔摩斯!你在那里做什么!"

"与你无关。"福尔摩斯的声音从竹林的梢头飘落下来,"你们才是,来这种地方做什么?"

"还用问吗？当然是接你回去了。"

"不好意思，我不会回寺町通221B了。我打算告别俗世，在这片竹林的一隅建立自己的王国。从这一刻开始，请把福尔摩斯想象成未知生物，就当是野槌蛇[1]吧，请君保重，再见！"

"尽说些莫名其妙的……不管怎样，先下来吧。"

我尝试摇动青竹，可福尔摩斯不为所动。

"不管怎么摇都没用的哦。"

扬扬得意的声音着实令人火大。无论我怎么摇晃，也只能让他那脏兮兮的屁股随着青竹越来越大的摆动在高空中晃来晃去。

"福尔摩斯君，是我，莫里亚蒂。"

莫里亚蒂教授朝着福尔摩斯呼唤道。

虽然没有回音，但教授仍用柔和的声音继续说道：

"这三天来，我一直惦记着你，我以为你是因为厌烦我才离开的，这让我非常悲伤。我不会因此而责怪你，我很理解你想要藏身竹林的心情。只是我真的很难受。"

说完，莫里亚蒂教授便不再多言，竹林的梢顶也变得寂静无声。

又过了片刻，福尔摩斯轻巧地从顶上滑了下来，他的模样完全变了，乍一看根本认不出是福尔摩斯。他穿着和威廉先生相仿的园丁上衣，头戴鸭舌帽，右脸颊上多了一道像是被竹枝划出的小伤口。福尔摩斯从马厩少年那里接过装满必需品的提篮，在威廉先生的对面坐了下来。

福尔摩斯盯着火焰，喃喃说道：

---

[1] 日本传说中的类蛇生物，外形似槌，时常有目击报告，为有可能存在的未确认生物。

"我无意伤害你。"

"是吗?"莫里亚蒂教授轻轻点了点头。

福尔摩斯一直坐在地上,直勾勾地盯着铁皮锅。我们也围着火炉席地而坐。一时间耳畔唯有篝火燃烧的声音。

"这人是我的师父。"福尔摩斯指着威廉说,"没有人比他更了解竹林。"

威廉先生摘下怪异的帽子,摩挲着自己的脑袋。

"我只懂竹林,一直在竹林生活,也将在竹林死去,我和你不一样,没有来接我出去的朋友。"

"不,我也准备埋骨于竹林。"

"这样不好,我觉得这不适合你。"

"威廉先生说得对,福尔摩斯。"我把膝盖朝他的方向挪了挪,"那些被你放鸽子的委托人,已经结成了'受害者联盟',纷纷拥向寺町通221B,赫德森太太可真是遭了殃了。你这样也太不负责任了吧。"

"无所谓,我已经打心底里无所谓了。"福尔摩斯一脸厌烦地说道,"我已经厌倦了对付这名为'自身'的疑案,我只是撑不住了,仅此而已。我什么都不想了,只想安静地生活。"

"这样也好,福尔摩斯君。"莫里亚蒂教授耐心地说道,"但今天能否跟我们去赫尔斯通公馆?雷金纳德·马斯格雷夫需要你的帮助。"

"我这种一无是处的人能帮上什么忙?"

"就在今晚,里奇伯勒夫人将会造访赫尔斯通公馆。"

莫里亚蒂教授解释了马斯格雷夫的意图。福尔摩斯安静地听着,但剥去冒牌灵媒画皮的计划似乎无法点燃他沉眠的侦探之魂。

"那种事情让艾德勒小姐去做就行。"

当我们无话可说地陷入沉默时，威廉先生率先开口：

"能听我说句话吗？"

他将塞满烟丝的竹烟斗递给福尔摩斯，福尔摩斯接过烟斗，抽了一口便还了回去。风摇竹林的喧嚣声似乎变大了些。这时，福尔摩斯一直紧绷的脸似乎略有舒缓。

威廉先生一边盯着手边的烟斗，一边说道：

"能帮忙吗，福尔摩斯先生？"

"可是……"

"无论如何都不行吗？"

福尔摩斯好似被训斥的孩子般低下了头。

"我已经失去当侦探的资格了。"

"我并没有要求你当侦探哦。"

威廉先生用不可思议的清澈眼神凝望着福尔摩斯。

"你不必解谜，只需要陪在雷金纳德身边就行。"

在场的每个人似都屏住了呼吸，倾听着威廉先生的话。他的声音好似拂过竹林梢头的神秘之风。

自不必说这谜一般的内容，威廉先生称呼马斯格雷夫领主为"雷金纳德"的事尤其让人在意。领地的管理人在客人面前堂而皇之地直呼领主之名，这实在太不自然了。更何况他的语气中还流露出一股笨拙的亲昵，就像父亲呼唤儿子、兄长呼唤弟弟一样。

───◇───

马斯格雷夫家的晚宴始于晚上七点。

华丽的枝形吊灯照亮了宽敞的餐厅，身穿黑衣的侍者们忙碌地穿梭其中，侈丽华美的氛围令人心神不宁。正当我手足无措之际，身旁的玛丽悄声说了句"你别那么紧张"，可连她自己也显得有些不安。

"为什么福尔摩斯先生要穿那样的衣服？"

"他自以为是一个隐士。"

"太任性了，真是个让人头疼的人。"

福尔摩斯不情不愿地走出竹林。当他来到赫尔斯通公馆的时候，脖子上围了一块抹布一样的灰色围巾，乱蓬蓬的脑袋上沾满了竹叶。实在看不过去的布兰顿提出要为他准备换洗衣服，但福尔摩斯断然拒绝道："这样很好，请别管我。"

布兰顿能做的唯有皱着眉头揪下福尔摩斯头发上的枯叶了。作为马斯格雷夫家的管家，这样肯定非他所愿，但既然家主马斯格雷夫亲口允诺福尔摩斯任其自便，他也无计可施。福尔摩斯以隐士的模样毫不畏缩地加入了奢华的晚宴，显得超然而自在。

相比于坐在桌子一隅面无表情的福尔摩斯，艾琳·艾德勒则沐浴在奢华的枝形吊灯的灯光之下，如鱼得水，生机勃勃。

"那个'诡辩社'是怎样的社团？"

艾琳·艾德勒向马斯格雷夫询问。

"就是一群怪人的聚集地。"马斯格雷夫领主喝了一口红酒，露出了微笑，"从创社的经过来看就有些古怪。据传是某些怪人被信奉亚里士多德逻辑学的辩论社扫地出门后，打起反旗创立的。通过夏日集训，和外校的人比赛，还有社员间反复进行无意义的辩论，磨炼了一手混淆对手视听的本领。虽说尽是些愚蠢的游戏，一旦进入社会却非常有用。"

"真想不到福尔摩斯先生会进这样的社团。"

"他在社员中也很亮眼呢。对吧，福尔摩斯君？"

"是这样吗？"福尔摩斯冷淡地说，"我都忘了。"

"因为你始终坚持正确的逻辑，不适合做诡辩社的社员，差点因为这个被社团开除。于是你做了那个传奇的辩解，在名为诡辩社的诡辩空间中，最不诡辩的发言反倒成了最大的诡辩，这着实令人哑口无言。我觉得这人挺有趣的，然后就熟络起来了。虽然他这人心性高傲，讲话也很难听。"

"你也很高傲吧，马斯格雷夫。"

"没你那么过分。"

"或许是吧，你的高傲浮于表面，只是为了掩藏内向。你就是这样在身边筑起了坚固的壁垒，拼命保护自己，当时的你好像总是在害怕什么，虽然现在好多了。"

"哎呀，真不该谈学生时代的事情。"

晚宴开场以来，艾琳·艾德勒就没跟福尔摩斯对上过视线，感觉就像不知该如何应对似的。她几次试图和他搭话，但最终仍选择了闭嘴。

莫里亚蒂教授坐在马斯格雷夫的左侧，从我这边看不清楚。他的对面坐着两个人，一位是灵媒里奇伯勒夫人，另一位是到场见证她所谓"心灵调查"的物理学家卡特莱特君。

当看到卡特莱特陪同里奇伯勒夫人来到宅邸时，莫里亚蒂教授脸上似乎流露出了失望之色，而卡特莱特也没想到竟会在这种地方与恩师再会，脸色因此变得苍白。师徒两人全程没有交流。

里奇伯勒夫人用尖厉的声音询问艾琳·艾德勒。

"艾德勒小姐想必觉得我是个骗子吧？"

"嗯，是啊，心灵主义什么的全是骗人的。"

"我最喜欢您这样的怀疑论者，因为像您这样的人一旦被说服，就会成为最可靠的盟友。一定会的，艾德勒小姐。"

"我拭目以待。"艾琳·艾德勒挑衅似的说道。

里奇伯勒夫人微笑着转向马斯格雷夫。

"话虽如此，您也准备得太周到了，既有福尔摩斯先生和艾德勒小姐这样的名侦探，还有莫里亚蒂教授这样的知名科学家，这样的阵容岂不是太豪华了？"

"这对于您来说也是个好机会，要是您能在如此多的见证人面前证明心灵现象确有其事，我也乐于承认自己的错误。"

"马斯格雷夫领主，我不同意。"莫里亚蒂教授说道，"降灵会没有一点科学上的严谨性！"

"像您这样的科学家总是这样。"里奇伯勒夫人说，"面对不合己意的事物，就迅速为其贴上诈骗的标签，永远不肯直面。面对未知世界如此封闭心扉，又怎能说拥有科学的态度呢？当然了，卡特莱特先生，您不一样。您是以开放的态度对待心灵现象的。"

"我只是想为社会做点贡献。"

"卡特莱特君，你要是想为社会做贡献，就该回研究室去。"

"莫里亚蒂老师，我们需要与人类灵魂相联结的科学。"

"你到底在说什么，卡特莱特君？"莫里亚蒂教授像是被惊到了一样叫出声来，"正因为与我们的灵魂分离，科学才具有了普遍性。"

"要是以这种普遍性为代价而失去灵魂，我们又将如何呢？该信仰什么？又该为何而活？正是为了这个，我才加入了心灵现象研究协会研究心灵现象。要是我们能用科学的态度对待心灵现象，或许就能在横亘于灵魂与自然的深渊之间架起一座桥梁,从而对现代科学进行修正。"

"太让我失望了。卡特莱特君,你让我失望透顶!"

莫里亚蒂教授愤恨地说道,卡特莱特悲伤地低下了头。

"莫里亚蒂教授终有一日也会改变主意的。"里奇伯勒夫人说道,"卡特莱特先生正试图将心灵主义与现代科学融为一体,为此我不吝协助。"

"那你打算玩什么呢?请碟仙,还是自动书写?"

"我不打算使用任何道具。因为即便我这样做了,像你们这样的怀疑论者也只会吹毛求疵。我只需和各位同心协力,向灵界发出呼唤。为此我们需要换个地方。"

就在这时,马斯格雷夫开口道:

"事实上,在旧宅二楼的东端有一个古老的房间,那个房间被冠了个奇怪的名字,叫'东之东厅'。那是旧宅中最古老的部分之一,据说其建筑材料来自原先这片土地上老领主的宅邸,时间可以追溯到十六世纪这栋宅邸建成之前。从很早开始,那个房间就有过各种传闻,布兰顿对宅邸的历史极为熟悉,他了解很多与'东之东厅'有关的怪谈。现在那里早就无人进出了,可谓'不开之室'。"

"我们就在那个房间举行降灵会。"

"我不喜欢这个主意,肯定又是在那里布置了什么古怪的机关吧。"

莫里亚蒂教授刚说完,马斯格雷夫就朝布兰顿递了个眼色。

"不必担心,莫里亚蒂先生。"布兰顿说,"那边已被彻底调查过了,没发现什么可疑之物。在做完降灵会的准备之后,房间已被重重封锁,我们还派遣了信得过的仆人们轮流值守,不可能提前去动手脚。"

"赫尔斯通公馆的'东之东厅'，对于我等追寻灵界的人来说，可谓此世神秘的中心，也就是所谓的圣地。"

里奇伯勒夫人铿锵有力地说道：

"有关《竹取物语》，想必在座的各位都有所耳闻吧，那个诞生于竹子内部的美丽公主，在回绝了众多追求者后还归月都的故事。马斯格雷夫家藏着有关这个故事的最古老的抄本。以下是我的看法：《竹取物语》事实上是马斯格雷夫家族的祖先遭遇心灵现象的象征性描述。这个故事中所谓的月之世界，就是事实上的灵界。很久以前，马斯格雷夫家的一位小姐从'东之东厅'出发，漂流到了灵界。该事迹以寓言的形式流传了下来，变成了《竹取物语》。"

里奇伯勒夫人的眼睛无比空洞，她的脸越来越像一个令人不寒而栗的面具。

"在'东之东厅'，有一扇通往灵界的门。"里奇伯勒夫人继续道，"我们坚信这点，因此多年以来，一直梦想调查'东之东厅'，但前任马斯格雷夫家家主并未允许。虽然这样说有些不妥，但罗伯特先生正是被浅薄至极的科学万能主义荼毒了，即便在十二年前瑞秋·马斯格雷夫小姐失踪的时候，他也没想过要借助我们的力量。不得不说，这是一个愚拙的决定。"

"请注意言辞，里奇伯勒夫人。"马斯格雷夫语气严厉地说道，"太无礼了。"

"我相信福尔摩斯先生会赞同我的看法的。"里奇伯勒夫人转向福尔摩斯说道，"马斯格雷夫小姐失踪的时候，罗伯特先生应当直面马斯格雷夫家族之谜。这个世界上存在着任何名侦探都无法破解的谜团，而这正是我等心灵主义者的领域。福尔摩斯先生，您意下如何？"

"你是说你能解开这个谜题吗?"福尔摩斯冷淡地应了一句。

"那是当然。"

里奇伯勒夫人露出了笑容。

"十二年前,瑞秋小姐发现了通往灵界的门。"

晚宴结束后,我们动身前往"东之东厅"。

夜色深沉,赫尔斯通公馆愈显沧桑。煤油灯光难以企及的黑暗宛若马斯格雷夫家族不为人知的历史斑痕。我们穿过装饰着古老战斧和长矛的走廊,感觉像是沿着悠久历史溯行。

里奇伯勒夫人的表演堪称精彩绝伦,她巧妙地将《竹取物语》、马斯格雷夫宅邸的"东之东厅"、马斯格雷夫小姐的失踪这三个要素结合在一起,在参与者的心中烙下了一个令人忐忑的故事。

事实上,走在长廊上的每个人都在竭力掩饰内心的不安,我觉得里奇伯勒夫人在灵媒方面享有盛名是理所当然的。即便她只是个骗人的灵媒,人们在这般心理暗示下也可能会看到本不会看到的东西。

一行人行进在昏暗的长廊上,福尔摩斯和我走在队列的最后。

"里奇伯勒夫人为什么要对你说那些话?"

"不知道。"

"喂,福尔摩斯,你不会真的打算引退吧?"我把心里所想的事情讲了出来,"你特地来洛西隐居,是为了再次挑战十二年前的案子吧?"

"我已经没有任何干劲了。"

"那你打算任由里奇伯勒夫人为所欲为吗?"

"我也只能让她为所欲为了。"福尔摩斯耸了耸肩,"无论发生什么,我都会陪在马斯格雷夫身边,因为这是威廉先生的嘱托。"

他的言语里透着一股莫名的感觉。福尔摩斯理应是不认可灵界的存在的,在先前的晚宴上,他对里奇伯勒夫人始终抱以冷淡的态度。尽管如此,他似乎仍预感到即将发生某些不同寻常的事情。

"你感觉会发生什么吗?"

"嗯,很可能会发生一些怪事。"

"什么意思?难道说你已经洞悉了真相?"

"别纠缠不休了,华生!我已经不是侦探了。"

福尔摩斯不耐烦地挥了挥手,随即陷入了沉默。

我们从台球室和图书室的前方走过,随即进入了旧宅,空气开始变得更加阴冷。石造的建筑里灯光寥寥,恍如踏进了古老的遗迹。我们攀上楼梯来到二楼,沿着木板铺就的走廊继续前行。

走廊的尽头便是马斯格雷夫家的"东之东厅"。

古旧的门前摆着一张小桌和几把椅子,几个身强力壮的看守正秉灯站岗。男人们僵硬地走到布兰顿身边,小声地在他耳边说了什么。远远望去也能窥见他们的惊惧。

"出什么事了吗?"

对于马斯格雷夫的问题,布兰顿回应说:

"听说房间里有动静。"

"是钢琴。"其中一名看守说道,"是钢琴的声音。"

"还有光。"另一个人说,"光从门的底下漏了出来。"

"那是当然的。"布兰顿说道,"壁炉里点着火。"

"不是那种光,绝对不是那种光。"

看守们纷纷噤声不语，看来他们遭遇了非常可怕的事情。布兰顿叹了口气，又确认了一声：

"总之没人进出，对吧？"

"这是肯定的。"男人们点了点头，"我们一直在这里监视。"

里奇伯勒夫人用满怀期待的目光盯着那扇门。

"东之东厅"的大门中央镶有一块成色稍新的黄铜板，上面是竹林和月亮的浮雕，应该是马斯格雷夫家族的纹章吧。

"没事。"马斯格雷夫说，"开门。"

布兰顿拿出一大串钥匙，打开了门。

马斯格雷夫家的"东之东厅"是一个长方形的宽敞房间。

房间里空荡荡的，几乎没有像样的物什，能称得上家具的就只有放置于房间中央的黑亮圆桌和围绕着它的木椅。木地板古旧发黑，上面没有地毯；天花板是所谓的方格天花板，每个格子上都嵌着一幅画。虽说已经像神社里的旧绘马[1]一样颜色尽褪，不过还能看出绘画的内容取自《竹取物语》。窗户很小，不能开闭，但玻璃相对较新。窗外是枝叶茂密的橡树，透过玻璃可以看见黑压压的影子。

众人分头检查了室内，并未发现任何有人进出的迹象。

"没什么可疑的地方。"艾琳·艾德勒说道。

看守听到的钢琴声和看到的神秘光线的来源仍是个谜。

"那么请开始吧，里奇伯勒夫人。"

布兰顿为墙边的壁炉添上柴火，并将大烛台放在圆桌的中心，营造出了契合降灵会的气氛。马斯格雷夫命令布兰顿在走廊待命，布兰

---

[1] 日本神社、寺庙中悬挂的木制许愿牌，一面印有图案，另一面供许愿者写下愿望。——编注

顿神情紧张地点点头,走出房间,轻轻地关上了门。

"诸位,我将开始与灵魂对话。"里奇伯勒夫人说,"无论发生什么,都请不要擅自离座。"

卡特莱特将带皮绳的木箱从肩上拿了下来,放在了圆桌上。木箱顶部有几个小风车,侧边可以看见湿度计、温度计、水平仪之类的刻度,他显然是想观测室内的物理条件的变化。

按照里奇伯勒夫人的指示,我们围绕着圆桌坐了下来。

我的左手边坐着福尔摩斯,右手边坐着玛丽。烛台上跃动的光照亮了参会者的面孔,众人表情各异。卡特莱特专注地盯着他的仪器,莫里亚蒂教授一脸厌烦,马斯格雷夫和艾琳·艾德勒则警惕地凝视着里奇伯勒夫人。

夫人淡然地继续着呼唤。

"灵魂啊,请回应我的呼唤。"

我侧耳倾听里奇伯勒夫人的声音,这漫长一天的种种见闻在我的脑中掠过。十二年前马斯格雷夫小姐的失踪,罗伯特·马斯格雷夫的"月球火箭计划",马斯格雷夫家族的广袤竹林,神秘的竹林管理人威廉,承载着马斯格雷夫家族之秘的《竹取物语》,以及这处"东之东厅"。这些神秘的片段似连非连,不得要领地在我的思绪中东飘西荡。

不多时,它们便被深深的黑暗吞没,倩丽的满月浮现在眼前,像极了在漆黑的天幕上掏出的明亮孔洞。

就在这时,玛丽紧紧地握住了我的手。

测量装置上的风车开始旋转,烛台的光芒摇曳不定。

随着不知从何而来的风，微弱的钢琴声响了起来。那无疑就是先前的看守听到的钢琴声。我在室内环顾了一圈，当然没有半分钢琴的影子。就似轻抚我们面庞的微风一样，钢琴的声音似乎也是从虚空中飘荡出来的。

"这是瑞秋最爱的曲子。"

马斯格雷夫沉痛地低吟道。

他面色僵硬，想必是在努力抑制内心的动摇。

在渐失冷静的参加者中，唯有里奇伯勒夫人继续淡然呼唤着灵魂。不，还有一人似乎也平静地接受了这一切，那就是夏洛克·福尔摩斯。他宛如雕像般纹丝不动，从刚才开始就聚精会神地盯着房间一隅的阴影。

又过了片刻，他附在我耳边低语：

"华生君，仔细看看那个角落。"

我循着他的目光看去，是一片连烛台和壁炉的光线都无法企及的黑暗。起初一无所见，但当我凝神细看时，只见一个小心的人影如同烤墨纸[1]般浮现出来。我骤然感到一阵寒意，好似冰水顺着脊背倾泻而下。

"那里有人。"

我一出声，所有人都齐刷刷地转向那边。

马斯格雷夫轻呼了一声，他情不自禁地想要站起身来，却被里奇伯勒夫人拽住了。

"别动，马斯格雷夫先生。"

---

[1] 用柠檬汁之类的特制的墨水在纸上写字，事后把纸放在炉火上加热即可显示出所写内容。

"那是瑞秋，是瑞秋啊。"

马斯格雷夫茫然地说道。

我如痴如醉地盯着那个人影，月光映照下的苍白脸庞，高高盘起的金色头发，正是豆蔻年华的少女容颜，倘若这真是她失踪时的模样，那么对马斯格雷夫小姐而言，这十二年的光阴等同虚无。她面带温柔的微笑，目光遥远，仿佛徘徊于梦境。

"正如所料。"里奇伯勒夫人夸耀似的说道。"这个'东之东厅'正是通往灵界的入口。"

对于心醉神迷的里奇伯勒夫人，莫里亚蒂教授面无血色的侧脸显得非常痛苦，大抵是品味到了坚信至今的世界正在崩塌的恐惧吧。突然，莫里亚蒂教授站了起来，碰倒的椅子发出了巨大的声响。

"反正肯定是演员之类的，看我拆穿他的真面目。"

言毕，莫里亚蒂教授便朝着房间的角落猛冲过去。

但就在莫里亚蒂教授把手伸向马斯格雷夫小姐的那一瞬，她的身影倏然消失不见。而在她原本所在的位置飘浮着一个闪耀着清澈白光的球体。那是一轮和少女身高相仿的月亮，每一个环形山都清晰可见，仿佛伸手就能触及。

莫里亚蒂教授带着怯意往后退去。

就似高潮骤然涌现一般，异样的紧张感在"东之东厅"弥漫开来。疾风乍起，扑灭了圆桌上烛台的火焰，壁炉里传出了宛若巨兽咆哮的声音，炉火中噼里啪啦地腾起了火星，月光愈发强烈，明晃晃地照亮了围坐在圆桌周遭的众人因恐惧而僵硬的脸庞。

玛丽尖叫起来，处处响起了椅子移动的声音。周围被皎白的光线包围着，视觉丧失了作用，唯有卡特莱特君呼唤着恩师的声音、里奇伯勒夫人试图安抚众人的声音、马斯格雷夫向待命的布兰顿等人求助的声音在耳边盘桓不休。在室内陷入恐慌之际，又传来了砰砰的钢琴声，仿佛有人在猛击琴键。

管家举着煤油灯冲了进来，终结了这场混乱。

"各位都没事吧？"

布兰顿的声音把我们拉回了现实。

环顾四周，我不禁愕然。房间的模样并无半分改变，圆桌的烛台焰光摇曳，壁炉里的火平稳地燃烧着，哪里都没有起风的迹象，钢琴声也断绝了，马斯格雷夫小姐踪迹杳然，神秘的月亮自然也不曾浮现。

莫里亚蒂教授失去了意识，直挺挺地倒在了木地板上。

我急忙替莫里亚蒂教授进行了诊察。

大约是连日睡眠不足和降灵会的冲击，他只是轻微眩晕，并没有生命危险。慢慢调匀呼吸，喝下布兰顿带来的白兰地后，他的脸颊慢慢恢复了血色。

"究竟发生了什么事？"

马斯格雷夫向里奇伯勒夫人问道。

"莫里亚蒂教授的行为触怒了灵魂。"

里奇伯勒夫人训斥着教授：

"莫里亚蒂先生，你为什么要做这种事呢？我应该嘱咐过你不要擅动吧？就因为你无谓的猜忌心，一切都毁了。"

莫里亚蒂教授无言以对，只是耷拉着头。

无论如何，我们都被"东之东厅"的心灵现象震慑住了，没人想重开降灵会。马斯格雷夫领主宣布降灵会就此结束，里奇伯勒夫人虽然看起来不太满意，但还是出乎意料地爽快退让。她大概是觉得只要展示出如此不容分说的心灵现象，就足以让我们这些怀疑论者屈服了吧。

"请别忘了约好的赞助哦。"

里奇伯勒夫人向马斯格雷夫领主叮嘱道。

我们重新穿过昏暗的走廊，从旧宅返回新宅。里奇伯勒夫人和卡特莱特先行一步回到了自己的房间。

在这之后，马斯格雷夫邀请余下的参加者至书房相聚，有点反省会的意思。我们在围着壁炉的椅子上落了座，半晌说不出话。之前在降灵会上的种种经历，实在难以通过逻辑来解释，莫里亚蒂教授的脸色苍白如纸。

"里奇伯勒夫人并没有动手脚的机会。"马斯格雷夫先生若有所思地说道，"布兰顿自不必说，负责看守的也全是可信的人。降灵会开始后，我和艾德勒小姐的眼睛一刻也没离开过里奇伯勒夫人，夫人并没有任何异常举动，艾德勒小姐，你怎么看？"

"目前还说不上来。"艾琳·艾德勒回应道，她的声音听上去无比烦恼，"里奇伯勒夫人比想象中棘手得多。"

马斯格雷夫淡然地说道：

"艾德勒小姐、福尔摩斯先生，还有莫里亚蒂教授，尽管有如此多疑心重重的人在场，她却彻底瞒过了我们的眼睛。我向夫人承诺过，如果今晚的降灵会成功的话，马斯格雷夫家族就会赞助心灵主义的普及活动。如果我们不能揭露她的骗术，里奇伯勒夫人便要逼迫我履行诺言，我们的时间不多了……"

"嗯，我知道。"艾琳·艾德勒懊恼地低下了头。

马斯格雷夫站起身来，一脸沉痛地盯着炉火。

"那绝对是瑞秋，她还是十二年前的样子。"

在令人喘不过气的沉默中，夏洛克·福尔摩斯突然在书房里来回踱步。他时而抽出书架上的书本翻看，时而将指尖在墙上的月面图上标记的"丰饶海"上划过。不管怎么避世隐居，这副态度也过于没心没肺了。

"福尔摩斯，我希望你能帮我解开谜团。"

"问题就在于你们试图解谜。"福尔摩斯背对着我们说，"不可思议的事情是会发生的，魔法是存在的。"

我们吃了一惊，面面相觑。这一点都不像重视物证、重视推理、重视现实法则的福尔摩斯会讲的话。倘若多么奇怪的事情都能用"魔法"一词来解释，那么侦探岂非无用之物了吗？艾琳·艾德勒愤然站了起来。

"此话怎讲，福尔摩斯先生？"她质问道，"你开始信奉心灵主义了吗？"

"我可没这么说，我从不相信什么心灵主义。"

艾琳·艾德勒皱着眉头，凝视着福尔摩斯的背影，可他并没有做任何辩解，只是这样说道：

"那我先告辞了，我和威廉先生相约今晚赏月喝酒。马斯格雷夫，你要是愿意的话，也可以来露个脸哦。"

福尔摩斯向我们轻轻鞠了一躬，然后迅速出了书房，我连忙跟在他的身后，一直追到了门厅。福尔摩斯正从布兰顿手里接过一盏煤油灯，我一把攥住他的胳膊，语气强硬地喝止道：

"等等！你也太不近人情了。你不想帮马斯格雷夫了吗？"

"所以我才邀请他去喝酒啊！"

"就这样？"

"差不多够了，华生。"

福尔摩斯甩开了我的手，背过身去。

"我已经不是侦探了，要说多少遍你才明白！"

他的声音中回荡着哀戚之意，我什么话都说不出来。

福尔摩斯提着手提灯，在宛如夜海般波纹起伏的草坪上渐行渐远。

我垂头丧气地回到书房，马斯格雷夫、艾琳·艾德勒和玛丽全都沉默不语，事情似乎完全陷入了僵局。除非艾琳·艾德勒能天才般地灵光一现，否则我们就无法击败里奇伯勒夫人。

"明天再商量吧。"马斯格雷夫说。

然后我们返回了各自的房间。

一个小时后，我穿着睡衣站在客房的窗边向外眺望。

夜静更深，赫尔斯通公馆万籁俱寂，众人应该都已经回到了被分配的客房，在各自的床上进入了梦乡。可降灵会带来的兴奋仍未冷却，我实在难以入眠。从这个房间的窗户往外眺望，可以望见被月光照亮的草坪，还有远处那片苍翠茂盛的竹林。

就在这时，传来了拘谨的敲门声。

"在吗？"是玛丽的声音，"我可以进来吗？"

我急忙打开门，身穿睡衣、披着长袍的玛丽就这样钻了进来。

事实上，无论是在马斯格雷夫家意外碰面，还是在晚宴和降灵会上，我都没和玛丽说话。在洛西这片土地上，围绕着福尔摩斯的"华生家的冷战"仍在继续。

但当她坐下来的时候，可以感觉到覆盖在她身上的坚硬铠甲已然尽数剥落，大概是因为我们两个都正深陷极度的不安之中吧。

我搂住了玛丽的肩膀，她轻轻地靠了过来。

"我一直想向你道歉。"

"为什么？"

"我一心想拯救福尔摩斯。"

我凝视着玻璃窗，那里映照出我和妻子的倒影。

"甚至为此牺牲我们的生活也在所不惜。至于为什么要这么拼命，连我自己都觉得不可思议。每当到了这时，我总是想起那个宝箱。你还记得吧，那个装满印度珍宝的宝箱。"

"怎么可能忘呢，那可是我们迄今为止遇到的最大的案子。"

玛丽露出了微笑，这也是我们相遇的缘由。

"四签名"一案始于四年前的某日，彼时在福莱斯特夫人家担任家庭教师的玛丽拜访了寺町通221B。

围绕着玛丽父亲失踪的调查，最终演变成了波澜壮阔的冒险。古宅阁楼里发现的印度宝藏，使用毒箭的谋杀，腿上装了木制义肢的神秘男人，各种光怪陆离的要素混杂其中。福尔摩斯逼近真相的同时，我和玛丽的恋情也在如火如荼地进行着。从看到玛丽第一次踏进寺町通221B的那一刻起，我就坠入了波涛汹涌的爱河之中。

"你是以查案为借口追求你夫人吧？"

我向玛丽求婚后，福尔摩斯总是这般调侃我。

的确，我无论如何都想把最好的一面展示给玛丽。

就连乘坐警视厅的高速艇顺鸭川而下，追捕企图逃亡大阪的犯人时，我也将一半的心思放在追逐玛丽的倩影上。在那个被盗走的宝箱里，至少有一部分财宝应属于玛丽，我们必须夺回那份财宝。为了玛丽，我必须夺回财宝。

我们乘坐高速艇顺流而下，在木津川、宇治川、桂川汇合成淀川的三川交会口，终于追上了真正的犯人，夺回了装满印度财宝的宝箱。

"你原本可以成为京都屈指可数的富豪呢。"

"是啊。"

"可宝箱是空的。"

我至今仍难以忘怀那日打开宝箱时所受的冲击，犯人在落网之前，已把宝箱内的东西全都倒进了淀川。

"作为替代，你得到了我。我一直觉得必须设法弥补，我一直想把自己变成一个能与印度宝藏相提并论的人。可如果失去了福尔摩斯，我就什么都不是了。这对我来说非常可怕，我觉得有可能会失去你。"

"就算没有福尔摩斯先生，你也还是你。"

"是吗？"

"是的。"

"可我完全不这么想，我很害怕。"

玛丽皱着眉头叹了口气，但她并无怄气的迹象。

我们望向窗外，沉默了片刻。少时，玛丽又对我说：

"降灵会后福尔摩斯说了些奇怪的话吧，艾琳认为那一定有什么深意。"

"没想到艾德勒小姐会如此在意。"

"艾琳一向高估福尔摩斯，虽然她的名声和实力早就胜过了他，可内心深处那种崇拜的情感却无法抹消,我想她今天应该是想在福尔摩斯先生面前好好表现一番,却无论如何都解释不了'东之东厅'里发生的事情,所以艾琳彻底没了自信。"

玛丽深深地叹了口气,然后哀伤地说道:

"我希望艾琳能永远自信下去,虽说我们在寄宿学校相处的时间不长,但艾琳总是充满自信。和她在一起的时候,我也变得朝气蓬勃,感觉自己无所不能。"

"我懂,玛丽。"我点了点头,"我非常理解那种感觉。"

妻子突然转过身来,认真地看着我。

"有件事我一直瞒着你。"

"什么事?"

"马斯格雷夫小姐失踪的那天,我们当时就在这里。"

听到这出乎意表的言语,我不禁呆住了,玛丽的眼里闪着妖冶的光芒。

就在这时,像是预先商定好一般,敲门声响了起来,从外边飘来了说话声。

"我是艾德勒,玛丽在吗?"

我从床上站起身来,过去打开了门。在昏暗的走廊上,艾琳·艾德勒就站在那里。

"我见玛丽不在房间,就知道她应该是在这里。打扰你们夫妇的二人世界真是抱歉,但我真的已经走投无路了……"

"哦,没事没事,请进。"

艾琳·艾德勒迈着梦游症患者般的步子走了进来,当福尔摩斯处理疑难案件时,也经常会像这样在房间里来回踱步。或许是过分沉溺于办案,头脑开始空转了吧。

我搬来椅子请她坐下,艾琳·艾德勒筋疲力尽地坐了下来,她的装束仍是晚宴时的模样,但笼罩于周身的自信似已烟消云散,整个人萎靡不振。

"你好像被逼得很紧。"玛丽说。

"我不行了,莫名其妙,好烦啊!"

艾琳·艾德勒好似小孩般叫嚷着,绝望地抱住了自己的头。玛丽从床上站起身来,跪在她身旁,轻轻地抚摩着她的肩膀。

"听好了,艾琳,我刚想告诉约翰,十二年前我们在这里究竟看到了什么。"

"就是瑞秋小姐消失的那天吧?"

艾琳·艾德勒小声说道。

而后,她们向我讲述了当年就读寄宿学校时发生的事。

那是距今十二年,十二月初的某日。

当时玛丽和艾琳就读的鹿谷寄宿学校,乃是马斯格雷夫家族创立的学校,由历代家主担任理事。

据说"马斯格雷夫家的茶会"这一传统活动也来源于这种关系,每半年举办一次,被选中的学生将被邀请至马斯格雷夫家。由于被邀请至赫尔斯通庄园是一种荣耀,所以那些自诩"非我其谁"的学生,每次都为少量的出席名额争执不休。

"真没想到会邀请我们啊。"

听玛丽这么一说,艾琳·艾德勒使劲地点了点头。

"被选中的要么是家境优渥的学生，要么是成绩优异的学生，而我们却两头不沾。新闻委员会的活动引起了争议，就连老师们也对我们心怀不满，我们一点都不像那种会被古板的阿普尔亚德校长送到马斯格雷夫家的学生。"

然而，她们也在那天被邀请至茶会的客人之中。

当一行人从岚山站乘坐马车前往马斯格雷夫家时，玛丽对于马斯格雷夫家的小姐并无好感。她原本就对"马斯格雷夫家的茶会"这种传统活动心怀反感，认为深闺的大小姐一定是那种惹人嫌的家伙。

载着学生们的马车穿过广袤的竹林，来到赫尔斯通庄园。

马斯格雷夫小姐特地在玄关迎接众人。出乎玛丽意料的是，她是个温柔而文静的人，玛丽的疑虑在陪她喝茶的过程中逐渐消散了。

马斯格雷夫小姐并无任何傲气，对每个学生都很亲切，而且好奇心旺盛。唯一让人介怀的是，马斯格雷夫小姐有时不时默默凝望远方的习惯。在她出神的时候，好似在窥探一间空屋。

马斯格雷夫小姐热切地想要了解玛丽她们的新闻委员活动，尤其对"不开之室"特辑抱有浓厚的兴趣。那是一个破天荒的企划，内容是利用艾琳当时擅长的"开锁"技能，打开寄宿学校的禁入之门。从学生那里没收的违禁品的藏匿处、教授们的秘密吸烟处、阿普尔亚德校长的红酒收藏处等地点被陆续曝光，虽说赢得了学生们的喝彩，却引发了很大的争议，新闻委员会的成员也被处以禁闭处分。

"艾德勒小姐是怎么学会的呢？"

"当然是因为每天都在练习。"艾琳骄傲地挺起了胸膛，"技多不压身嘛。"

在这之后，马斯格雷夫小姐带着玛丽她们去了图书室。

玛丽和艾琳全都被那里的豪华震慑住了，虽说寄宿学校也有图书室，但又怎能跟这间奢华的房间相比。塞满书的书架直抵天花板，填满了窗户以外的所有墙壁，书脊上尽是闪闪发光的烫金文字。地面铺着波斯地毯，正中央是一张大桌，上面摆着几本尚未读完的书和几台读书灯。

"管理这些藏书是我的职责。"马斯格雷夫小姐说道。

当玛丽和艾琳环顾周遭时，马斯格雷夫小姐像飞舞的蝴蝶一样，轻盈地穿过图书室，来到了一个书架前。只见她捏住最上层的一本突出书架的历史书的书脊，往前一拽，然后书架的一角便像门一样打了开来，出现了通往保管珍本书籍的小房间的通道。她从里边拿出一本革装的大书。

"这就是马斯格雷夫家代代相传的《竹取物语》抄本。"

马斯格雷夫小姐把书摊在桌子上，慢慢翻给我们看。书页被依次翻开，一直到抄本的末尾，玛丽不由自主地发出了声音。

"咦，这段文字是什么意思？"

生于竹中的公主归于月都之后，国王命令使者在富士山顶焚烧她留下的"不死灵药"，那股烟一直升腾至今——《竹取物语》本该在此结束，但这份抄本的篇末还有一段令人费解的附记。

何人之物？

遗世去者。

谁将得之？

俄尔来者。

吾辈当奉何物？

倾其所有，悉数奉上。

吾辈何故奉之？

伟大觉醒，俱为此故。

在古典课上学到的内容并不包含这样的文字。

马斯格雷夫小姐赞许了玛丽的记忆力，还告诉她们这份附记只存在于马斯格雷夫家所藏的抄本上。据说按照家族习俗，历代家主必须在成年仪式中背诵这篇神秘的问答文，但如今已经没人知道它的含义了。

"据传公主奔月的地方就是洛西。"马斯格雷夫小姐故意压低了声音，"你们意下如何？"

"非常有趣。"玛丽也被吸引住了，跟着低声说道。

"在这栋宅邸的旧宅里有个叫作'东之东厅'的地方。"马斯格雷夫小姐继续说道，"这个房间自古以来就怪事不断，如今没人敢靠近，钥匙也早已遗失。但就在几天前，我在图书室里找到了一本先祖的日记，读到了一件有趣的事。据说'东之东厅'隐藏着一条通往月面的通道，《竹取物语》里的公主就是通过这条通道回归月球的。"

不知不觉，艾琳也被马斯格雷夫小姐的故事深深吸引。这个故事无疑点燃了艾琳的侦探之魂。

"我能开门。"艾琳说，"开锁工具从不离身。"

艾琳的话让马斯格雷夫小姐露出了微笑。

从那天起的十二年间，玛丽时常回想起当时的情形，然后自问：这一切都是瑞秋小姐计划好的吗？她指名玛丽和艾琳参加茶会，就是为了开启"东之东厅"吗？如果不是事先策划,事情不可能变成这样。

为了不被其他学生觉察，三名少女一个接一个溜了出去，躲过用人的眼睛溜进旧宅，在昏暗的楼梯上集合。

"东之东厅"的门就在二楼走廊的尽头。

"就是这个房间。"

马斯格雷夫小姐用紧张的声音低语道。

月亮和竹林——除去镶有马斯格雷夫家族纹章的黄铜板外，这扇古旧的门并没有什么特别。玛丽有些不祥之感，或许是因为马斯格雷夫小姐说过的"自古以来就怪事不断"，以及旧宅特有的寂静所致。不管怎样，艾琳是不会被这种气氛影响的人。她兴冲冲地跪在尘土飞扬的走廊，与古旧的锁头缠斗着。不多时，她站起身来说"打开了"，并向一旁的马斯格雷夫小姐点了点头。

马斯格雷夫小姐也紧张地点点头，握住了门把手。

随着"东之东厅"的门在她的手上被打开，三人听到了潺潺的流水声，不温不火的风自室内吹来，温柔地抚摩着三名少女的脸颊。当面前的门被完全打开之际，玛丽茫然失语。

在门的背后，一片美丽的竹林正随风摇曳。

"太神奇了！"

马斯格雷夫小姐陶醉地嘟囔着，走进了室内。

玛丽和艾琳也小心翼翼地跟了上去。艾琳伸手触摸青竹的茎干，茫然地嘟哝着"是真的"。脚下的地面被厚厚堆积的竹叶覆盖，竹根好似巨人粗大的血管般四处延伸，让人根本看不见地板。但只要凝神细看，便可望见竹林深处有一扇透着微光的小窗，仰望竹梢，透过随风摇曳的枝叶缝隙，亦能窥见被古旧绘画装饰的方格天花板。她们确实仍在室内。

怪异的是，马斯格雷夫小姐毫无惧意，她为何能如此镇定呢？

过了片刻，马斯格雷夫小姐一手扶着一根青竹，围绕着竹子转圈，小声吟唱着"何人之物"，她把《竹取物语》的手抄本拿在手上，朗读着篇尾的那篇神秘问答文。玛丽内心忐忑不已，而马斯格雷夫小姐却陶醉地吟唱着。

"吾辈当奉何物？倾其所有，悉数奉上……"

艾琳突然指向了竹林深处。

"玛丽，看那里！"

彼处出现了有着华丽扶手的古老楼梯。玛丽等人缓缓地靠近楼梯，试着触摸冰冷的扶手。这是一座漆黑发亮的厚重楼梯，与古宅的风格非常合衬。但怪异的是，楼梯并未通向任何地方，它穿过竹梢向上延伸，在天花板前戛然而止。

玛丽和艾琳站在楼梯下方，马斯格雷夫小姐从她们身边走过，缓缓地爬上了楼梯。

随着马斯格雷夫小姐登上楼梯，吹动竹林的风渐次增强。

三人明明是在室内，为何会吹起这样的风呢？风中蕴含着一丝近乎人类肌肤般的温暖，令人不禁悚然。青竹摩擦的嘎吱声越来越大，周遭弥漫着异样的气息，仿佛"东之东厅"在妖异的期待中浑身颤抖。玛丽总觉得有些发怵，预感事情不对。

决不能让瑞秋小姐上去。

玛丽冲动地奔上楼梯，用尽全力把马斯格雷夫小姐拽了回来。

"快点离开这里！"艾琳喊道。

竹林似乎有了生命，少女们在异动的竹林中奔跑，可以感觉到有什么东西在试图抓住她们，但三人并没有回头。当她们冲出房间，关上房门的瞬间,耳畔似乎回响着巨人叹息般的空虚之声。

而后一切归于寂静,仿佛一切都只是一场幻梦。

"决不能把这事告诉别人。"

在返回新宅的路上,马斯格雷夫小姐严厉地叮嘱玛丽和艾琳,要求她们对此缄口。

当天的茶会结束时,见马斯格雷夫小姐迟迟没有露面,玛丽她们又有了不祥的预感,她在与两人分别后,说不定再度回到了那个房间。然而寄宿学校的学生们都被匆匆赶了回去,待玛丽等人得知马斯格雷夫小姐失踪的消息,已是京都警视厅(苏格兰场)展开调查之后。

"你们把'东之东厅'的事告诉警察了吗?"

"只说了听起来比较现实的部分。"艾琳·艾德勒说道,"当然,警察也调查了'东之东厅',但什么都没找到。而我无论如何都想亲自调查一下,于是决意半夜潜入。我偷了寄宿学校的马,赶去了洛西。"

"艾琳连我都瞒着。"

"因为我不想把你卷进来。"

正因为这个决定,玛丽才免于被学校开除。

艾琳·艾德勒虽然趁着夜色成功闯入了赫尔斯通公馆,却未能调查"东之东厅":门已经被钉上数层木板,封锁得严严实实。

"尤为不幸的是,赫尔斯通公馆里还有一位雷金纳德先生雇来的侦探,即福尔摩斯先生。他误以为我是马斯格雷夫小姐,于是大闹起来。"

"那个有'侦探兴趣'的少女原来就是你?"

"福尔摩斯先生应该早就忘了吧，不过我并没有记恨他，他只是在做分内之事而已。不管怎样，我被抓了，被带到罗伯特·马斯格雷夫，那位当时还活着的前任家主面前。"

彼时正处于权力巅峰的罗伯特·马斯格雷夫是一个面色红润、身材魁梧的男人，浓密的蓬乱长发宛如狮子，熊熊燃烧的壁炉在一旁噼啪作响。罗伯特怒视着艾琳。

"我记得你。"他说，"你就是那个怂恿瑞秋暗中闯进那个房间的小姑娘吧？你到底在偷偷摸摸地调查什么？"

艾琳默不作声，瞪着罗伯特。对于沉默的艾琳，罗伯特愈加恼怒。他迈着沉重的步子来回走动，好似一只大熊在壁炉前来回踱步。

在凝视他的过程中，直觉告诉艾琳"那个人是在害怕"，这个被称为"洛西之狮"的男人究竟在害怕什么？

就在这时，被木板重重封锁的门浮现在她的脑海内。

"你在害怕'东之东厅'，对吧？"

艾琳试着说出了这样的话。

这句言语精准地射穿了罗伯特的心脏，几乎断绝了他的气息。只见罗伯特茫然地张着嘴，脸色霎时间转为灰色。他像是忍受着胸口的疼痛般阖上了眼皮，用低沉的声音说道：

"滚出去，别让我再看到你。"

艾琳被匆匆塞进马车，送回了寄宿学校。

抵达鹿谷寄宿学校后，同行的管家布兰顿叫醒了阿普尔亚德校长，传达了马斯格雷夫理事的命令——不追究对艾琳·艾德勒违法行为的监督责任，作为交换，对该生给予开除处分，有关此事的经过一概不得外泄。

一周后，艾琳离开了寄宿学校。

在十二月阴冷的天空下，来校门口送行的只有玛丽一人。艾琳说他要去找做舞台导演的叔叔。

"肯定能找到有趣的事情做的。"

"我们还能在某个地方再会吗？"

"当然会的，我们还会一起冒险。"

她们的约定，将在十二年后实现。

---◇---

"以侦探之身扬名立万，我以为时机终于到了。"艾琳·艾德勒沮丧地说，"我本想堂堂正正地直面马斯格雷夫家的谜题。"

雷金纳德·马斯格雷夫委托艾琳参加里奇伯勒夫人的"通灵调查"，这对艾琳来说正是得偿所愿。

尽管如此，马斯格雷夫家族之谜似乎笼罩在更浓的雾气之中，十二年前的失踪案不仅是艾琳·艾德勒的挫败，也是夏洛克·福尔摩斯的挫败。在我眼里，马斯格雷夫家就像是被诡异暗礁包围的岛屿，以其神秘之力吸引名侦探们，令他们一个接一个地失事。

"福尔摩斯先生似乎觉察到了什么，华生医生，你不这么觉得吗？"

这令我回想起福尔摩斯案件记录的最后一段文字，以"何人之物"开始的那段神秘的问答文不仅收录于马斯格雷夫家族收藏的《竹取物语》篇末，也附在了福尔摩斯十二年前的调查笔记中，这究竟意味着什么？

"你太高估了那个人了，艾琳。"

"啊，玛丽！你怎么能这么漠视福尔摩斯先生！"

"他自己正在低迷中挣扎,所以无法容忍那些比自己出色的人。这次也是一样,之所以说那些故弄玄虚的话,就是为了拖你的后腿。你不能被他扰乱了心神,不然连你也会掉进低谷的!"

"你怎么能这么说,对方可是天下无双的夏洛克·福尔摩斯啊!"艾琳·艾德勒痛苦地喊道,"福尔摩斯是世上最强的名侦探,就连那个所谓的低潮期也不知道几分真几分假,或许他是有什么深远的考量,故意装出低迷的样子,好在一旁看我苦苦挣扎,可我却没有任何应对之策。哎,我太傻了!为什么要挑衅福尔摩斯先生?"

艾琳·艾德勒呻吟了一阵,双手抱住了头。

玛丽叹了口气。

"一提到福尔摩斯你就这样。"

敲门声打破了尴尬的沉默,真是的,今晚的来客未免也太多了。

我起身去开门,来者是莫里亚蒂教授。虽说睡了片刻后,他的气色似乎好了些,但脸色依旧像蜡像一样苍白。

"可以打扰一下吗?"

"嗯,没事,玛丽和艾德勒也在。"

走进房间的莫里亚蒂教授看到艾琳垂头丧气的样子,似乎很是惊诧。

"你怎么了?"

艾琳·艾德勒仰起脸来,有气无力地说:

"我必须向您道歉。之前见面的时候,我说了很多傲慢的话,可我并没有说这种话的资格。"

"没这回事,我才应该道歉。"

莫里亚蒂教授坐在椅子上和艾琳·艾德勒说话。

"傍晚在书房见面的时候，我对你的话感到非常生气，但静下心来想想，你的意见值得一听，我之所以会这么生气，是因为自己也是这么想的吧。我对福尔摩斯君当然怀有深厚的友谊，但我也很在意这样的友情是否拖了他的后腿。"

"可是，莫里亚蒂教授……"

"请先听我说完。"莫里亚蒂教授说，"在'东之东厅'里，我们经历了令人惊骇的事情。马斯格雷夫小姐的幽灵和失踪时一模一样，老实说，我打心底感到恐惧，感觉自己坚信的世界被彻底动摇，随时都会崩塌。要说这个世界上还有什么需要侦探解决的谜题，那么非马斯格雷夫家族之谜莫属，而福尔摩斯君却不曾尝试面对这个谜题。"

莫里亚蒂教授鼓励着艾琳·艾德勒。

"但你没有逃跑，这种不屈不挠的精神才是最重要的。所谓侦探的责任，就是为这个世界带来秩序，不能履行神圣义务的人，没有自称侦探的资格。福尔摩斯先生失去了直面谜题的勇气，抛弃了自己的义务。当然了，他变成这样，我也有一部分责任。虽然我没有资格提出这样的请求，但我真心希望你能解开马斯格雷夫家族之谜，我们能依靠的只有你了。"

莫里亚蒂教授的肯定起到了显著的效果。

艾琳的脊背挺了起来，表情变得坚定，眼睛也恢复了光彩，这简直就像断了线的废弃木偶被重新注入了生命。

艾琳·艾德勒沉吟了片刻后说：

"我们在'东之东厅'目睹了怪异的现象，钢琴声，马斯格雷夫小姐的幽灵，还有不可思议的月亮。钢琴的声音有可能是通过传声管从别的房间传过来的，当时马斯格雷夫先生说了一句'这是瑞秋最爱的曲子'，我们便由此受到了一种暗示。在那样的黑暗里，任何一个似是而非的少女在此出现，任谁都会将其认作马斯格雷夫小姐。要是天花板的一部分可以开闭，再挂上一个装有电灯的月亮模型——"

"但这需要规模庞大的装置。"我说，"我不认为里奇伯勒夫人有能力准备这个。"

"只怀疑里奇伯勒夫人是个错误。"艾琳·艾德勒掷地有声地说道，"幕后黑手不是里奇伯勒夫人。十二年前，前任家主罗伯特·马斯格雷夫因为害怕某些东西而封锁了'东之东厅'。他去世后，雷金纳德·马斯格雷夫解除了'东之东厅'的封锁，并邀请了里奇伯勒夫人，掌握主动权的始终都是马斯格雷夫家的家主。"

"你是说马斯格雷夫家族才是幕后黑手吗？"

我惊诧地说道，艾琳·艾德勒点了点头。

"让我们背着马斯格雷夫家的人再调查一下那个房间吧。"

我们暂时回到各自的房间收拾了一下，随即在楼梯口碰头。

我带了提灯和火柴，艾琳·艾德勒拿上了一个小皮包，据说里边装着她爱用的侦探工具。

"布兰顿有可能在夜里巡视。"艾琳小声提醒我们，"注意别被发现。"

我们蹑手蹑脚地走下了挂着历代家主肖像的楼梯。

淡淡的月光透过高窗洒进一楼的门厅，阴冷得仿佛置身于大型贮水箱的底部。讲述马斯格雷夫家族历史的展品在黑暗中沉睡。我们下到一楼，幸运的是那里并无布兰顿的身影，周遭一片沉寂，好似无人的宅邸。

我们沿着走廊抵达旧宅,那里几乎漆黑一片。我举着手里的提灯,带头爬上楼梯。可当我在二楼走廊右拐的时候,却被吓了一跳,不由得停住了脚步。从"东之东厅"的门缝下漏出了一丝微弱的灯光。

我们靠近门侧耳倾听,屋内传来了谈话声,听起来像是里奇伯勒夫人和卡特莱特君。艾琳·艾德勒推开了门。

"你们在这里做什么?"

"东之东厅"寂寥如故。降灵会用过的圆桌依旧摆在空荡荡的木地板房间的中央,上面放着一盏大煤油灯。卡特莱特正忙着在桌面上设置测量仪器,里奇伯勒夫人则站在他的身后。她的脸上瞬间闪过一丝惊讶,但旋即镇定下来,向我们露出了微笑。

"咦,各位都到了啊。"

"你三更半夜在这里做什么,卡特莱特君?"

听莫里亚蒂教授这么一问,青年尴尬地低下了头。

"里奇伯勒夫人想要再调查一次。"

"太可疑了,该不会是来收拾机关道具的吧?"

"哪有什么机关道具,莫里亚蒂教授。"里奇伯勒夫人嘲讽似的说道。

然而当玛丽靠近圆桌,拿起放在那里的一本旧书时,她那做作的笑容好似被沙地吸干的水般消失无踪了。

"这是《竹取物语》的抄本吧?"玛丽说,"这份抄本本该严密地保存在马斯格雷夫家的图书室里,怎么会在你的手上?"

"那是十二年前的事了。"里奇伯勒夫人冷冷地说道,"马斯格雷夫小姐失踪后,京都警视厅(苏格兰场)就对马斯格雷夫家的领地展开了彻底的搜查，连池塘底下都没放过。这个'东之东厅'当然也是，可他们什么线索都没找到。然而，就在马斯格雷夫小姐失踪的时候，这份《竹取物语》抄本被留在了'东之东厅'，在展开调查之前就被人收走了。"

"是罗伯特·马斯格雷夫收走的吧？"

艾琳·艾德勒说道。

里奇伯勒夫人的脸上露出了一抹微笑，用阴恻恻的声音接着说道：

"我们心灵主义者注意到了马斯格雷夫家的'东之东厅'与《竹取物语》间的关联。月亮象征着彼岸，'东之东厅'有通往灵界的门，而开启这扇门的钥匙正存在于马斯格雷夫家抄本的附记里。历代家主在成年式上唱诵的问答文正是马斯格雷夫家族最大的财富。然而冥顽不灵的罗伯特·马斯格雷夫并没能尽到管理钥匙的责任。马斯格雷夫小姐失踪十二年后，我们这些心灵主义者一直渴望着能打开那扇门，为此苦等至今。"

"胡猜乱想都随你便。"莫里亚蒂教授说道，"要是马斯格雷夫知道了这件事，又会怎么说呢？"

"莫里亚蒂教授，你还没搞明白吗？马斯格雷夫先生什么都知道，因为他本人就是心灵主义者。"

"怎么可能？"莫里亚蒂教授瞪大了眼睛。

里奇伯勒夫人扬扬得意地继续说道：

"像你这样的科学家总是自以为能破解世上的一切奥秘，把自己关在物质崇拜的神殿里，但你们所依仗的不过是沙上楼阁而已，当彼岸与此岸的藩篱被推倒的时候，神秘之物将会重新掌权，如此一来，这个世界才会恢复真正的秩序。"

室内充盈着不安的空气，好似潮水般涨满了整个空间。在灯光照射不到的黑暗角落似乎潜伏着什么，正在缓缓地呼吸。我举起提灯照亮房间的角落，眼中唯有一片荒寂。

"各位，千万不要乱动。"

里奇伯勒夫人说道。

然后她庄严地宣读起了问答文。

何人之物？

遗世去者。

谁将得之？

俄尔来者。

吾辈当奉何物？

倾其所有，悉数奉上。

吾辈何故奉之？

伟大觉醒，俱为此故。

就在她念完最后一句话的瞬间，圆桌对面出现了一座巨大的楼梯。

那无疑就是玛丽和艾琳在十二年前看到的楼梯。古旧的楼梯带着精美的扶手，一直延伸到天花板附近，然后戛然而止。哪怕是事先设置了机关，也绝无可能让如此硕大的楼梯在一瞬间出现在室内。

"终于找到了！"

里奇伯勒夫人欢呼起来，把脚踏在了楼梯上。

艾琳·艾德勒和莫里亚蒂教授只能束手无策地注视着眼前发生的一切。我握住了玛丽的手，她也回握着我。

就似站在露天的荒原一般，不温不火的风吹了过来。那毛骨悚然的风好似来自世界之外。

里奇伯勒夫人爬上楼梯，触碰到了天花板。四周登时亮了起来，视野内白茫茫一片，一时间目无所见。

当眼睛终于适应了光线时，"东之东厅"的天花板已经消失了。

不仅如此，就连四周的墙壁也隐没无踪，可以俯瞰马斯格雷夫家那广袤的竹林。之所以亮如白昼，是因为前所未见的巨大满月正在逼近地表，那个异样的月亮占据了半个夜空，月球表面凹凸分明，仿佛可以用手触摸到。诡异的楼梯径直通向月亮。耀眼的月光变为逆光，令里奇伯勒夫人登上台阶的身影宛若皮影戏中的人偶。

"我不信，绝对不信！"

莫里亚蒂教授瘫坐在地。

这就是马斯格雷夫家族的秘密吗？我不由得倒吸了一口冷气。

这座神秘的桥梁，大抵就是数百年前《竹取物语》中的公主走过的路，也是马斯格雷夫小姐走过的路。十二年前，夏洛克·福尔摩斯未能解开瑞秋·马斯格雷夫的失踪之谜也是理所当然的。这并非侦探小说式的谜题，本就不是侦探能够解决的。

紧接着，四周猝然变暗。

原本璀璨的月亮被不祥的阴霾笼罩了。

某种异变正在发生，里奇伯勒夫人似乎也注意到了这样的状况，她在楼梯中间停下脚步，怔怔地注视着前方。月亮正急遽失去光芒，由边缘向中心褪色，好似亡者的皮肤一般。我冲到楼梯下方，大喊"快回来"，可里奇伯勒夫人却茫然地呆立原地。

我正想冲上楼梯，玛丽却拼命地拽住了我的胳膊。

"别上去！来不及了！"

宛如巨人叹息般的空虚之声响彻现场，周围骤然暗了下来，身边的玛丽一行人，通往满月的大楼梯，还有里奇伯勒夫人，悉数没入黑暗，我好似被迷惑一般凝视着漆黑的天空，满月剥落的遗迹上，留下了一个深不可测的大洞，洞比黑夜还要深邃。似乎天地随时会翻转，整个世界将朝着深不见底的洞坠落下去。

远处传来了里奇伯勒夫人的尖叫声。

———◯———

回过神来的时候，房间内的一切已然恢复了原状。

圆桌上的煤油灯和提灯投射着一如既往的光亮，玛丽依旧紧紧攥着我的胳膊，艾琳·艾德勒茫然地望着天花板，卡特莱特趴在圆桌上，莫里亚蒂教授蹲坐在地。

我拿起提灯照亮房间，里奇伯勒夫人已消失不见，

倘若我们经历的一切只是幻觉，那也未免太过生动。如果一切皆是真实，又实在难以置信。我望向艾琳·艾德勒，希望她能给出解释。而她却是一副茫然自失的样子，莫里亚蒂教授也是如此，唯有卡特莱特保持着冷静。

"夫人是不是去灵界了？"

"不清楚，不过总觉得不像。"

以防万一，我仔细检查了"东之东厅"的每一个角落，但哪里都没有里奇伯勒夫人的身影。我走出房间，在走廊检查了一圈，这里也没发现她的形迹。就在这时，走廊的另一端突然出现了一个黑影，那是管家布兰顿。他举着提灯，瞪大眼睛看着我们。

"到底发生了什么事？"

"布兰顿，里奇伯勒夫人失踪了。"我对他说道，"待会儿再解释，这里有没有后门之类的出口？"

在布兰顿的带领下，我们绕到赫尔斯通公馆的后门，映入眼帘的是一片黑黢黢的橡树林。我们高举灯笼，呼唤着里奇伯勒夫人的名字，一丝微弱的"救命"声自头顶传来。

"在那里！"艾琳·艾德勒指着树梢说道。那里可以望见里奇伯勒夫人的脚，看来她正拼命地抓着树枝。

布兰顿急忙搬来梯子，总算把里奇伯勒夫人救了下来。然而她已经憔悴得不忍直视，万幸的是只是身上有一些擦伤。

当布兰顿正欲搀扶里奇伯勒夫人返回宅邸的时候，艾琳·艾德勒叫住了他。

"布兰顿，等一下，我有事要问。"

"有什么事，艾德勒小姐？"

"你为什么会来这里？"

"我正在巡夜，恰好路过。"

"这是谎话，是你把里奇伯勒夫人放进'东之东厅'的吧？"

布兰顿登时变得面无表情，宛如一尊地藏石像。这么说来，除此之外再也没有其他可能性了。赫尔斯通公馆的钥匙全都由管家管理，除非里奇伯勒夫人是开锁高手，不然就会很自然地得出布兰顿把她带进来的结论。

"怎么回事，布兰顿？你这是对家主的背叛。"

即便被她如此追逼，布兰顿的表情也没有一丝变化。

"我无可奉告。"

"那你就是遵照马斯格雷夫先生的命令行事了？"

艾琳·艾德勒以清澈的目光凝视着布兰顿，布兰顿移开了视线。

"请见谅。"他说，"我无可奉告。"

"那我就去找马斯格雷夫先生问个明白。"

"雷金纳德老爷出去了。"

"去哪儿了？"

"夏洛克·福尔摩斯先生那里。"

"无论如何我都要去找他。"艾琳·艾德勒说道。

听布兰顿的口气，马斯格雷夫领主显然对我们隐瞒了重要的事情，我们也没有闲心等到翌日早上了。姑且不论刚刚获救的里奇伯勒夫人，就连坐在橡树底下的莫里亚蒂教授看上去都没有精力走进竹林了。众人商定，让卡特莱特和玛丽留在宅邸里照看他们。

艾琳·艾德勒举起了提灯。

"华生医生，我们走吧！"

我们离开赫尔斯通公馆，走过午夜时分的前庭。

视线前方，月光照耀下的草坪好似沙丘般起伏，点缀其间的萧疏灌木让人联想到被冲上岸的沉船残骸，四周被午夜凄寒的寂静包裹，澄澈的天空散布着满天星辉。行走在这般寂寥的风景中，感觉自己仿佛来到了某个悠远的地方，下鸭的诊所和寺町通221B变得如此令人怀念。回顾与福尔摩斯的冒险经历，我从未遭遇过这般离奇的事件，就好似谜题本身有了生命，正吞噬着整个世界。

马斯格雷夫家族之谜是我们所能掌控的吗？

我一边思索着这样的问题，一边看向身旁的艾琳·艾德勒，她想必也深感不安，紧绷的侧脸透着紧张。

"你怎么看？"

"老实说，我根本弄不明白。"艾琳·艾德勒说，"如果只局限于现实，那么马斯格雷夫先生确实隐瞒了一些事情，而且布兰顿也参与其中，可即便揭穿了这些又能如何？我们所经历的事情依旧没法解释。"

艾琳·艾德勒呼出一口白气，身体微微发颤。

"华生医生，你看到那个漆黑的洞了吗？"

"嗯，看到了。"

"我从来没见过那么可怕的东西，太可怕了。"

"振作点，艾德勒小姐，你是我们唯一的希望。"

我一边说着，一边觉得自己很窝囊，最终仍需借助他人之力。

偶尔也试着用自己的脑子想想——我仿佛听到了福尔摩斯的声音。

夜晚的竹林令人畏惧，无论将提灯照向何处，都能看到无数白晃晃的竹子，而更深处则尽数没入了黑暗之中。我小心翼翼地追寻着那个马厩学徒少年留下的印记，最终抵达了福尔摩斯草庵的所在地，草庵却人去屋空，冷掉的锅里散发着咖喱羊肉的香味，但篝火已经熄灭了。

我想起了福尔摩斯在降灵会后说过的话。

"我和威廉先生相约今晚赏月喝酒。"

我想到了竹林管理人威廉先生，想起了他那奇异的清澈目光和恍若风摇玉竹般的声音。据说他居于竹林深处，或许福尔摩斯是前去拜访他了吧，受邀的马斯格雷夫先生也去与他会合了。

正当我思索着这些时，艾琳猛然把头一抬，举高提灯，凝望着竹林的深处。

"我好像听到了福尔摩斯先生的笑声。"

"该不会是错觉吧?"

"再往里走走吧,华生医生。"

"这样太危险了,艾德勒小姐。听说这片竹林里曾有过好几个遇难者,只怕我们非但找不到福尔摩斯他们,还得在竹林里挨到早上。"

艾琳·艾德勒从挎在肩上的皮包里取出一个小小的卷尺。这是所谓侦探七大道具之一。她从卷尺中抽出一根细线,将其系在了身旁的一棵青竹上。

"这是为了追踪犯人而开发的,只要顺着线走,就能找到回来的路。"

就这样,我们拽着丝线往竹林深处走去,时而爬过积满落叶的山丘,时而下到洼地,但进入视野中的,唯有提灯灯光所及之处的那些光滑的青竹。

"莫里亚蒂教授没事吧?"艾琳·艾德勒忧心忡忡地说,"他看起来相当虚弱啊。"

走出"东之东厅"之后,莫里亚蒂教授便未发一语,无论对里奇伯勒夫人的营救,还是对布兰顿的问答,他都没表露出一丝兴趣,仿佛钻起了牛角尖,完全封闭了自己。

"这都怪我。"艾琳说,"莫里亚蒂教授很害怕,他把期望寄托在了我的身上。作为侦探,我有责任不辜负教授的期待,可我却无能为力。"

"你没必要这么自责。"

"我现在仍一头雾水,华生医生。"艾琳·艾德勒懊恼地继续说道,"我无法做出任何解释,这样一来,相比十二年前又有什么区别呢?

不仅如此，反倒变得更加玄妙莫测了。我怎么会这么无能？明明解决了好几个疑难案件，丝毫不输福尔摩斯先生。但这些经历没有一点用处，真的一点用处都没有！"

艾琳·艾德勒的孤独深深地打动了我。

这或许也是名侦探夏洛克·福尔摩斯的孤独。

尽管我和夏洛克·福尔摩斯一起经历了诸多冒险，但无论什么时候，我都依赖着他，深信他能够解开谜题。

尽管我也尝试过构筑自己的推理，但那种东西只不过是闹着玩的。当福尔摩斯走投无路、苦苦挣扎的时候，我可曾一度奋起，对他说过"交给我来解决"呢？

我只是坐视福尔摩斯陷入苦恼，连福尔摩斯都解决不了的问题，我又怎能解决——如此袖手旁观，心安理得。因为我是华生，只不过是个记录员而已。虽然可以说说相信福尔摩斯的才能这种漂亮话，然而，我的确把所有责任都推给了福尔摩斯。

"我觉得我知道福尔摩斯为什么陷入低迷了。归根到底，是我过度依赖他，我一直把所有责任都压在福尔摩斯身上，无论我们的世界被怎样的谜题威胁，我都深信他一定能够恢复秩序。"

"因为这就是名侦探的责任。"

"福尔摩斯厌烦了这种被强加的责任。"我凝视着竹林深处说道，"福尔摩斯也有一颗凡人之心，艾德勒小姐。他既不是推理机器，也不是神，我应该更加理解他。"

艾琳·艾德勒沉默了片刻。

"可是我相信。"过了片刻，她勉强发出声音，"福尔摩斯先生一定会凯旋的，他是最伟大的侦探。"

虽然已经走了很远，但周围的景色没有丝毫变化，甚至没法确定我们是不是仍在直行。无论把提灯转向哪个方向，都只有矗立着的无数青竹，好似阴森森的神殿柱子。竹子的梢头在夜风中沙沙作响，我们此刻究竟身在何处？

　　艾琳·艾德勒在黑暗中喊道：

　　"福尔摩斯先生！你在哪里？"

　　我们竖起耳朵听着，不多时，远方传来了"喂——"的一声，在提灯的光晕中，艾琳·艾德勒面露喜色。

　　"福尔摩斯！能听到吗？"我喊了一声，那边再度响起了"在这里"，声音悠闲得让人泄气。

　　"听到了，我们走吧！"

　　艾琳·艾德勒兴奋地冲了出去。

　　我们穿过竹林，抵达了一片开阔的草地。

　　那里是火山口模样的大洼地，圆形的边缘环绕着一圈竹林，在月光和星光的照耀下，脚底的枯草泛起了淡淡的银色。草地的中心矗立着一座竹笋形状的砖砌高塔。马斯格雷夫领主、威廉先生，还有夏洛克·福尔摩斯正围坐在篝火边推杯换盏。

　　当我们穿过草地靠近时，那些人转过脸来，脸被篝火和酒精熏得通红。福尔摩斯挥舞着穿棉花糖的长树枝，兴高采烈地说道：

　　"两位好，欢迎光临月之宴！"

　　威廉先生立刻为我们铺开毯子，艾琳和我坐了下来。

　　在这片星空之下围坐在篝火旁，总觉得仿佛回到了少年时代。我回想起了与现已亡故的兄长一起在自家后院露营的时光。

"这里曾是月球火箭的发射基地。"马斯格雷夫一边仰望着砖砌的高塔,一边说道,"是前任家主、我的父亲罗伯特·马斯格雷夫砍伐竹林建造了这里。家父故去后,'月球火箭计划'就冻结了,绝大多数设备都被拆除,唯独这座塔留了下来。保留一两片梦想的残骸也是好事,现如今,这里变成了威廉的住所。"

"我一个人住太宽敞了。"

威廉先生一边说着,一边眺望着草地对面的竹林。他的头发从硕大怪异的帽子之下露了出来,欠缺打理的胡子肆意地生长着。尽管如此,或许是本人气质悠然的缘故,完全没有惨兮兮的感觉。我们五人围坐在篝火旁,却似乎唯有他一人身处另一个时空。

艾琳·艾德勒似乎也被威廉先生勾起了兴趣,一边高高地鼓起腮帮大嚼棉花糖,一边斜眼打量着这位神秘的竹林管理人。

"我们真的是初次见面吗?"艾琳·艾德勒说,"我好像在哪里见过你的脸。"

"这应该是您的错觉吧。"威廉这般说道。按他的说法,他似乎一直蜗居在这片竹林里,就连赫尔斯通庄园的仆人都极少见到他。但艾琳·艾德勒却似有所觉察,她用认真的眼神注视着威廉先生。

"太畅快了,马斯格雷夫。"

福尔摩斯将杯里的酒一饮而尽。

"我们需要的是这样的时间,尽管如此,现代社会还是千方百计地把琐事推给我们。夏洛克·福尔摩斯必须办案,约翰·H.华生必须写侦探小说,雷金纳德·马斯格雷夫必须全力经营领地。就这样,我们忘却了人生的本质。"

"人生的本质是什么？"

"那还用说吗？朋友，篝火，赏月喝酒。"

福尔摩斯和雷金纳德·马斯格雷夫平静地交谈着。

如今想来，那大概是福尔摩斯对老友的关怀吧。

流淌在那堆神秘篝火周围的平静，正是来自他们的死心。就在刚才，当艾琳和我从竹林中现身时，马斯格雷夫领主或许已经意识到自己的"计划"失败了，而暗中勘破了老友"计划"的福尔摩斯，无疑是应威廉先生的嘱托，前来慰藉这颗黯然之心的吧。

"刚才在'东之东厅'发生了一些怪事。"艾琳·艾德勒率先开口道，"我们是专程前来告知这件事的。"

"是吗？里奇伯勒夫人怎么样了？"

马斯格雷夫领主镇定地用洞察一切的口吻说道。当艾琳告知里奇伯勒夫人没事之后，马斯格雷夫轻轻地点了点头。

"我知道这一切都是您策划的。"艾琳·艾德勒边说边凝视着马斯格雷夫，"但其他的事情我一概没想明白。"

"你不明白也是当然的，艾德勒小姐。"马斯格雷夫安慰似的说道，"邀请你来这里，并不是为了戳破里奇伯勒夫人的面具。我想明确的是，多年来困扰我们的谜题是否真的超出了侦探的领域。这并非你能力不足，即便是福尔摩斯君，也未必能解开这个谜。"

"这可不好说哦，马斯格雷夫。"

福尔摩斯一边把手伸向篝火取暖，一边说道。

马斯格雷夫的脸上露出了惊诧之色。

"你是说你破解了谜题？"

"我根本没打算解谜。"

福尔摩斯盯着篝火，淡然地开始了讲述。

"毕竟我只是个引退的侦探，不打算解开任何谜题，只是浑浑噩噩地见证着身边发生的事。这样一来，马斯格雷夫家的谜题就好似随风散去般消失了。艾德勒小姐陷入苦战也是理所当然的。越是诚实地履行侦探职责，马斯格雷夫家的谜题也就越是难解。制造谜题的人正是我们这些侦探。无需推理，无需科学，无需心灵主义，只需将奇异之物归于奇异并接受。我们能做的只有这些。"

我们呆呆地望着福尔摩斯，他的言语里充满了稳定的气魄，就似黄金时代的福尔摩斯突然复生了一样。

"福尔摩斯先生……"艾琳·艾德勒紧张地问道，"你的意思是，十二年前的案子已经解决了？"

"我很怀疑是否应该称之为解决。"

"那马斯格雷夫小姐到哪儿去了？"

"哪儿都没去，她如今也还在那个房间里。"

马斯格雷夫平静地问道：

"福尔摩斯君，你为什么会这么想？"

"我已经知道除此之外没有其他可能性。没有人看到她离开领地，也没有发现尸体。十二年前的那一天，她并没有走出赫尔斯通公馆。再想想我们在'东之东厅'看到的东西。马斯格雷夫小姐喜爱的音乐、马斯格雷夫小姐本人的身影，还有月亮——这也是马斯格雷夫小姐喜爱的天体。马斯格雷夫，你小时候不是经常和她一起观测天体吗？由此我便自然而然地想通了，马斯格雷夫小姐一直沉眠于'东之东厅'，今晚我们在降灵会上看到的情景，正是马斯格雷夫小姐做的梦。"

"等等，福尔摩斯先生。"艾琳·艾德勒皱着眉头说道，"'东之东厅'自古以来就怪事不断，哪怕退一万步，我们今晚看到的真是马斯格雷夫小姐的梦，但她失踪也是在近十二年，在那之前发生的一切根本无法解释。"

艾琳·艾德勒想到的应该是十二年前的事，艾琳和玛丽在"东之东厅"遭遇奇异现象，马斯格雷夫小姐也在。

"你的话非常在理。"福尔摩斯微笑着说，"《竹取物语》象征性地讲述了马斯格雷夫家'东之东厅'的由来，在那个房间里，自古以来就有神秘现象的目击报告。倘若这一切全是在'东之东厅'沉眠的人所做的梦，那会怎样呢？这十二年来沉眠的是马斯格雷夫小姐，那么在此之前，又是谁在那个房间里长眠？那个人做了什么样的梦呢？"

艾琳·艾德勒茫然地低语道：

"……是竹林。"

我们的视线不约而同地被吸引到了围坐在篝火旁的竹林管理人威廉身上。

"你是马斯格雷夫家的人，对吧，威廉先生？"福尔摩斯对竹林管理人说，"你在'东之东厅'里沉眠了很久，当马斯格雷夫小姐入眠之时，你就醒来了，对吧？"

在篝火的映照下，威廉先生的脸上浮现出一抹如释重负的表情。

我在思考这是不是真的。篝火周围的草地似乎正自地表脱离，飘向宇宙空间。我有种迄今为止坚信的世界正在瓦解的忐忑，也有种新世界即将诞生的兴奋。

"你说得对，福尔摩斯君。"雷金纳德·马斯格雷夫说，"威廉是曾祖父的弟弟，虽然没人相信。"

"事实上，前任家主罗伯特·马斯格雷夫并不相信我。"

威廉先生一边盯着篝火，一边说道：

"我被当作冒用马斯格雷夫家族之名的骗子，不由分说地被赶了出去。在'东之东厅'沉眠的时候，世道已经完全变了。我一个人被放逐于此，经历了很多苦难。好在我从小就热爱竹林，也懂得打理竹林的技术，被一位心地善良的园丁收留，开始帮他干活儿。我为了工作走遍全国各地的竹林，不知不觉中，漫长的岁月就这么过去了。去年，当我久违地回到京都时，才得知罗伯特·马斯格雷夫已经过世。"

威廉先生转向了雷金纳德·马斯格雷夫。

"直到这时，我才第一次得知了瑞秋失踪的消息。"

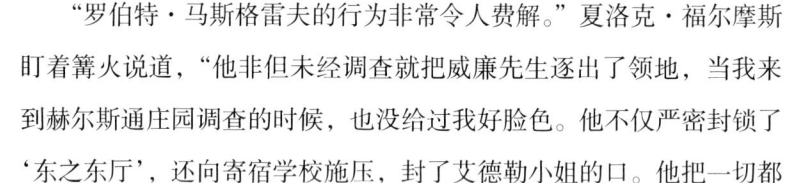

———◇———

"罗伯特·马斯格雷夫的行为非常令人费解。"夏洛克·福尔摩斯盯着篝火说道，"他非但未经调查就把威廉先生逐出了领地，当我来到赫尔斯通庄园调查的时候，也没给过我好脸色。他不仅严密封锁了'东之东厅'，还向寄宿学校施压，封了艾德勒小姐的口。他把一切都埋葬在黑暗中，彻底粉碎了救出自己女儿的所有可能。他显得十分恐慌，我甚至不止一次怀疑他与女儿的失踪有关。"

"家父很不喜欢'东之东厅'的传闻。"马斯格雷夫说，"那个房间自古以来就有很多奇怪的传闻。每当家父听到仆人在传这种事时，就会勃然大怒，他说这只不过是迷信，是哄小孩的童话故事。'人类的进步与和谐'是马斯格雷夫家族的家训，也是家父强加给我们的教义。但这真是世间认可的崇高理想吗？归根到底，这或许只是一种想要掌控一切，让万物如己所愿的傲慢欲望。未解之物，不受己控之物，父亲向来对这些深恶痛绝。瑞秋的神秘失踪，对他而言无疑是不可原谅的背叛。"

马斯格雷夫小姐失踪后的第十一年，罗伯特·马斯格雷夫撒手人寰。

去年夏末，也就是前任家主葬礼后不久，威廉来到了赫尔斯通庄园，没人发觉他就是十一年前被罗伯特驱逐的那个人。他作为竹林管理人的名声是毋庸置疑的。正为领地内竹林荒芜头疼不已的雷金纳德当即决定雇用威廉。

"要不要向雷金纳德告知真相，这是一个问题。"威廉先生说，"我为此纠结了很久，然而当我在竹林住下，与雷金纳德交流过后，我开始觉得应该可以告知他真相，他不会像前任家主那样把我赶走。更重要的是，他一直被往事纠缠，我必须说出真相。"

那年秋天的黄昏，威廉结束了一天的工作，在这片草地上徘徊。澄澈的秋空中挂着薄骨片般的月亮，砖砌的月球火箭发射基地矗立其下。秋虫的鸣叫声回荡在沁成浅蓝色的圆形草地上。

就在这时，雷金纳德来了。他和威廉很合得来，时常过来找他闲聊。那天，雷金纳德谈及了前任家主罗伯特推进的那个鲁莽的"月球火箭计划"，晚年的罗伯特·马斯格雷夫似乎被某种东西凭附，这样的状况始于十二年前妹妹失踪之时。

"于是我就向雷金纳德吐露了真相。"

"你当即就相信了吗？"

面对福尔摩斯的追问，马斯格雷夫摇了摇头。

"不，刚开始我是不敢相信的。瑞秋失踪以来，我就很厌烦那些居高临下地把'真相'强加于我的人。记者、业余侦探、占卜师……

像里奇伯勒夫人那样的灵媒也是其中之一，但我总觉得威廉不是那种信口胡言的人。于是我调查了一下，在赫尔斯通公馆的图书室里，确实留有曾祖父弟弟神秘失踪的记录；还有威廉的日记本，里面夹着瑞秋用压花做的书签。毫无疑问，她失踪前曾读过威廉的日记。"

在马斯格雷夫小姐失踪后，"东之东厅"遵照罗伯特·马斯格雷夫的命令被严密封锁，任何人都不能进入。除了偶尔变成怪谈的素材外，连这个房间的存在本身都逐渐不被人提及。那天深夜，雷金纳德独自走进旧宅，拆除了钉在门上的木板，解开了"东之东厅"的封印。

"我相信威廉说的都是真的，在过去的十二年里，瑞秋一直在封印的'东之东厅'里沉眠。"

雷金纳德·马斯格雷夫将枯枝扔进了篝火。

"现在我才明白家妹为何被吸引到'东之东厅'了。她对仆人们很亲切，忠实地执行父亲的命令，总是站在我这边。真正支撑着马斯格雷夫家族的，不是父亲，也不是我，而是瑞秋。为了完美扮演马斯格雷夫家小姐的角色，家妹一定十分劳神，家父强推的订婚无疑更是雪上加霜。瑞秋只想远走他乡。"

在解开"东之东厅"封印的翌日，雷金纳德·马斯格雷夫又去了竹林的深处，威廉先生在此等候着他。就这样，他们开始拟订计划。

"我原本打算将家妹带回来的。"

"哪怕献祭了里奇伯勒夫人也在所不惜，对吧？"

福尔摩斯这么一说，马斯格雷夫便低下了头。

"在'东之东厅'里，始终有人在沉眠。这十二年间是马斯格雷夫小姐，此前则是威廉先生。你是想把里奇伯勒夫人作为替代品，将马斯格雷夫小姐换回来。所以你才命令布兰顿让夫人进入'东之东厅'，幸运的是，事情并未如你所愿。"

马斯格雷夫俯首不语，威廉也是如此。

就在这时，艾琳·艾德勒开口道：

"福尔摩斯先生早就知道一切了吗？"

福尔摩斯并没有回应。

"为什么选择旁观呢？"她追问道，"应该阻止这样的计划才对。"

"艾德勒小姐，你真的打算相信我们刚才在这里说的那些话吗？"

福尔摩斯盯着艾琳·艾德勒。

"请你仔细想想这究竟意味着什么。若要揭开马斯格雷夫小姐失踪的真相，就必须相信'东之东厅'的神秘之力，可一旦接受了这样奇怪的事实，那就不再是侦探了。如果世上存在着'东之东厅'这般不可思议的地方，你又怎能对自己的推理抱有信心呢？如果任何离奇的事件都能用'魔法'蔽之的话，那侦探不就成无用之物了吗？正因为如此，我才在十二年前退出了马斯格雷夫小姐失踪案的调查。为了保护自己的侦探之身，选择将一切埋葬在黑暗中，我和罗伯特·马斯格雷夫背负着同样的罪愆。"

"你要我也这么做吗？"

"你本不该参与进来。今晚什么都没发生，你也什么都没看到，这世上有些谜题是不该尝试去解开的。"

艾琳·艾德勒从正面回瞪着福尔摩斯。

篝火之光将她的脸颊染成金黄。那张脸上浮现出的是失望，是愤怒，是哀伤。不多时，她的嘴唇好似倔强的孩子般拧了起来，细长的眼睛里噙满了泪水，在篝火的映照下闪闪发光。我已经很久没见过如此真诚表达感情的面孔了。艾琳·艾德勒一边捏着拳抹去泪水，一边小声说道：

"不可能忘的。"

"福尔摩斯君，艾德勒小姐说得没错。"雷金纳德·马斯格雷夫说，"不可能忘啊。"

他环顾着竹林环绕的圆形草地，仰望着背后高耸的月球火箭发射基地黢黑的影子。月亮在星空之上倾泻着光辉。

"晚年的家父痴迷于月球火箭计划。"雷金纳德·马斯格雷夫说道，"如今我才理解家父的痛苦。'东之东厅'之谜对家父而言，是个理应被埋葬在历史彼端的黑暗中，本该被遗忘的迷信。可他万万没想到，这个谜会从黑暗中伸出手来，将自己的爱女攫走。家父实在无法接受'东之东厅'的异象。正因为如此，他才会封印'东之东厅'，不问青红皂白地驱逐威廉，封住相关人员的嘴，只欲拼命地遗忘一切。你觉得这样就能解决问题了吗？这是不可能的。晚年的家父痴迷于'月球火箭计划'，正是因为瑞秋深爱着天上的月亮。他一定是想以自己的方式拼命把瑞秋带回来，最后却在失意中过世了。"

雷金纳德·马斯格雷夫面色沉重地闭上了嘴。

众人默默无言，唯有凝视着熊熊燃烧的篝火。

———◇———

我和艾琳·艾德勒返回了赫尔斯通公馆，管家布兰顿迎接了我们。

门厅的钟指向凌晨三点，我向布兰顿询问了里奇伯勒夫人的情况，他说夫人并无大碍，此刻正在客房歇息。莫里亚蒂教授和我的妻子玛丽也回到了自己的房间。报告完毕后，布兰顿似乎有话要问，但艾琳·

艾德勒无意提及我们与马斯格雷夫的会面。

"晚安，布兰顿。"

她冷淡地说了一句，爬上了通往二楼的楼梯。

布兰顿有些失落，正待退回走廊深处，我出声道：

"我想问一个问题。"

"什么事？"布兰顿回过了头。

"马斯格雷夫领主想把小姐救回来，你真的相信他能做到吗？"

布兰顿迟疑了片刻，随后说道：

"我相信。"

"是吗？"

"小姐是个好人，怎么能就这样撇下她不管呢？"

言毕，布兰顿离开了这里。我环顾着昏暗的大厅。

此处展示着诸多诉说着马斯格雷夫家历史的展品。万国博览会备受瞩目的"水晶宫"模型在月光下熠熠生辉，宛若一座魔法城堡。

万国博览会是我等帝国引以为傲的科学技术的一大展示场。前任家主罗伯特·马斯格雷夫以强力的手腕促成了这个国家级的祭典，提出了"人类的进步与和谐"的口号。而马斯格雷夫家内部竟然隐藏着"东之东厅"这一怪异的谜题，颇有些讽刺的意味。

当我踏上通往二楼的楼梯时，看到艾琳·艾德勒正站在楼梯平台上，月光从高高的窗户上射了进来，依稀地勾勒出她的侧脸。她正盯着墙上悬挂的马斯格雷夫家族的肖像画。

"你在看什么呢？"

我站到了她的旁边，端详着视线前方的那幅画。那是一幅颇具古风的肖像画，两位贵族青年威风凛凛地站在草坪上，美丽庭院的彼端可以望见赫尔斯通庄园的灰色旧楼。画中青年的长相如此相似，大抵是兄弟吧。少顷，我意识到她为何如此专注地盯着这幅画，我仿佛见过画中所描绘的青年贵族的面孔：晒得黝黑，胡子拉碴……

"当我见到威廉先生时，我就觉得好像在哪里见过他。"

艾琳·艾德勒叹了口气，迈着无力的步伐攀上楼梯。

我独自回到房间上床睡觉。在这漫长的一天里经历的异样之事在脑海中翻腾不休，怎么都无法入眠。每当我闭上眼睛，脑海中就会浮现出那片被竹林包围的圆形草地，以及围坐在篝火旁的福尔摩斯和其他同伴的身影。他们看起来如此寂寞，就像被留在月面上的人一样。这些人讲述的故事究竟是不是"真相"呢？

马斯格雷夫家族的"东之东厅"究竟是什么？

无论是夏洛克·福尔摩斯还是艾琳·艾德勒，都与十二年前的马斯格雷夫小姐的失踪案有关，就连莫里亚蒂教授也因工作与马斯格雷夫家族有所来往。我们今夜相聚于此，真的只是偶然吗？彼处是否有某种魔力在发挥作用，就好似马斯格雷夫小姐的失踪在世上撕开的洞至今犹在，它正以诡谲的引力将当时的相关之人拉拽至此。

就在这时，传来了门被轻轻推开的声音，我坐起身来。

"……是我。"

一道白影飘进房间，滑到床上。

玛丽抱住我，深深地叹着气，大概是一直在等待我从竹林深处回来吧。玛丽并没有多问什么，我也没有多说。就这样，当我们感受到彼此的温度时，一直盘桓在脑中的怪异想法就这样消失了。

"晚安。"

玛丽用柔和的声音低吟道。

翌日早上，当我睡醒时，玛丽已经下床了。

我用仆人端来的热水洗了把脸，然后打开窗户探出身去，深深地吸了口冷冽的初冬空气。晴朗的青空上没有半片云彩，朝阳照耀下的广阔草坪泛着光辉。彼方是一望无际的美丽竹林。

沐浴在晨光下，昨夜的一切仿佛都只是一场噩梦。

心灵主义，降灵会，马斯格雷夫家的"东之东厅"……我怎会被这些如同怪奇小说的非现实事物吸引呢？像这样迎接新鲜的清晨，身边的美丽世界似乎一切如常。

或许，在寺町通221B的屋顶上，赫德森太太正在做日常的哑铃体操；在四条乌丸的商业街上，神情郁郁的行人正踏上通往事务所的台阶；在清凉的糺之森里，下鸭神社的宫司们正庄严地唱诵祝词，在新的一天到来之前，昨夜的奇异经历似已褪去了颜色。

我刚收拾完毕，玛丽和艾琳·艾德勒就到了。艾琳·艾德勒的眼睛像兔子一样红彤彤的，玛丽也不停地打着哈欠。

"是不是该叫莫里亚蒂教授起来呢？"

"让他多睡会儿吧，他已经被失眠困扰好几天了。"

我们一起下楼去了餐厅，清晨的阳光洒进室内，马斯格雷夫和卡特莱特已经坐在了桌旁。透过宽大的窗户，可以望见随风起伏的草坪。我们和他俩打了招呼，随后落了座。哪里都看不到里奇伯勒夫人的身影，卡特莱特和马斯格雷夫好似大梦未醒一般怅然自失。

又过了片刻，里奇伯勒夫人出现了。

"早上好。"她用几乎听不见的声音说道。

就这样，她晃晃悠悠地靠近桌子，那副模样简直和昨晚判若两人。

头上的发丝凌乱不堪，素面朝天的脸现出土色，脸颊的肉耷拉下来，眼睛阴沉浑浊。站在那里的是一个彻底被抽空活力的人。昨夜在"东之东厅"发生的事情想必彻底击碎了她的心。

里奇伯勒夫人无力地瘫坐在椅子上，凝望着虚空。

就在这时，管家布兰顿走了过来，向马斯格雷夫耳语着什么。领主点了点头，说了声"失陪一下"，然后快步走出了餐厅。我们担忧地注视着里奇伯勒夫人。

"我也该金盆洗手了吧。"里奇伯勒夫人喃喃道，"我的力量曾经是真实的，与灵魂交流对我来说易如反掌，然而随着灵媒的名声越来越响，神秘的力量就离我远去了。艾德勒小姐说得没错，这么多年来，我一直靠欺骗度日。马斯格雷夫家的'东之东厅'是我最后的希望。要是能开启通往灵界的大门，那份力量就会重新回到我的身上。我一直是这么期待的，但那只是我的一厢情愿罢了。"

里奇伯勒夫人的脸上分明浮现出恐惧之色。

"我再也不想看到那样恐怖的事情了，我受到了惩罚。"

卡特莱特哀伤地说：

"那我们的梦想该怎么办？"

"什么梦想？"

"与灵魂联结的科学。"

"做点更有意义的事吧，比如谈个恋爱什么的。"

当里奇伯勒夫人弱声弱气地说着这些时，从走廊方向传来了一大群人急促的脚步声。就在我们纳闷儿之时，马斯格雷夫神情严峻地走进餐厅，紧随其后的是身穿灰色大衣的雷斯垂德警部，警部还带着好几名身穿制服的警察，流淌在清晨餐厅的空气骤然变得紧绷起来。

当雷斯垂德看到我们的时候，似乎吃了一惊。

"啊，华生医生！还有玛丽和艾德勒小姐！"

"闹什么啊，雷斯垂德？"

"很抱歉一大早就吵到各位，但这是我身为公仆的义务，还望见谅。那位就是里奇伯勒夫人是吧？"

雷斯垂德清了清嗓子。

"里奇伯勒夫人，你被逮捕了。"

大清早的逮捕戏码在令人惊诧的安静中落幕了。

当雷斯垂德告知罪名的时候，里奇伯勒夫人犹如一具空壳，没有提出任何抗辩。她被带走之后，雷斯垂德留了下来，简单地讲述了逮捕的前因后果。

"在艾德勒小姐的建议下，我一直在进行秘密调查。"

近年来，由于心灵主义热潮方兴未艾，洛中洛外的灵媒数量与日俱增，其中里奇伯勒夫人的表现尤为突出。在圣西蒙勋爵等权势贵族的支持下，她住在南禅寺附近的豪宅中，通过举办降灵会和个人咨询攫取了巨大的利益，在四条乌丸的商业街还经营着多家可疑的相关公司。雷斯垂德接受了艾琳·艾德勒的提议，对里奇伯勒夫人的背景进行调查，收集到足以支持欺诈、恐吓、非法取得不动产等罪名的证据后，最终决定实施逮捕。

"话说回来，她竟然这么顺从地束手就擒了，真让人意外。"雷斯垂德惊讶地说道，"我还以为她会大吵大闹呢。"

"做得不错，雷斯垂德警部。"

雷金纳德·马斯格雷夫这般说道，雷斯垂德快活地行了个礼。

"这是我的荣幸，感谢您的配合。"

"希望这次的逮捕能让心灵主义的热潮稍稍冷却一些。"

"话虽如此，从现在开始才是真正的难题。圣西蒙勋爵恐怕会请一位能力出众的辩护律师，里奇伯勒夫人的众多追随者都来自上流社会。唉，心灵主义的人气可真是不容小觑。"

就这样，雷斯垂德沉浸在胜利的余韵中，但清晨的餐厅却弥漫着一种懊丧空虚的气氛。确实，雷斯垂德的出现，令现实世界又多了一桩被解决的"案件"，然而，最终并没有一个人得到拯救。

雷金纳德·马斯格雷夫没能找回马斯格雷夫小姐，艾琳·艾德勒的侦探之路遭遇重大挫败，卡特莱特梦想幻灭，夏洛克·福尔摩斯蛰居竹林，这里的所有人都败在了"东之东厅"的手下。

"各位看起来都很疲惫。"雷斯垂德说，"华生医生怎么到这里来了？"

当雷斯垂德得知福尔摩斯隐居在马斯格雷夫家的竹林后，脸色立刻暗淡下来。

"福尔摩斯肯定还在生气。"他说，"当福尔摩斯先生得知我和艾德勒小姐合作时，他把我叫了出去，骂我背叛了他。可这又有什么办法呢，我还肩负着公仆的义务。"

"福尔摩斯应该能理解的。"

"但愿吧。"雷斯垂德叹了口气，向窗外望去，"但我还是相信那个夏洛克·福尔摩斯一定会复活的，他不会是在竹林里度过余生的人。他是伟大的侦探。当然，这种事华生医生最清楚了。唉，想当年，福尔摩斯最辉煌的时候……"

说到这里，雷斯垂德突然停了下来。

他对着窗玻璃伸长脖子，用诧异的声音嘟囔着：

"那位小姐在这种地方做什么呢？"

站在餐厅入口处的管家布兰顿靠近了窗户。

我们也转过头，追随雷斯垂德的视线，望向了窗外。

清晨的阳光洒在赫尔斯通庄园的宽阔庭院里，一个身穿白色连衣裙的少女正独自站在微微隆起的草坪之丘上。她张开双臂，沐浴在阳光下，似乎正全身心地享受着此时此刻身在此处的幸福。无论是闪耀着金属光泽的橡树叶片、广阔的金色草坪，还是少女的白色吐息，一切都光彩照人，生机蓬勃，美轮美奂。

突然间，布兰顿喊了声："老爷！"他的声音近乎嘶叫。

与此同时，马斯格雷夫从餐厅冲了出去。

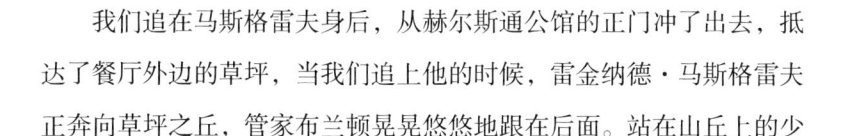

―――◇―――

我们追在马斯格雷夫身后，从赫尔斯通公馆的正门冲了出去，抵达了餐厅外边的草坪，当我们追上他的时候，雷金纳德·马斯格雷夫正奔向草坪之丘，管家布兰顿晃晃悠悠地跟在后面。站在山丘上的少女凝视着他们，紧握的双手放在胸前。

"那真是马斯格雷夫小姐吗？"我有些难以置信地说，"真是她吗？"

"没错，就是瑞秋小姐。"

玛丽喃喃道，艾琳·艾德勒却哑然失语。

雷金纳德·马斯格雷夫跑到了少女面前，不停地呼着白气。赶上来的布兰顿像是生气似的皱着脸，侍立在领主身旁。

雷金纳德调匀呼吸，向少女伸出了手，似乎在说"欢迎回来"，少女的脸上露出惊愕的表情。直到此时，她才意识到她与他们之间隔着时间上的断层。她依然是那个十四岁的少女，而雷金纳德·马斯格雷夫和布兰顿的脸上却镌刻着整整十二年的岁月痕迹。

过了片刻，她怯生生地拉起兄长的手。

——我回来了。

她似乎说了这样的话。

然后她开心地对着布兰顿展露笑颜。

就在此刻，垂垂老矣的管家用手遮住脸，呜呜地抽泣起来。

不知何时，雷斯垂德站在了我的身边。

"马斯格雷夫小姐回来了。"我说。

"太荒唐了。"他低声嘟囔着，"那件事已经过去整整十二年了。她究竟去了哪里，又是怎么活下来的？"

"是魔法，雷斯垂德警部。"艾琳·艾德勒茫然地低语着，"是魔法。"

就在我们这般窃窃私语之时，赫尔斯通公馆的用人们一个接着一个冲了出来，其中有很多人长期在庄园工作，与马斯格雷夫小姐相熟。当他们看见小姐的身影时，都惊讶地叫了起来，推开我们朝她冲去。

没过多久，马斯格雷夫小姐的周围便挤满了人，就连布兰顿的啜泣声也被众人的欢呼声淹没了。

就在这时，在宽阔的草坪彼端，即竹林的方向，走过来两个人影。

一个是福尔摩斯，另一个是威廉先生。威廉向福尔摩斯点了点头，然后朝着包围了马斯格雷夫小姐的人墙走去。

福尔摩斯与他分别，随即径直走向了这边。

"福尔摩斯！"我冲他叫道，"马斯格雷夫小姐回来了！"

然而福尔摩斯的神情却颇为沉重,十二年前的案件宣告解决,为何还要露出如此哀伤的表情呢?

"莫里亚蒂教授在哪儿?"福尔摩斯问道。

听到这话,我们纷纷倒吸了一口冷气。

莫里亚蒂教授的房间空空如也,床上也没有睡过的痕迹。

我们穿过赫尔斯通公馆那静如神殿的长廊,匆匆赶赴旧宅的"东之东厅"。晨光透过窗户照射进来,"东之东厅"万籁俱寂。房间中央的大圆桌上放着一样东西,那是莫里亚蒂教授爱用的手杖。

"昨晚他貌似回来过。"福尔摩斯说道。

手杖被当成了镇纸,下面压着一张纸,看来是从随身的手簿上撕下并匆匆写就的。福尔摩斯将纸拿了起来。

"是写给我的信。"

言毕,他开始朗读那些文字。

致夏洛克·福尔摩斯君:

我虽选择了这样的手段,不过你、华生夫妇及艾德勒小姐无须为此忧心。自去年秋天陷入低迷以来,我就认为踏入这"东之东厅"是此生注定的事。

很遗憾无法与你们共享我所发现的"真相",但我能够确信,这是唯一可以救出马斯格雷夫小姐的方法。

请代我向各位致谢。至于在寺町通221B的居所,我打算把整理工作委托给卡特莱特君。我的数学和物理书籍将有助于他将来的研究。他是一个优秀的学生，我衷心希望他能投身自己的事业。

尤为重要的是，我必须对你的友情致以谢意。当我彻底绝望，徘徊于暗黑世界之际，你的出现宛如从天空射下的一束光。我想必是个让人厌烦的室友，但务请见谅。尽管我们未能解开共同参详的"低迷"之谜，但我永远不会忘记在寺町通221B与你共度的时光。

自此道别，请君珍重。

君之挚友
詹姆斯·莫里亚蒂敬上

第四章

玛丽·摩斯坦
的决意

从洛西回到洛中,"日常"又回归了。

从表面看,一切都一如往常。我平静地忙于门诊和出诊,玛丽则埋头撰写案件记录。但有些事物已有了决定性的变化,就好似我们原本打算泅泳浅滩,却在浑然不觉之际被冲到了海面,骤然惊觉之际,周围的水已冰冷刺骨,脚下是深不见底的深渊。

工作之余,我时常回想起洛西那漫长的一日。

里奇伯勒夫人的降灵会,降临于"东之东厅"的楼梯,照亮四围的巨大月亮,月球火箭发射基地的草地,里奇伯勒夫人被捕,马斯格雷夫小姐归来……虽然尽是些怪梦的片段,但这确乎是我们曾经历的事情。

莫里亚蒂教授失踪了,没能回到寺町通221B。

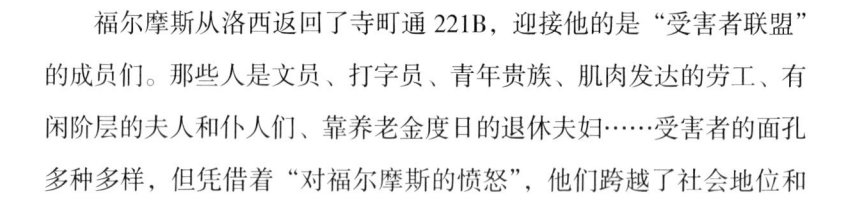

―――○―――

福尔摩斯从洛西返回了寺町通221B,迎接他的是"受害者联盟"的成员们。那些人是文员、打字员、青年贵族、肌肉发达的劳工、有闲阶层的夫人和仆人们、靠养老金度日的退休夫妇……受害者的面孔多种多样,但凭借着"对福尔摩斯的愤怒",他们跨越了社会地位和贫富差距,纷纷团结在了一起。

"受害者联盟"的人拥到门外大声怒吼。

"你还想当侦探吗?知不知道羞耻!"

巡警来了,记者来了,围观的人也越来越多。

麦克法兰巡警下令人群解散,但众人的激昂之情水涨船高,他们对赶来的记者们控诉福尔摩斯"不可饶恕的渎职行径"。

当众人的愤怒到达高潮时,福尔摩斯出现在了门口。见他手里握着手枪，麦克法兰巡警大吃一惊。他急忙试图阻止，但显然为时已晚，福尔摩斯朝空中举起手枪，扣下了扳机。

"我能理解诸位的愤怒。"

夏洛克·福尔摩斯对着安静下来的人群说道：

"总的说来，诸位都在生自己的气。你们责怪我懒惰、无能、一无是处，可诸位也不遑多让，对吧？正因为你们连自己的屁股都擦不干净，才会来找我咨询。我们都是懒惰、无能、一无是处的人，人类就是这样，我们应该宽容对待彼此。"

如此诡辩只是火上浇油，反倒使得委托人们愈加恼怒，他们的包围圈越缩越小，将福尔摩斯挤到了门边。

"别找这种莫名其妙的借口！""宽容你个鬼！""专业人士就给我专业地工作！"

一时间群情激愤，詈骂横飞。

就在此刻，对街的事务所的门打开了。

"请各位冷静一下！"艾琳·艾德勒清澈的声音在街道之上回响着，"各位的烦恼将由我来解决。"

艾琳·艾德勒提出的解决方案，是基于福尔摩斯和她在离开洛西的马斯格雷夫家时所签下的业务协议。按照协议，艾德勒小姐将接管福尔摩斯手中未解决的案件，作为交换，福尔摩斯需听从她的指挥。

———◇———

十二月下旬，我去了寺町通 221B，这是自洛西归来后的首次造访。

来到福尔摩斯的住所时，雾气愈发浓重，寺町通的另一头已然融化在雾海之中，距离日落尚早，但四周已暗如黄昏。站在 221B 的门前抬头望去，遮盖二楼窗户的百叶窗正透着淡淡的橙光，莫里亚蒂教授的房间亮着灯，应该是卡特莱特君在整理资料吧。

"就算是这样，未免也太薄情了。"赫德森太太一边接过我的大衣，一边说道，"再怎么说我也是房东啊。就算好事要趁早，但一声招呼都不打就出门泡温泉什么的，莫里亚蒂教授未免也太自说自话了。"

"原谅他吧，教授实在是累坏了。"

倘若莫里亚蒂教授的失踪为人所知，难免会引来麻烦，因此所有相关人员统一口径，称教授是去有马温泉疗养了。

夏洛克·福尔摩斯在壁炉前铺了一块毯子，仿佛仙人似的盘腿坐在堆叠的垫子上。他在宽松的睡衣外边披了灰色长袍，一边啃着俄罗斯蛋糕，一边吸着黑色陶瓷烟斗。我在长椅上落了座，福尔摩斯微微睁开眼睛看向这边。

"哦，华生。"他说，"我累坏了。"

"艾德勒小姐好像很会使唤人呢。"

"既然签订了业务协议，那也没什么可抱怨的。在这一周里，我连在住处睡个整觉的时间都没有。不是潜入出町柳的大烟馆，就是去大原打探情报，甚至还在南禅寺和无政府主义者打了一架……哎呀，真是累死人的一周。"

"不过你的脸色看上去好多了。"

"嗯，事实上是轻松多了。"

福尔摩斯一边说着，一边悠然地吐着烟圈。

"无论是什么样的案子，艾德勒小姐都会替我解决。老实说，我真没想到会这么轻松，早知如此，就该早点向她求助。"

这番发言在昔日的福尔摩斯身上是无法想象的。因为无论何时，他都在寻觅具有挑战性的谜题，唯有全身心投入解谜的时候，他的灵魂才能获得安宁，这本该是福尔摩斯的"侦探职业"。但如今的福尔摩斯却把责任尽数甩给了艾琳·艾德勒，完全是一副心安理得的状态。

"喂，福尔摩斯，艾德勒小姐可是你的竞争对手啊。"

"所以呢？"

"所以别连侦探的独立精神都丧失了。艾德勒小姐确实是强悍的侦探，可她也有解决不了的案子。比方说马斯格雷夫家的案子，只有你看穿了那件事的全貌。"

"我们约好不谈那件事的，华生君。"

福尔摩斯不耐烦地摆了摆手。

"那根本就算不上'案子'，也不是'侦探'该出场的地方。'东之东厅'属于不可触碰的那个世界的秘密，你也懂的吧，'不招神则神不祟'。"

"这么说来，你要抛弃莫里亚蒂教授了？"

马斯格雷夫小姐的归来，看似解决了十二年前那桩悬案，但那是由莫里亚蒂教授的失踪换来的，只不过是用新的谜案取代了旧的谜案罢了。

福尔摩斯皱着眉头盯着壁炉里的火焰。

"要我救他也行，换个牺牲者就可以了，但你也知道这根本解决不了问题，难不成要我在'东之东厅'里装炸药试试看吗？但凡走错一步，莫里亚蒂教授或许就永远回不来了。"

福尔摩斯站起身来，一屁股坐在扶手椅上。

"无论怎么看，这都不是我们能解决的问题。"

"你是说我们无路可走了吗？"

"没办法，只能选择遗忘了。"

迄今为止，马斯格雷夫家发生的事情并未流传到外界，马斯格雷夫小姐的归来也没有公之于众，加之莫里亚蒂教授早就断绝了与俗世的来往，只要骗过赫德森太太，就不会有人关心他的下落。哪怕里奇伯勒夫人在法庭上说了什么，如此离奇古怪的故事也不会有人当真。

就在这时，外边传来了敲门声，卡特莱特把头探了进来。

"你们好，福尔摩斯先生，华生医生。"

"你好。"福尔摩斯说道，"整理进行得如何？"

卡特莱特坐在沙发上叹了口气。

他看起来极度疲惫，浅栗色的头发干巴巴的，脸颊上沾满灰尘，金边眼镜后面的那双怯懦的眼睛疲态尽显。他一整天都在和莫里亚蒂教授的藏书和笔记缠斗，并且几天前在马斯格雷夫家发生的事情，对这位内向的青年而言，无疑是一场巨大的打击。且不说"东之东厅"发生的怪异现象，光是心灵学研究协助者的里奇伯勒夫人被捕，再加上大学恩师莫里亚蒂教授的失踪，就称得上祸不单行了。

"慢慢来吧，卡特莱特君。"福尔摩斯安慰道。

"可我不能这样。莫里亚蒂教授亲自指定了我，我就必须妥善整理他的研究成果，然后尽快接手。"

"那也不能操之过急，不然连你也会陷入低迷的。"

"要是莫里亚蒂教授能够回来，那就再好不过了。"卡特莱特把手按在额头上，显得苦恼至极，"我至今也理解不了洛西发生的事情。那个'东之东厅'究竟蕴含着什么样的力量呢？或许跟心灵现象根本不是一个层次的吧，但既然瑞秋小姐在十二年后归来，我们就唯有相信那股不可思议的力量……"

就在这时，卡特莱特突然想到了什么。

"对了，我还有件在意的事。"

"怎么了？"

"老师的卧室上了锁。"

"锁？"福尔摩斯皱起了眉头，"赫德森太太会帮忙打开的。"

"赫德森太太说她不记得三楼卧室装过锁，也就是说，那锁是莫里亚蒂教授私自安装的。而且床被放在了客厅里，看起来教授是在那里睡的。"

"那卧室里究竟有什么？"福尔摩斯问。

———◇———

"擅自闯进老师房间真的非我所愿。"

卡特莱特一边打开莫里亚蒂教授的房门，一边这般说道。

那是我曾住过的房间，此刻却弥漫着空屋特有的霉味和尘埃的气味。房间的摆设已面目全非，窗边放着一张黑得发亮的橡木长桌，除此之外，称得上家具的就只有一个小书架、一块黑板和一张简易床了。地毯上堆满了书架放不下的书籍。《小行星力学》，热销的通俗自我启发书《灵魂二项式定理》，"月球火箭计划"的计划书，物理学会奖状，维多利亚女王亲自颁发的奖章——这些过去的辉煌成就全被一股脑儿地塞在了房间一隅的小木箱里。

"真是荒凉的住所啊。"

福尔摩斯环顾四周，嘴里喃喃说。

"莫里亚蒂教授似乎除了研究以外没有任何兴趣。"

卡特莱特给壁炉添了煤，调高了煤气灯的亮度，但这并没有带来多少明亮的气氛。窗外的氤氲雾气被晚霞沁染上了微红。

我浏览着堆积在窗边桌面上的大量纸片。

上面密密麻麻满是算式和图形，从中可以窥见莫里亚蒂教授并没有放弃他的工作。我想象着教授独自坐在桌前，为了摆脱低迷而苦苦挣扎的模样，心中不禁萌生出一丝酸楚。

卡特莱特走近位于客厅一隅的门，转动了一下门把手。

"这就是那间卧室，你们也看到了，门是锁着的。"

门后是一个比客厅还小的房间。之前我住在这里的时候，这个房间里放着床和衣柜，被用作卧室。但正如卡特莱特所言，莫里亚蒂教授基本上是在客厅里生活的。

"莫里亚蒂教授究竟隐藏了什么？"

福尔摩斯跪倒在地，窥探着钥匙孔。

"这地方真有意思。"

"能看到什么？"

"太不可思议了，华生君。"

福尔摩斯闪到一边，我跪下来窥探着钥匙孔。

小孔的后面透出一丝微光，光线理应是从面向后院的窗户射进来的。我凝神细看，一个怪异的轮廓浮现在眼前——密密层层的屋顶、林立的烟囱，以及远处突兀矗立的大本钟。这究竟是怎么回事呢？钥匙孔的另一端本应是室内，但淡淡的光线中却浮现出了"京都的街道"。

我从钥匙孔移开视线，望向福尔摩斯，他严肃地点了点头。

福尔摩斯拿出他久未使用的开锁工具，将一根细长的金属棒插进锁孔。不多时，传来了"咔嗒"的开锁声。虽说福尔摩斯低迷已久，但这类技术并未生疏。他站起身来，把手搭在门把手上。

"那么,诸位,都准备好了吗?"

福尔摩斯将门打了开来,我们踏进了房间。

数张桌子被集中在了房间中央,上面搭着模型都市,大小不一的木制积木密密麻麻地摆满了桌子,在这些小小的建筑之间,有河川,有钟塔,有宫殿,还有郁郁葱葱的公园。从后院射入的淡淡光线为这仿造的都市带来了真正的阴影。难怪刚才从钥匙孔窥视的时候,看起来像是真正的远景。这也太厉害了,我不禁叹服。

"这究竟是什么时候做出来的?"

我盯着模型都市看了片刻,发现了一件不可思议的事。

河流流经都市中心,国会大厦以宏伟的姿态横亘于此,河上的桥畔矗立着大本钟。据此推断,那座桥就应该是四条大桥,但鸭川对面并没有南座大剧院。当我意识到这点的时候,这个模型都市和"京都"的差异清晰地浮现了出来。首先,鸭川蜿蜒的角度十分怪异,即便溯流而上,也找不到贺茂川与高野川的交会口。行政区、商业区和维多利亚女王的宫殿布局迥然不同,大文字山和比叡山也不见踪影。更重要的是,这里没有一处神社和佛寺之类的建筑。

卡特莱特君一边把视线贴近桌面的高度,一边说道:

"这么说来,这是一座虚构的都市吗?"

"很像京都呢。"

"不过未免也太精致了,仿佛这样的都市真的存在于某处。"

从福尔摩斯烟斗里升腾起来的青烟,好似鸭川的雾气,缭绕在模型都市的上空。

莫里亚蒂为顽固的失眠症所困,专心地做手工能让心情平复下来。在难眠的漫长之夜,莫里亚蒂教授是否就窝在这样小小的房间里,一边构建着虚构的都市，一边分散着自己的注意力呢？

"诸位，能助我一臂之力吗？"

福尔摩斯突然说了这样的话，他眯着眼睛看着天花板，视线的前方，是用线吊在天花板上的柠檬大小的月亮。

"我想检查一下那个月亮，上面似乎写着一些小字。"

我和卡特莱特四臂交握，把福尔摩斯举了起来。福尔摩斯朝天花板伸出手臂，抚摸着悬挂其上的那轮小小的月亮。它一圈一圈地旋转着。福尔摩斯眯起眼睛盯着这东西看了一会儿，然后嘟囔了一声"伦敦"。

"伦敦？什么伦敦？"

"不清楚，这里写着伦敦。"

福尔摩斯一边凝视着小小的月亮，一边好奇地说着。

------◇------

我离开寺町通221B，坐上出租马车在夜色中疾驰。

当我凝望着被云海般的浓雾笼罩的京都街市时，感觉自己仿佛穿越到了一个神秘的梦幻世界。沿着维多利亚女王宫殿的漫长围墙，街灯的光晕影影绰绰地渗进浓雾，宛如穿起的宝石。在跟随出租马车颠簸的路途中，我一直回想着在莫里亚蒂教授的卧室里找到的那个模型都市。

少顷，一个念头骤然浮现在脑海里。

——假使那座都市真的存在于某处，又会如何呢？

彼处是名为"伦敦"的都市，有大川流经，有桥梁数座，有钟塔矗立，马车在街道上往来不休。在这座都市里一定住着一个名叫夏洛克·福尔摩斯的人，当然了，还有他的搭档约翰·H.华生，他们的居所就叫"贝克街221B"如何？房东自然是赫德森太太。更重要的是伦敦的夏洛克·福尔摩斯与低迷无缘，他接连解决了那些棘手的疑案。

伦敦的夏洛克·福尔摩斯。

越是思考，我就越是被这样的想法深深吸引。

回到下鸭的诊所，玛丽仍未回来。我本想去卧室，但心中烦躁不安。于是我走进诊察室，打开了灯。就在此刻，我才意识到心中的悸动正是久违的写作欲望。

我从身后的柜子里取出《福尔摩斯冒险谭》的手稿。

迄今为止，已发表在《海滨杂志》的短篇连载已有二十四篇，分别收入《夏洛克·福尔摩斯的胜利》和《夏洛克·福尔摩斯的荣耀》两本短篇集。自不必说，这些都是福尔摩斯在京都的冒险经历。

我翻开稿纸，挑着读了几篇亲笔写就的文章。不仅是案件内容，就连书写这些文章的情形也浮现在了脑内。有几篇是在寺町通221B闻着福尔摩斯化学实验的恶臭时写下的，有几篇是外出调查时在当地旅社的客房里写下的，还有的是和玛丽完婚后在这间诊室里写下的……

我将这些稿纸收进壁橱，将雪白的稿纸铺在了桌面上。

在过去的一年里，夏洛克·福尔摩斯在洛中洛外接手了形形色色的案件，但全都以失败告终。然而，他所勘破的真相和他做出的推论，绝非毫无价值之物，不论是"海军协定"案，还是"歪唇男人"案和"蓝宝石"案。那些"名推理"被现实如此粗暴地碾碎，未免太令人遗憾。需要逆转思维，我心想。

倘若这个世界否定了福尔摩斯的推理，那么我就应该根据他的推理重塑世界本身。

如此沉吟了片刻之后——

《红发会》。

我写下了这个标题，一股斗志骤然涌上心头。

那一案发生在去年秋天，是击垮了夏洛克·福尔摩斯，令其陷入低迷的惨痛失败。我之所以敢于选择本案为主题，是想将大惨败改写为大成功，以此向现实世界报一箭之仇。

笔尖在纸面上畅快地运转着，连我自己都颇感惊讶，简直就像是找到了击碎巨石的正确纹路，又似掘出了一条丰沛的水脉，一切尽在掌握，全身洋溢着生命力。在疾驱的笔尖之下，伦敦的街市、贝克街221B，以及生活在另一个世界的福尔摩斯的身影次第诞生了——

"亲爱的，你在做什么呢？"

不知从何处传来了温柔的声音。

意识猛然从伦敦回到了现实，我抬起头来，看向诊室的门口。只见玛丽穿着大衣站在那里，一脸忧虑的表情。她貌似从刚才开始就一直在叫我，而我沉溺在写作中，没能注意到妻子的呼唤。

我坐起身来，有些茫然地看着玛丽。

"那个……"我说，"我开始写新作了。"

"……新作？"

玛丽怔怔地看着我。

我们就这样默默无言地对视了片刻。

突然，玛丽快步走进诊所，往壁炉里添了煤，点上了火。我这才意识到我正身处一间没有半分火气的冰冷诊室里，披着大衣坐在书桌前。我放下笔，对着冻僵的手呵气。玛丽弯下腰来，吻了吻我的脸颊。

"我去泡杯茶。"她的脸颊浮现出了微笑。

玛丽离开后，我看向了桌上的稿纸。

"好。"

说着，我再度提起了笔。

于是，伦敦版的"夏洛克·福尔摩斯"就此诞生了。

———○———

各位读者还记得《每日纪事报》的侦探对决吗？

以艾琳·艾德勒正面挑战为开端，赌上"名侦探"称号的对决，最终以艾德勒小姐的压倒性胜利落下了帷幕。当然了，她解决的案件中有些是从福尔摩斯手上承接来的，福尔摩斯则作为她的助手提供了协助，但这点并不为世人所知。

胜利者公布当日，报纸上刊登了艾琳·艾德勒迄今为止经手过的案子的特别报道，以及京都警视厅（苏格兰场）雷斯垂德警部的访谈，其中提及失败者福尔摩斯的内容却出人意料地体贴。或许是福尔摩斯失败得太过彻底，哪怕是报社，事到如今都不好意思再踩一脚。这也意味着夏洛克·福尔摩斯这个名字正逐渐被世间彻底撇弃。

"这下痛快多了。"福尔摩斯一边读着这篇报道，一边说道，"被直截了当地击败，至少能让人彻底死心，心情也轻松了不少。"

侦探对决结束后，在河原町御池的朗廷酒店，报社举办了一场庆祝艾琳·艾德勒胜利的聚会。我和福尔摩斯自然不会自虐到跑去那种地方，但玛丽作为艾德勒小姐的助手，穿着漂亮的礼服参加了。当天晚上，躺在床上的妻子告诉了我庆祝会的情况。

"大厅里挤满了人呢，简直就像祇园祭一样。"

这场庆祝会不仅意味着报纸企划的"完美收官"，也包括庆贺艾琳·艾德勒这位"名侦探"诞生的意义吧。据说，除了她经手过的案件的委托人及新闻杂志的相关人士、京都警视厅（苏格兰场）的领导、贵族和政治家们也纷纷拥入了朗庭酒店。

"世人都想攀附艾德勒小姐吧。"我说，"结识名侦探总归没有坏处。"

"可这种场面总觉得很空虚啊。"

"也是。"

"艾琳一直被人推来挤去，都分不清谁是谁。"

和舞台剧演员出身的艾琳·艾德勒不同，玛丽并不习惯出席这种热闹的场合，虽然有点新奇之感，但似乎并不觉得有趣。

玛丽突然翻了个身，转向我说道：

"对了，圣西蒙勋爵也到场了。"

"圣西蒙勋爵？"

我也翻过身来，注视着玛丽。

对里奇伯勒夫人的审判定于新年伊始。

作为声名显赫的灵媒，她曾主持过数不清的降灵会，也拥有众多有权有势的赞助者，因而里奇伯勒夫人的被捕在洛中洛外掀起了轩然大波。也有人宣称这是"当局对心灵主义者的迫害"。借助这样的风向，圣西蒙勋爵为了救出里奇伯勒夫人四处奔走。他从支持者手上募集资金，联系了能干的律师。

"报社怎么会邀请这样的人物呢？"

"怎么可能邀请他？他是强行闯进会场的。"

当圣西蒙勋爵冲进会场时，艾琳·艾德勒和玛丽正被一大群人围在大厅中央。圣西蒙勋爵毫无顾忌地拨开人群，厚颜无耻地和艾琳搭话。

"艾德勒小姐！您的手腕真是厉害，我佩服得五体投地。"

圣西蒙勋爵是个鼻梁挺拔、皮肤白皙的男人。他的装扮无可挑剔，穿着上等的晚礼服、洁白如雪的马甲，还有锃光瓦亮的漆皮鞋。由于衣着光鲜，远远看去像个青年，但实际已年逾四十了。他的头发夹杂着白丝，若观察得仔细些，脸上的皮肤也呈现出与年龄相符的颜色。

艾琳介绍了一旁的玛丽，圣西蒙勋爵就只是点点头"嗯"了一声，并没有跟玛丽对视。他似乎觉得只有艾琳·艾德勒才配和自己平起平坐，对区区助手并无兴趣。圣西蒙勋爵滔滔不绝地说了一阵，对艾琳·艾德勒的能力赞不绝口。

"我今天来到这里，是特地来向您道谢的。"圣西蒙勋爵说道，"据说您在逮捕里奇伯勒夫人的事情上出了很大的力，真是帮了大忙，连我也被那个灵媒摆了一道。"

但这话没有半分可信度。在艾琳·艾德勒看来，圣西蒙勋爵通过给里奇伯勒夫人提供方便，从中攫取了不少利益。他现在因为审判的事四处奔走，并不是为了里奇伯勒夫人，而是不想让脏水溅到自己身上。

"您竟然在法庭上支持一个欺骗过自己的人。"艾琳·艾德勒说，"圣西蒙勋爵，您真是太仁慈了。"

"里奇伯勒夫人也有值得同情的地方。"

"我同意您的看法。"

"当然了，欺诈行为是不能容忍的，但我并不认为这一切全都出自恶意，事实上，也有很多人为里奇伯勒夫人所救，我觉得至少要让她接受一场公正的审判，您明白我的意思吧？"

"嗯，我明白，审判必须公正。"

圣西蒙勋爵满脸堆笑，装模作样地点了点头。

"像您这般伟大的侦探真是人类的宝藏，祝您能永远活跃下去。"

然后，他再一次拨开人墙，就这样离开了现场。

玛丽不禁呆住了。圣西蒙勋爵的说辞毫无真实感，简直像个喋喋不休的自动人偶。就在他转身的瞬间，脸上的笑容仿佛被抹去般消失了。

玛丽悄悄往旁边瞥了一眼，艾琳·艾德勒正用锐利的眼神凝视着圣西蒙勋爵的背影。

"懦夫！"

艾琳唾弃的低语传到了她的耳中。

从年底到新年，华生家一直处于和平状态。

我将自己关在诊室里，对着办公桌书写伦敦版的福尔摩斯故事。玛丽则久违地离开了书桌，参加了慈善委员会的会议，还拜访了自己曾做过家庭教师的西色尔·弗里斯特夫人的家。

到了晚上，我和玛丽坐在客厅的壁炉前，一起讨论刚完成的侦探小说。就似从激流中不顾危险冲下的小船，突然滑入一片辽阔安静的湖面一样，这个新年过得异常平静。

围绕唯有红发男人才能加入的组织而展开的异想天开的一案——《红发会》，自鹅腹中取出的珍贵宝石所引发的冒险故事——《蓝宝石》，鸦片窟与谋杀案和古怪乞丐之间的联系——《歪唇男人》。当然了，这些故事都少不了福尔摩斯的"名推理"，每一篇都是珠玑名作，连我自己都为之着迷。

起初，玛丽对"异世界的夏洛克·福尔摩斯"的设定有些困惑，但随着篇幅的渐进，她的眼神渐渐发生了变化。即便是以奇特世界为舞台，玛丽也承认这些都是侦探小说的杰作。有了妻子的首肯，我对伦敦版的《福尔摩斯冒险谭》更有信心了。

"不过说到'伦敦'这个地名——"

玛丽一边翻着稿纸,一边咯咯地笑着。

"一开始有些不明所以,但读着读着,总觉得这样的世界真的存在,真是不可思议啊。"

新年的早晨,玛丽和我去下鸭神社参拜,天空晴朗如洗,和煦的阳光照亮了家家户户的门松[1]。糺之森充满了清新的气息。我们在正殿做完参拜后,与路过的熟人互致新年问候,沿着漫长的参道前行。平日里静谧的砂石路,也因新年参拜而变得热闹非凡。

玛丽边走边鼓励我说:

"今年肯定是个好年。"

"是吗?"

"是啊,还有你的新作呢。"

"可我不认为伦敦版的《福尔摩斯冒险谭》能够问世。"

里奇伯勒夫人的审判是一月十五日开庭的。

上午十点,我乘坐出租马车赶赴丸太町通。皇家司法院位于丸太町通南面,与维多利亚女王的宫殿隔街相望。我在法院门前下了马车。尘土飞扬的道路对面是宫殿长长的石墙,老树的树梢探出墙头。旁边就是堺町御门,气派的铁门两旁站着身穿红色军服、头戴黑色帽子的近卫兵。

---

[1] 日本新年时装饰在门口的松树或松枝。

我曾多次前往皇家司法院旁听夏洛克·福尔摩斯所办结案件的审判，那是一座宏伟的白色的石造建筑，矗立着数个尖塔，内部好似迷宫般通道遍布，有着数不清的法庭和办公室。

法院大门前已经聚集了一小群人，他们在寒风中瑟瑟发抖，嘀嘀咕咕地说着什么。当我给车夫付完车费，正待穿过正门时，他们闭上嘴巴，齐刷刷地凝视着我，这场面直叫人不寒而栗。

我背负着他们的目光，绕过马车，横穿街道，快步走进门厅。我在这里遇见了雷斯垂德。将里奇伯勒夫人捉拿归案后，雷斯垂德并没有停下脚步。自不必说，他的优胜与艾琳·艾德勒的优胜相系相连。

"门前那些人都是里奇伯勒夫人的信徒。"当我们沿着走廊前往法庭的时候，雷斯垂德告诉我，"这起案件在心灵主义者之间引发了极大的震动，毕竟里奇伯勒夫人是备受推崇的灵媒。"

当我们走进法庭时，旁听席上几乎座无虚席。

艾琳·艾德勒和玛丽先到一步，已经入席落座。我再度环顾旁听席，隐约看到了一些知名人物的面孔，比如灵媒界的泰斗、心灵现象研究协会的权威人士，以及对心灵主义持批判态度的科学家。这足以说明这场审判受到了广泛关注。

在右斜前方，我瞥见了圣西蒙勋爵的身影。虽然是第一次见到本人，但通过考究的装束和流露出的贵族气质，我还是一眼就认出他来了。此刻的他戴着金框眼镜，正百无聊赖地读着报纸。

我向身旁的雷金纳德·马斯格雷夫问道：

"您认识圣西蒙勋爵吗？"

"嗯，我很早就认识他。"马斯格雷夫领主凝视着圣西蒙勋爵的背影说，"只是没想到会在法庭上遇见。"

在两名司法警察的包夹下，里奇伯勒夫人出现在法庭上。

里奇伯勒夫人穿着简陋的鼠灰色衣服，毫无光泽的头发被随意扎成一束。

这是我自赫尔斯通庄园的逮捕剧目以来第一次看见她。不知是在拘留所生活，还是意志消沉的缘故，她整个人看起来似乎小了一圈。她那改头换面的样子，让人觉得仿佛已历经了许多年月。但事实上距离我和赫德森太太造访樱沼别墅，被里奇伯勒夫人的水晶球戏法诓骗，仅仅过去了两个月的时间。

庭长于正面的高座上就座，陪审员们也陆续进入了法庭。

书记官站起身，宣读起诉书。欺诈、恐吓、非法取得不动产——里奇伯勒夫人被指控为三项犯罪的主谋。那些案件规模庞大且错综复杂，做出判决恐怕需要很长的时间。

"被告，你可认罪？"

庭长问道。

"不。"里奇伯勒夫人以毫无起伏的声音回答道，"我不认罪，我只是个灵媒。"

我对里奇伯勒夫人否认罪名感到惊诧。

无论怎么想，这都是一场必败之局。按照艾琳·艾德勒和雷斯垂德的说法，证据和证人都很齐全，检方可以完美地证明里奇伯勒夫人主导了这些犯罪。不管怎样，皇家司法院做出判决的时候绝不可能把"灵界"考虑进去。坦率地承认罪行，应该能给庭长和陪审员留下较好的印象。

然而，在聆听检方举证的过程中，我又产生了另一个想法。

这一切的幕后黑手一定是圣西蒙勋爵，里奇伯勒夫人或许已经成了一具空壳，只能任由他摆布。如果她在法庭上始终保持着灵媒的角色，就能加强"这场审判是对心灵主义者的迫害"这一印象，这将成为针对洛中洛外的心灵主义者的绝佳宣传。也就是说，即便里奇伯勒夫人锒铛入狱，她作为灵媒的魅力只会有增无减，今后也能随心所欲地加以利用。

当审判结束，里奇伯勒夫人退出法庭时，旁听席上立刻陷入一片哗然。有人怒骂不公，也有人呵斥这是闹剧。心灵主义者和反心灵主义者对司法警察敦促退庭的声音置若罔闻，只是唾沫飞溅地争执不下。

艾琳·艾德勒和玛丽在呼唤我们，但声音淹没在周围的嘈杂声中，听不清她们在说什么。

"看起来要出乱子了。"雷斯垂德警部忧心忡忡地说。

这样岂不正中圣西蒙勋爵的下怀？

我一边这么想着，一边环顾旁听席，但哪里都没有看到圣西蒙勋爵的身影，引发这场骚乱的罪魁祸首已然逃离了法庭。

《海滨杂志》的编辑部位于四条乌丸一栋漂亮建筑的四楼。

它曾经位于河原町丸太町一栋被煤烟熏黑的灰泥建筑里，由于《福尔摩斯冒险谭》的巨大成功，才得以迁至繁华商业区的中心。可以说，这家杂志社的所在地本身就是夏洛克·福尔摩斯黄金时代的遗产。

这天，我拜访了《海滨杂志》编辑部。四条乌丸的交叉路口被雾气和烟尘笼罩，黑压压的人群和往来不休的马车令这里变得拥堵不堪，完全没有了新年的情调。商业街上已然恢复了龙争虎斗的气氛。

我推开玻璃门，走进杂乱的室内。

"华生老师！"

维奥莱特·史密斯小姐在里边的办公桌前向我招呼道。

责编史密斯小姐的座位就在可以俯瞰十字路口的大窗前，被成堆的书和校样淹没。被炼铁暖炉的热气笼罩的室内热腾腾的，平时就气色红润的史密斯小姐，此刻脸颊更是红得像苹果一样。她小心翼翼地把《红发会》《蓝宝石案》《歪唇男人》的手稿抱在胸前。我已经提前把这些稿子交给了她，请她参详一下是否可以刊登。主编就站在史密斯小姐的旁边，正用体毛遍布的手扶着额头。

果然还是有些困难。

从主编的表情里，我做出了这样的判断。

"华生老师，这里说话不太方便，到那边的房间吧。"

主编说了这样的话，然后把我领进了隔壁的小接待室。

我在长沙发上落了座，主编和史密斯小姐隔着桌子坐在对面。

"我们拜读了您的新作。"主编客客气气地说道，"编辑部一致认为这是一部新颖绝妙的侦探小说，只不过……"

我们又谈了片刻，但是最终并未谈拢。

尽管因为福尔摩斯的低迷而被迫无限期停止连载，但《福尔摩斯冒险谭》仍是重要的人气系列。新作自是求之不得，但先前连载的故事毕竟是基于现实案件的记录，而非"伦敦"这个异世界的故事，大多数读者想必抱持着同样的想法，倘若因为推出伦敦版而让读者失望，福尔摩斯系列的人气就有可能一落千丈。主编的意见是不能冒这个险。

我穿过杂志社的大门，走进四条乌丸的人潮。

待满载乘客的公共马车不太利索地转过弯后，我自往来马车的缝隙间穿过，沿着乌丸通往东走去。周遭拥挤不堪，过马路几乎要冒着生命危险。向南驰目,在雾气朦胧的大楼之外,可以望见砖砌的京都塔。

我拐进一条小巷,穿过高楼间的谷底。

玛丽会失望的。

这事还是暂时不要告诉妻子,我是这样想的。

伦敦版《福尔摩斯冒险谭》遭到拒稿,要说没有失望自然是撒谎。

不过这种情况在某种程度上也算不出所料。约翰·H.华生迄今为止写就的作品,尽管有些许润饰,然而基本上都是现实案件的记录。站在编辑的角度,对从天而降的异世界"伦敦"感到困惑也是理所当然的吧。

从年底到年初,我一直以猛烈的气势创作着伦敦版《福尔摩斯冒险谭》。

随着作品一篇又一篇地问世,"伦敦"这个异世界的存在感也越来越强,如今就像是真实的回忆,比如我在边构思边行走的时候,京都和伦敦的形象似乎融合在了一起。不经意间拐过街角,似乎就能跨越现实与妄想的界限,误入"伦敦"。然后拦一辆出租马车,前往贝克街221B,不知"低迷"为何物的名侦探福尔摩斯正在那里等候着我……

我一边想着这些事情,一边走进了锦市场。

东西向延伸的巨大拱廊之下,挤满了顾客和观光客,擦肩而过都变得无比困难,街道两侧密密麻麻地排布着门面窄小的店铺。我一边行走,一边心不在焉地想着心事,差点和一个从巷子里走出的男人撞了个满怀。

"哎呀,不好意思。"

我在即将撞上之际及时闪过,然后继续前行。

又走了几步,背后传来了一个声音。

"这不是华生吗?"

先前差点撞上的男人赶了上来,他戴着闪亮的高筒礼帽,蓄着浓密的胡须,身披一件上好的黑色大衣,以熟络的态度笑眯眯地看着我。正当我不知所措时,他拍着我的肩膀说:

"怎么了,华生,连你的恩人的长相都忘了吗?"

"斯坦弗!"我惊诧地叫出声来。

"是啊,真是个薄情的家伙。"

"没有,对不起,你的变化也太大了。"

"在那之后我也经历了很多。不过人生真是奇妙,当初我遇见从阿富汗回来的你,不也是在这个锦市场吗?"

听他这么一说,十年前的往事清晰地浮现在眼前。

"当时的你一定很寂寞吧。"

斯坦弗伸出手,拍了拍我的肩膀。

"那时我像这样拍了拍你的肩膀,把你高兴坏了吧?之后我把你带进了医院的解剖学教室,把你引荐给了福尔摩斯,从那以后,你的人生可谓顺风顺水。换句话说,我正是你的大恩人。可《血字的研究》之后,你就再也没提到我一个字。"

虽然这话像是在施恩图报,但我仍哑口无言。和福尔摩斯的同居生活,《福尔摩斯冒险谭》的火爆,与玛丽结婚,开设诊所——在这一系列的人生转折中,我的确再也没想到过斯坦弗。

"你看起来过得也很滋润嘛。"

"嗯,很多方面都是,看来我也终于时来运转了。"

斯坦弗微微一笑。

"这么说来,好久没看见华生医生的新作了。夏洛克·福尔摩斯在做什么呢？你俩过去可谓风头无两，如今却是一个叫艾琳·艾德勒的家伙大露头角了。"

我还没来得及回应，斯坦弗就掏出怀表。

"哎呀，没时间了。"他说，"我现在正要出诊，改日再聚吧。"

言毕，他转身走向锦市场熙熙攘攘的人群。

我一时茫然无措，感觉就似被人单方面驳倒了一般。

就在这时，我想起来在荒神桥俱乐部时从友人瑟斯顿那里听到的传闻，斯坦弗正在鼓吹心灵主义与现代医学的融合，自称"心灵医生"。

"斯坦弗是里奇伯勒夫人的忠实信徒。"

我记得瑟斯顿是这样说的。

―――◇―――

我从锦市场步行前往寺町通221B。

从洛西归来的一个月里，艾琳·艾德勒解决了从福尔摩斯那里接手的所有案子，因此今晚要在寺町通221B举办一个小小的内部庆祝会。当我抵达并把大衣交给赫德森太太的时候，楼上传来了欢快的喧闹声，福尔摩斯的笑声听起来格外响亮。

"福尔摩斯这家伙貌似挺快活的。"

"托您的福，'受害者联盟'也解散了，这样就不用担心委托人堵门了。福尔摩斯先生确实非常卖力，最近一直都在给艾德勒小姐打下手，东奔西走的。"

刚打开二楼的门，就听到里边响起了欢快的呼声。

"华生君来了！"

福尔摩斯正盘腿坐在扶手椅上，艾琳·艾德勒和玛丽坐在对面的长沙发上，雷斯垂德警部站在壁炉跟前，他们似乎正一边闲聊，一边享用着茶几上的料理。福尔摩斯冲我招了招手。

"我们正在讨论艾德勒小姐的粗暴用人。"

"你可真没资格抱怨，福尔摩斯先生，毕竟这全都是你自己接的委托。为了让'受害者联盟'尽快闭嘴，只能手段稍微粗暴一些了。"

"就算这样，也没料到得乔装成锦鲤啊。"福尔摩斯叹了口气，"我差点就被扔进琵琶湖里了。"

"我不是赶去救你了吗？"

"那可真是个有趣的案子。"

玛丽咯咯地笑着，艾琳·艾德勒也跟着笑了起来。

"没想到也邀请你了。"我对雷斯垂德说道。

"几天前，福尔摩斯先生特地来到京都警视厅（苏格兰场），对我说'是时候和解了'。仔细想想，要是福尔摩斯先生已经和艾德勒小姐联手，却还在跟我绝交，那未免也太奇怪了。我的禁足令终于解除了。"

不多时，赫德森太太也加入进来，庆祝会在其乐融融的气氛中进行着。

在寺町通221B，如此温馨的氛围已经是许久未有了。

自福尔摩斯陷入低迷以来，这个房间总是弥漫着阴郁的雾霾。不过，如今看着艾琳·艾德勒和福尔摩斯你一言我一语地斗嘴，不禁令人感到久聚不散的浓雾似已消退。

透过模糊的玻璃俯瞰寺町通，路灯和橱窗的光辉点缀着石板铺就的道路，身穿冬装的人呼着白气往来穿梭。也有人忽然在路上驻足，抬头望向这边的窗户，好似在眺望远方的烟花。

与朗廷酒店的庆祝会相比，寺町通221B的小聚简直微不足道。没有贵族，没有各界名士，没有新闻记者。相聚于这个舒适房间的，乃是不管福尔摩斯是不是"名侦探"，都永远相伴其左右的人。然而，最亲近福尔摩斯的那个人却不在这里。

莫里亚蒂教授。

就在这时，赫德森太太捧着大蛋糕回来了。

蛋糕上插满了小小的红色蜡烛。赫德森太太"嘿咻"一声把蛋糕放到桌面上，福尔摩斯立刻站起身来擦着火柴，兴冲冲地点燃了那些蜡烛。

"这是向艾德勒小姐致谢的蛋糕，蜡烛对应着你替我搞定的案子数量。多谢你了，艾德勒小姐。"

艾琳·艾德勒先是一愣，然后脸"唰"的一下变得红彤彤的。

在福尔摩斯的催促下，她吹灭了蜡烛。我们纷纷鼓起了掌。

"哎呀呀，总算神清气爽了。"

福尔摩斯背对着壁炉站立，快活地搓着手，

"今晚，我要向诸位致谢。赫德森太太，你一直忍着我这个讨厌又任性的房客，没把我赶出去，谢谢。雷斯垂德警部，之前因为自私的理由和你绝交，但正因为有了你的帮助，我才解决了如此多的案件，谢谢。还有玛丽，我的低潮期拖累了你的丈夫，让他遭了不少罪，真是太对不住了。还有你，华生君，要是没有你，名侦探夏洛克·福尔摩斯就不会存在。没有华生，就没有福尔摩斯。"

我哽咽得说不出话，福尔摩斯从未如此坦率地向我表达过谢意，在场的其他人想必也是同样的心情。艾琳·艾德勒、赫德森太太、雷斯垂德警部和玛丽都被福尔摩斯那温暖人心的话语感动得几乎落泪。

"以上是我最后的致意。"

福尔摩斯笑容满面地看着我们。

"感谢诸位一直以来的支持,从今天起,我将引退。"

———◯———

一时间,我们好似冻结一般沉默不语。

福尔摩斯的"引退宣言"一举粉碎了刚才的幸福气氛。

"我已经通知各大报纸了,明天应该就能看到新闻了吧。"

"为什么不找我商量一下?"

"我要是找你商量,你肯定会挽留我的。"

"那当然!"

"看吧,这就是没有找你商量的原因。"

福尔摩斯语调清快,毫无悲壮之感,看起来就像是即将去大文字山野餐的小学生一样开心。

"我陷入低迷以来,这个选项一直在我脑海中盘桓。但我始终下不定决心,我也有放不下的常人之情。哪怕去洛西的竹林隐居的时候,老实说,我还是有些依依难舍。但如今我已经没有半分犹豫了。我从洛西回来后,在艾德勒小姐的帮助下解决了那些积压的案子,我也自然而然地接受了引退的想法。"

"是我的错吗?"

"哪有这种事,我很感激你,艾德勒小姐。"

艾琳·艾德勒从长沙发上站起来,逼近福尔摩斯。

"福尔摩斯先生,我接过案子并不是为了让你引退,而是想帮你摆脱低迷,这简直是在欺诈。'受害者联盟'终于解散了,不该从现在重新开始吗？为什么要放弃？作为名侦探，你也有社会责任啊！"

"我从很久以前就不是名侦探了。"福尔摩斯说，"名侦探是你，艾德勒小姐。"

艾琳·艾德勒瞪着福尔摩斯，然后突然转向了我。她那双满溢着怒气的眼睛直勾勾地盯着我。

"说点什么吧，华生医生，你该不会打算任由福尔摩斯先生就这样引退吧？"

然而，此刻的我却一时间无法作答。

在这里劝阻福尔摩斯真是正确的吗？自去年秋天以来，福尔摩斯一直饱受低迷之苦，这个来历不明的谜团一直折磨着福尔摩斯，折磨着我，也折磨着玛丽。

我们究竟为什么要这样做呢？是为了写侦探小说？是为了找回我们的黄金时代？还是为了履行所谓的名侦探的社会责任？然而，将福尔摩斯从"名侦探"的角色中解放出来，对我们而言或许是最好的选择，人生并非只有"侦探"……

"你为什么不说话？"艾琳·艾德勒厉声说道，"华生医生！你为什么不说话！"

"就这样吧。艾琳，放过他们吧。"

玛丽站起身来，挡在了艾琳·艾德勒和我之间。

"你不了解这些人究竟经历了多少磨难。"

瞬息之间，艾琳·艾德勒似乎被这意料之外的反抗压制住了，但她很快就恢复了气势。

"玛丽，我理解你偏袒华生医生……"

"我一直在旁边看着，已经够了。"

"所以你希望福尔摩斯先生赶紧引退?"

艾琳·艾德勒言毕,微微皱了皱眉。她凝视着玛丽的脸,似乎在沉思着什么。

"这就是你的目的吗?"又过了片刻,她嘟囔了一声,"你是想逼福尔摩斯先生放弃,所以才挑唆了我,是吧?"

玛丽默默无语,只是直直地看着艾琳·艾德勒。她的态度无异于承认了指控,她并没有尝试辩解。

"你不要责怪玛丽。"福尔摩斯说,"是我的低迷拖累了华生,把他逼到绝境。玛丽一直非常痛苦,想报一箭之仇也是理所当然的。"

过了片刻,艾琳·艾德勒轻声问道:

"福尔摩斯先生,你对此是否满意?"

"嗯,我很高兴。"

"那我就不阻拦你了,请自便吧。"

艾琳·艾德勒毫无感情地撂下这话,然后快步穿过房间。她将手搭在门上,转过头又朝玛丽瞪了过去。

"我不会原谅你的,玛丽。"

言毕,她摔门而去。

翌日的《每日纪事报》发表了如下文章:

夏洛克·福尔摩斯宣布引退

名侦探夏洛克·福尔摩斯氏于寺町通221B事务所召开记者会,正式宣布自侦探界引退。十余年来,福尔摩斯氏了结了诸多疑案,然自昨秋之后,便深陷不振,颓靡已久。

福尔摩斯氏向记者团坦言,己之调查多令案情愈加混乱难解,并言"旨在公共利益,当以洁身自退为宜"。当代犯罪日益猖獗,福尔摩斯氏亦深以为忧,然又谓艾琳·艾德勒才智非凡,足补己缺。

福尔摩斯氏将变卖资产,远赴南洋某岛旅居。

夏洛克·福尔摩斯引退的消息在洛中洛外掀起了轩然大波。

此前,世人一直饶有兴致地看着福尔摩斯的迷失,如今却态度骤变,这实在令人啼笑皆非。"近年来确实有些不顺,但从年龄考量,决定引退也太令人遗憾了"……诸如此类。既然这些人如此珍视他的天赋,那么当福尔摩斯苦苦挣扎的时候,何不说一些暖心的话呢?

报纸的版面上充斥着对福尔摩斯辉煌成就的回顾。

就连我的诊所也拥进了想要采访的记者们,可我却无心谈及任何事情。我既有放下包袱的安心,也有惘然若失的空虚。我对福尔摩斯感到失望,又为未能挽留福尔摩斯而深感悒闷。

自不必说,夏洛克·福尔摩斯的引退令艾琳·艾德勒的存在更加亮眼。过去由福尔摩斯所承担的"名侦探"的角色,如今终于由她名副其实地继承了。然而,对福尔摩斯的引退最为惋惜的却是艾琳·艾德勒。

正因为如此,她对玛丽的愤怒才愈加强烈。

"我不会原谅你的,玛丽。"

事情不可能就这样了结,玛丽和我都很清楚。

预感应验于福尔摩斯宣布引退的一周后。

那天,我在诊室整理病历,窗外的下鸭本通疾驰过一道黑影,随即传来了刺耳的自行车刹车声。我当即认出来者是《海滨杂志》编辑部的史密斯小姐。当我走到门口时,她正呼呼地喘着气,似乎是骑着她那辆引以为傲的自行车从四条乌丸的杂志社直奔而来的。

"我有急事找华生老师和玛丽小姐商量。"

我把史密斯小姐请进正对花园的客厅,玛丽准备了红茶。

"艾琳·艾德勒小姐刚才向编辑部提出了申请。"史密斯小姐一脸严肃地说,"她说玛丽·摩斯坦被解除了艾琳·艾德勒的记录员职务,并要求立即停止《艾琳·艾德勒事件簿》的连载。"

"是吗?"玛丽淡然地说,"我就知道事情可能会变成这样。"

"就因为这个,编辑部炸了锅。下一期杂志是艾琳·艾德勒专题,马上就要印刷了,可编辑部不能无视艾德勒小姐的意向。"

"这是为了报复玛丽。"我说。

"艾琳生气也是理所当然的,因为我一直在利用她。"

然后玛丽向史密斯小姐讲述了她唆使艾琳·艾德勒逼迫福尔摩斯引退的经过。

"逼福尔摩斯先生引退的人就是我。"

"不,玛丽,不是这样。问题的根源在于福尔摩斯自己的低迷,引退只是时间问题。这不是他亲口承认的吗?"

"即便福尔摩斯先生原谅了我,艾琳也不会原谅我的。"

冷冰冰的客厅里弥漫着令人喘不过气的寂静。史密斯小姐叹了口气,望向了华生家的花园。恰在此时,被风吹来的浮云遮蔽了太阳,就似日食一般,周遭沉入了日食浅青色的幽暗之中。看得出来,史密斯小姐正挖空心思地思索着。

就在昨天,史密斯小姐大抵仍怀抱着雄心壮志。

《艾琳·艾德勒事件簿》大获成功，足以弥补《福尔摩斯冒险谭》停载所带来的损失。截至目前发表的短篇篇篇都是杰作，预定发表的余下九篇也已完稿。名侦探艾琳·艾德勒的名声水涨船高，预定今年秋天出版的第一本短篇集将创下前所未有的销量。这就好比掘到了油田，野心只会不断膨胀。第二本短篇集、第三本短篇集，以及来日的长篇集……这般宏图大志正在渐次崩坍。

又过了片刻，史密斯小姐像是决心已定般开口道：

"在说服艾德勒小姐前，《艾琳·艾德勒事件簿》将暂缓刊登，不过这不见得全是坏事。倒不如说是千载难逢的良机，就让华生先生托付给我的稿件公之于世吧。"

"你是说伦敦版《福尔摩斯冒险谭》吗？"我惊讶地问道，"可主编应该不同意吧？"

"现在的情况可不比华生老师之前来编辑部的时候。要是停止艾琳·艾德勒的特辑，杂志就得开老大的天窗。我们没时间准备其他稿件。何况福尔摩斯刚刚发表了引退宣言，话题性一点不缺。我会说服主编，让引退的夏洛克·福尔摩斯在'伦敦'复活的。"

"这将是夏洛克·福尔摩斯的凯旋。"史密斯小姐说道。

———◯———

"夏洛克·福尔摩斯的凯旋啊。"

夏洛克·福尔摩斯赞叹似的嘟哝了一句。

当天，主编采纳了史密斯小姐的建议，决定在下一期的《海滨杂志》上刊登《福尔摩斯冒险谭》。为了将杂志版面迅速更换为"伦敦版福尔摩斯特辑"，编辑部紧急动员起来。

当我去寺町通221B告知这事时，福尔摩斯显得十分快活。对于以"伦敦"为舞台让福尔摩斯放手大干的想法，似乎连福尔摩斯自己也相当中意。

"你还真想到了有趣的点子啊。"他说，"莫里亚蒂教授留下的礼物在意想不到的地方派上了用场。"

下期杂志将刊载的是《红发会》《蓝宝石案》和《歪唇男人》三篇。将这些一次性刊登出来已属破格之举。虽是为了补上艾琳·艾德勒特辑半途辍止的特大天窗，但这也是史密斯小姐的作战计划。读者们对于"伦敦"这个异世界并不熟悉，或许有人会抵触地说："这根本不是《福尔摩斯冒险谭》。"之所以连登三篇，正是为了以数量压倒顽固的侦探小说爱好者们。

"这样一来，你也可以重新当你的侦探小说作家了，华生。"

"这倒是不错，可我担心的是玛丽。你宣布引退以来，艾德勒小姐就和玛丽处于绝交状态。艾德勒小姐已经免去了玛丽的记录员资格，玛丽也一直在自责。我希望她们能和好如初。"

"我们不也经常吵架吗？"

"那倒也是。"

"关系要好才有架可吵，不必担心。"福尔摩斯开朗地说，"艾德勒小姐总有一天会理解的。"

引退宣言的风波已经告一段落，福尔摩斯正在做大扫除。

我们的周围堆满了正在整理的杂物和文件，宛若南洋散布的群岛。海量的新闻剪报、放大镜、卷尺、开锁工具、化学实验器具摆了一地。还有诸如女王陛下赏赐的奖章、干瘪的猴爪、怪异的异域雕塑、孤独的发明家制造的永动机之类形形色色的物件，这些都是福尔摩斯在往昔案件中获得的纪念品。

"总感觉好像做了一场梦。"福尔摩斯盯着这些垃圾嘟囔道，"我真的是名侦探吗？"

"这是当然的吧，你不是解决了一大堆案子吗？"

福尔摩斯坐在扶手椅上，给烟斗点了火。

"现在回想起来，我完全想不到我能做到那种事。我还记得当年的拼命，也记得自己曾充满自信。但另一方面，我又觉得这一切都纯属偶然。就仿佛在一段时光里，世界恰巧是以我为中心转动的，与我的努力和才能全然无关。不知怎的，就是有这样的感觉。"

福尔摩斯看起来并不哀戚，也毫无逞强的迹象，感觉就像是单纯对自己人生中的那段黄金时代感到好奇。

这样的心情我并非无法理解。黄金时代的福尔摩斯充满了超人的力量，乃至于产生了这般颠倒的印象——并不是福尔摩斯看穿了案件的真相，而是唯有福尔摩斯看穿的真相才能成为真相。倘若像福尔摩斯说的那样，这般超人的力量逾越了他自身的努力和才能，那么我们试图摆脱低迷的努力终付流水也是在所难免的了。

"喂，福尔摩斯，你真打算去南方的岛屿吗？"

"这么说来，我好像是在记者会上说过这样的话。虽然只是信口胡诌，但想想倒也不坏。毕竟我已经厌腻了都市，厌腻了犯罪，厌腻了鸭川的雾气。所以最好选个人迹罕至的小岛，也就不会有什么需要解决的案子了。"

福尔摩斯以恶作剧般的眼神看向了我。

"你也要跟着一起来吗？"

"怎么可能啊！"我惊诧地应了一句。

"开玩笑的。"福尔摩斯爽朗地笑道，"你有诊所，还有玛丽。最要紧的是，你还有重任在身，去写你那伦敦版《福尔摩斯冒险谭》吧。这很好，华生，这真的很好。我会一个人前往南方的岛屿，逍遥自在地考虑我今后的生活。"

221B 的房间里仿佛骤然射进了南国的阳光。

通透的蓝天、椰子树、白色沙漠、漂浮在海面上的遥远岛屿，这本该是与夏洛克·福尔摩斯绝不相称的世界，但在此刻，我却能清晰地想象出南方岛屿上的福尔摩斯——他正戴着一顶簇新的草帽，迎着清爽的海风，沿着白色的沙滩一路前进。

就在此刻，赫德森太太出现在了门口。

"有客人找您来了，福尔摩斯先生。"

福尔摩斯苦着脸摆了摆手。

"我已经不是侦探了，把记者和委托人们全都轰走。"

然而赫德森太太仍站在门口，并没有挪动脚步的意思。

"我可轰不走她，对方是马斯格雷夫家的小姐。"

———〇———

这是我们自去年那场戏剧性的归来后首次见到马斯格雷夫小姐。

不过当天我们并没有机会好好交谈，赫尔斯通庄园已经乱作一团，莫里亚蒂教授的失踪也让我们深受打击。十二年前的未解之案竟以这种形式得到了"解决"，福尔摩斯似乎始终无法释怀，然后，他就像逃离什么似的远离了洛西。

在赫德森太太的带领下，瑞秋·马斯格雷夫出现在了门口。

"很抱歉在百忙之中上门叨扰，福尔摩斯先生。"

"哪里哪里,我一点都不忙,充其量只是游手好闲罢了。毕竟我已经从侦探的身份引退了,请坐。"

福尔摩斯愉快地说着,邀请马斯格雷夫小姐坐在了壁炉前的长沙发上。

被囚于"东之东厅"的十二年光阴未能给马斯格雷夫小姐的外表带来任何变化,身穿朴素的白色连衣裙的她怎么看都是个十余岁的少女。当年在寄宿学校的玛丽大抵也是这样的少女吧。尽管如此,在马斯格雷夫小姐的身上却有一种被坚硬透明的外壳保护着的超然气质。

"我一直想跟您打个招呼。"

"听说你搬进城里去了?"

"嗯,按照您的建议,现在正住在乌丸御池的别墅里。"

"我以为这个决定无比正确。既然发生了这样的事,还是离开赫尔斯通庄园为好。你只需慢慢适应城里的生活即可。"

马斯格雷夫小姐对福尔摩斯而言是特别的存在。他不仅仅是同窗好友的妹妹,还是十二年前初出茅庐的自己未能拯救的对象。

福尔摩斯询问了雷金纳德·马斯格雷夫的近况,并以诙谐的口吻讲述了两人在学生时代的往事,以及去年在马斯格雷夫家竹林结庵的始末,似乎是想缓解马斯格雷夫小姐的紧张情绪。等到赫德森太太端上红茶时,她的表情似乎舒缓了不少。

"华生医生和玛丽小姐结婚了吗?"

"是的,契机是玛丽以委托人的身份拜访了福尔摩斯。"

"玛丽她们看起来很精神,真是太好了。"

瑞秋·马斯格雷夫露出了微笑,但她的表情很快就阴沉下去。

"我做了对不起她们的事。从在图书室发现威廉的日记,重读《竹取物语》的附记开始,我就被'东之东厅'吸引了。我之所以邀请玛丽她们参加茶会,是因为觉得她们会配合我的计划。"

瑞秋·马斯格雷夫闭上了嘴,盯着壁炉的火焰看了片刻。

她似乎有话要说,却不知从何说起。福尔摩斯也没有着急催促,而是像她一样,安静地凝望着壁炉的火光。

又过了片刻,马斯格雷夫小姐用极轻的声音说道:

"可我到现在还是没法理解自己身上发生了什么。"

被囚禁于"东之东厅"的十二年,对她而言就像是一夜长眠。在那个漫长一夜中所经历的一切,似乎都已在晨光中消失无踪。

"我还记得自己走上了那座奇异的楼梯,那以后又发生了某些事情,可我几乎记不得自己身上究竟发生了什么。《竹取物语》成书之日起,那个'东之东厅'就似诅咒般萦绕在赫尔斯通公馆之上。威廉、我,以及莫里亚蒂教授貌似都被这个谜团魅惑了。福尔摩斯先生,您怎么看?世上为什么会有那种东西?那究竟是什么呢?"

"不要为这个谜团所困。"福尔摩斯用严肃的声音说,"你已经回来了,你还有今后的生活。"

"但我有时还是会害怕,福尔摩斯先生。"瑞秋·马斯格雷夫探出了身子,"我慢慢搞不懂了,我真的回来了吗?"

即便远离了洛西的赫尔斯通庄园,搬到了乌丸御池的马斯格雷夫家的别墅,那栋旧宅深处的荒凉之室的幻影仍追迫着自己。她时常梦见十二年前的茶会。在梦中,她正与玛丽和艾琳一起穿过幽暗的走廊,试图再度开启"东之东厅"之门。

每当她汗流浃背地醒来,每每感觉"东之东厅"在呼唤着自己时,无论走出多远,脚底似乎总有一个深不见底的大洞正张着巨口,仿佛在等着她失足坠落。难不成这就是被囚于"东之东厅"整整十二年的后遗症吗？还是说，这是对拯救了自己的莫里亚蒂教授所怀的罪恶感而引发的妄想呢？随着时间的推移，她是否能不再被噩梦困扰——

马斯格雷夫小姐如此凝望着虚空，我骤然感到了一阵寒意。那是因为我切实地感觉到浮现于她视线前方的正是"东之东厅"。

"我觉得另一个我仍被关在那个房间里。"

马斯格雷夫小姐的面庞好似沉入水底般蒙上了阴霾，她的上半身摇晃不定。下一瞬间，福尔摩斯从扶手椅上一跃而起，抱住了她的身体。我们让她躺倒在长沙发上，用靠垫垫住头。在我照顾瑞秋·马斯格雷夫的时候，福尔摩斯一脸沉痛地站在一旁。

"她没事吧？"

"不必担心，应该是强烈的不安造成的。"

少顷，她睁开了眼睛，眼神好似在做梦一样。福尔摩斯跪在长沙发旁，拉着她的手。

"还请安心，瑞秋小姐。"

又过了一会儿，她轻轻地笑出声来，用平静的声音说了这样的话：

"今天到寺町通拜访福尔摩斯先生的时候，看到221B窗中的灯光，内心似乎腾起一股暖流。当暮色苍茫之际在荒野上游荡的旅人看到旅舍的灯光时，想必也是一样的感觉吧。我敢肯定，之前拜访过福尔摩斯先生的诸多委托人也是这样的感受。

"我想向福尔摩斯先生道谢。"

瑞秋·马斯格雷夫半闭着眼，梦呓般地继续说道：

"十二年前，福尔摩斯先生调查过我的失踪案，这是雷金纳德告诉我的。可我清楚地知道，当我在'东之东厅'沉眠之时，福尔摩斯先生正试图找到我。"

福尔摩斯屏住呼吸,久久凝视着她,似乎是对这句奇妙的话语感到困惑,又像是被其深深地打动了。又过了片刻,他的表情转为严肃,眼睛里闪烁着锐利的光芒,但那只是一瞬间的事。

"不光是我一个,大家都在找你。"

福尔摩斯这般说道。

《海滨杂志》于二月初正式发售。

在责编史密斯小姐的连番催促下,我几乎全身心地投入到《红发会》《蓝宝石案》《歪唇男人》的改稿和校对中。由于距离杂志发售的时间所剩无几,我无暇多想。可交完稿后,在等待杂志上市的时间里,内心的不安却不断膨胀着。

毕竟这是《福尔摩斯冒险谭》时隔一年半的再度亮相。

洛中洛外的侦探小说爱好者们一直渴求有关福尔摩斯的新作,但他们所期待的,终究是福尔摩斯实际经手过的案件记录,并非"伦敦"这类妄想世界的故事。越是思索,我就越是觉得伦敦版的福尔摩斯不会被人善意地接受。我的心情变得沉重起来,整天茶饭不思。读者们一定会暴怒吧。我甚至做了自己的诊所被化身暴徒的侦探小说爱好者们焚毁的噩梦。

"或许还是暂时躲一阵子比较好。"

"为什么要躲起来?"玛丽问。

"反正肯定会被各种谴责的。在《福尔摩斯冒险谭》的死忠读者中,也有人把福尔摩斯的低迷归咎于我。福尔摩斯的引退原本已经够让他们失望了,要是再发表伦敦版,天晓得他们会说什么。"

"因为是久违的新作,所以有点神经质了吧。"玛丽拍了拍我的背,"别紧张,没事的。"

随着发售日的临近,有关下期《海滨杂志》特辑突然被更换的消息甚嚣尘上。当得知要刊登的是《福尔摩斯冒险谭》时,洛中洛外的侦探小说爱好者们登时变得兴高采烈。有人说"引退的真相将被揭晓",也有人说"引退宣言将被撤回",这些传言都令我惶恐不安。

终于,《海滨杂志》的发售日到了。

虽然我很想躲进远离人烟的鞍马旅馆,但又放不下诊所的工作。我淡然地继续出诊,到了傍晚,去街上的书店视察敌情的玛丽回来后说"好像很热销啊",我对此未置一词。

发行三天后,史密斯小姐拍来了电报。

销量居高不下,决定加印。——维奥莱特·史密斯

可我并不是那种因为些微小胜利就放松下来的乐观主义者。

——反正这些全都靠的是福尔摩斯过去的名声。

我是这样想的。

失望之声想必会愈演愈烈。

侦探小说爱好者们似乎并不需要这种"似是而非的侦探小说"。

回首过往,这一年是丧失读者支持的一年。

自从福尔摩斯陷入低迷导致连载中断,随着休刊时间旷日弥久,责难之声也节节攀升。对夏洛克·福尔摩斯的失望,便是对约翰·H.华生的失望。倘若在这个节骨眼儿上再发表伦敦版的《福尔摩斯冒险谭》,洛中洛外的读者想必会彻底放弃约翰·H.华生。

被害妄想步步紧逼,我几乎开始憎恨读者。

——尽管失望去吧。读者们，只有告别才是人生。

就在伦敦版《福尔摩斯冒险谭》发表一周后的某个傍晚，我结束了一天的诊疗，正在诊室里愀然不乐地盯着壁炉里的火焰，这时史密斯小姐的自行车从窗外的下鸭本通疾驰而过，她连门铃都不按，就推开了诊所的门，一边大喊着"华生老师！华生老师！"，一边径直冲进了诊室。

"为什么不回复我呢？"

不等我回应，她就兴奋地说了起来。

"从发售首日起销量就好得不行，丝毫没有减弱的势头。非但如此，怎么加印都不够卖。您看过《每日纪事报》了吗？'伦敦版福尔摩斯算不算侦探小说'已经引发了激烈的讨论。虽然有各种刁难的声音，但只要成为话题就是我们赢了。老师有在续写伦敦版《福尔摩斯冒险谭》吗？为什么不写！快写！快写！从下期开始连载，今年年内整理成短篇集出版，标题就是《夏洛克·福尔摩斯的凯旋》！"

她滔滔不绝地说了一大通，然后宛若一阵疾风般离开了。

一时间，我陷入了茫然。

——这么说来，好评真的很多吗？

直到这时，我才终于打定主意去书店看一眼。

冬日的太阳早早落山，浅青色的夕暮笼罩着下鸭的街市，街道对面的糺之森已然化作了一片阴影。点灯夫每点亮一盏街灯，伴随着摇曳的灯火，新的夜色就会在周围诞生。我醉心于这样的美景，在道路上驻足观望了片刻，然后沿着下鸭本通向南走上葵桥，头顶无垠的天空仍残留着一丝微光。

过了葵桥又走了一会儿，便是桝形商店街的拱廊。我朝入口处的书店窥探了一眼，只见店里挂着一条横幅，上面写着"夏洛克·福尔摩斯的凯旋"，可木制的展台却空空如也。熟识的店主告诉我，今天到货的杂志转眼间就被抢购一空了。正当我怀着难以置信的心情伫立在那里时，一位留着八字胡、头戴礼帽的绅士冲我打了招呼。

"不好意思，请问您就是华生医生吗？"

"是的。"

"很高兴见到您。"

绅士清澈的眼睛里闪着光。

"我刚刚拜读完您的新作。真没想到夏洛克·福尔摩斯居然会在异世界里复活！即便是这样，'伦敦'这个世界的真实程度还是令人惊诧不已。读着读着，就会觉得真的存在着这样一个世界，每一样东西都历历在目。您是怎么构思出伦敦这样的世界的呢？简直太神奇了，真是一部杰作！"

"过奖，感谢支持，太谢谢您了。"

我和绅士握了握手，然后匆匆离开了书店。

"真是一部杰作！"

这话温暖着我的心。

我想细细品味这份喜悦，于是从葵桥走到了贺茂川的岸边。

冷冽晴朗的天空闪耀着异国器皿般的琉璃色。河边的风景也带着一抹沉入水底的幽蓝。左手边是延伸到远方的荒凉河堤，右手边是黑暗的河面和对岸的下鸭街市的赫赫灯火。周遭一片寂静，没有半个人影。许久没看到如此美丽的世界了。我一边吹着口哨，一边向北信步而行。

走了片刻，背后传来了呼唤的声音：

"约翰·华生！"

回头一看，玛丽正站在那里。

"啊！你在那里待了多久？"

"从刚才开始就一直在后面哦。"

玛丽快活地笑了笑，一蹦一跳地追了上来。她说在桝形商店街采购的时候，看到我从书店走了出来。

"我本来不想打搅你的。"

"哪有打搅。"

"因为你看起来很开心。"

玛丽挽起我的胳膊，我俩沿着贺茂川信步走去。

------◇------

是夜，我乘坐马车去了寺町通。

天气苦冷，群星隐没，寒空欲雪。

马车停在了寺町通221B的跟前，我下车踏上冰冷的道路。福尔摩斯似乎不在家里，二楼没有亮灯，但我要造访的并不是寺町通221B。我横穿道路，按响了绿色的门铃。

"我是约翰·华生，我想见艾琳·艾德勒小姐。"

我被领到了楼上的客厅。这是我第一次拜访艾琳·艾德勒的事务所，却有种似曾相识的感觉。那是因为这里像极了福尔摩斯的房间。当然了，化学实验器具和小提琴是没有的，一切都井然有序。然而无论是壁炉前的长沙发还是扶手椅，以及靠窗的写字台，抑或是收纳辞书和名簿的橱柜，都宛如镜像般相似。窗边的百叶窗帘拉了起来，隔着寺町通可以看到福尔摩斯房间幽暗的窗户。

艾琳·艾德勒正站在壁炉前。

"有何贵干?"

"玛丽的事。"

她露出讥嘲的笑容。

"是玛丽指使你来道歉的吗?"

"不,没有。是我自作主张来找你的。"

自福尔摩斯宣布引退的那天起,艾琳·艾德勒就和玛丽断绝了往来。我再三劝玛丽过来和解,但玛丽坚决拒绝了。她似乎已经放弃了和艾琳·艾德勒的友谊,她似乎认定两人的关系早已结束,艾琳永远不会原谅她。

——说到底,我只是个记录员而已。即便没有我,艾琳也能成为一名出色的侦探。

——没有这种事,绝对没有。

我转向了艾琳·艾德勒。

"你能原谅玛丽吗?"

"您居然能说出这种话,华生医生。"

艾琳·艾德勒的声音异常平静,这让她显得愈加可怕。

她宛若不动明王,周身迸发出愤怒的火花,那副样子让人联想到我与福尔摩斯合力追踪莫里亚蒂教授的翌日早晨,玛丽闯进寺町通221B的模样。这两个人好似被 U 形管连接在了一起,玛丽的"愤怒"尽数转移到了艾琳·艾德勒身上。

"玛丽痛恨福尔摩斯,她无法原谅自己的丈夫被那个人的低潮拖累。但凭一己之力无法将福尔摩斯赶走,因此她才要接近我,利用我的才能达到自身的目的,这是可怕的背叛。"

"没错,或许她一开始是想让福尔摩斯难堪。"我说,"但无论最初的动机为何,玛丽已经开始享受和你的冒险。她正努力地写着《艾琳·艾德勒事件簿》。在这期间,她对福尔摩斯的事就不太在乎了,而且你也一直受惠于玛丽的支持,要是你认为如今的一切都是凭借自己的才能,那就错了。"

"你是说我太傲慢了吗?"

"我的意思是你需要玛丽。玛丽后悔伤害了你,她已经放弃了,认为不可能得到你的原谅,但你和玛丽不该分道扬镳。你们不该像福尔摩斯和我一样吗?我们是齐头并进的,我需要福尔摩斯,福尔摩斯也需要我。"

"你是说没有华生就没有福尔摩斯?"

艾琳·艾德勒快步走到窗边的书桌旁,拿起放在桌上的一本杂志,好似罪证般摆在了我的面前。那是刊登了伦敦版《福尔摩斯冒险谭》的最新一期《海滨杂志》。

"我拜读了新作。"艾琳·艾德勒说,"写这种东西是你该做的工作?"

"福尔摩斯也很高兴。"

"简直一派胡言!什么伦敦版的夏洛克·福尔摩斯!"

艾琳·艾德勒将杂志抛进了壁炉。

"你和玛丽一起,把这位伟大的侦探逼到了引退的地步,真是何其精彩的夫唱妇随。你们夫妻俩都疯了!什么伦敦版的福尔摩斯,这种赝品,我是绝对不会承认的!"

艾琳·艾德勒气喘吁吁地望向了窗外,似乎在为自己说得太过而后悔。她的侧脸流露出一丝无力感,目光落在街对面的福尔摩斯的房间,那个窗户像空洞一般漆黑。我沮丧地看向了壁炉,《海滨杂志》

正在铁栅栏的另一侧安静地燃烧。

又过了片刻,艾琳·艾德勒寂寞地说道:

"给你看看我的秘密吧,华生医生。"

艾琳·艾德勒领着我去了三楼的一间小房间。

"连玛丽也从来没进过这里。"她边开锁边说,"这是我的秘密实验室。"

然后她打开了门,点燃了桌上的煤气灯。

首先映入眼帘的是正对着墙边的一张大方桌,桌面上堆满了写满笔记的字条和笔记本。靠着桌子的墙上,贴着画满了红墨水圆圈和箭头的洛中洛外详细地图、照片和图纸,左手边是面向后院的窗户,右手边是壁炉,除此之外的墙壁全都被资料架占据。

我环顾四周,这才意识到这个房间里收集的所有资料全都与夏洛克·福尔摩斯有关。

贴在墙上的地图标注着福尔摩斯经手过的案件的发生地,重案大案的剪报被一一装饰在相框里,资料架上有我撰写的案件记录的单行本、《海滨杂志》的往期号,以及有关福尔摩斯的报纸和杂志的剪贴簿。壁炉架上还放着几年前的圣诞节面向孩子们发售的福尔摩斯与华生人偶、福尔摩斯爱用的烟斗,甚至还有福尔摩斯用来装烟草的波斯拖鞋。

这简直是"夏洛克·福尔摩斯博物馆"。

艾琳·艾德勒在桌前的椅子上坐了下来。

"从以演员之身站在舞台上的时候起,我就一直在研究福尔摩斯的侦探手法。我不仅阅读了华生医生的案件记录,还亲自去了犯罪现场。我想知道福尔摩斯先生是如何一步步将案件解决的。这就是我锻炼自己的方法。"

她一边说着，一边拿起了一份论文的摘印。

标题《关于各种烟草灰烬的辨识》让我有种似曾相识的感觉。从遗留在案发现场的烟灰中找出线索是福尔摩斯的得意手法，那篇论文也是他引以为傲的一篇。除了那篇之外，还有关于密码分析、文身、脚印形状的文章，以及《论职业对手形的影响》等等，每一篇都有被仔细阅读的痕迹。

"已经过去十二年了。"艾琳·艾德勒说，"当时我潜入赫尔斯通公馆，被福尔摩斯先生抓到。不久之后，华生医生的案件记录就开始发表了。从那以后，我便一直追随着福尔摩斯的脚步，希望能成为一名能和他堂堂正正对决的侦探。"

"为什么不告诉我们？"

"这种事情怎么说得出口呢，太羞人了。"艾琳·艾德勒露出了微笑，"我甚至没告诉过玛丽。"

这个房间里存放着我和福尔摩斯所有的冒险经历，但现如今福尔摩斯已经引退，这些东西便不再是辉煌伟业，反而黯然得像是从沉船里打捞上来的遗物。艾琳·艾德勒的不安也渗透进了我的心中。

"福尔摩斯先生一直是我的心灵支柱。"艾琳·艾德勒说，"哪怕现在仍没有恢复状态。"

就在这时，我想起了洛西当晚发生的事情。

在"东之东厅"遭遇可怕的事情之后，艾琳·艾德勒和我穿过黑暗的竹林，追寻着福尔摩斯。面对马斯格雷夫家族那令人费解的谜团，艾琳·艾德勒对自身的无力深感绝望。

"真的一点用处都没有！"

那懊恼万分的话语至今犹然在耳边回响。

当时她所体会到的，或许正是身为"名侦探"的孤独。

过去，洛中洛外各色之人，那些怀抱难解之谜的人，都会造访寺町通221B。福尔摩斯解开了所有谜题，令这个世界恢复秩序，这何其令人安心。福尔摩斯是守护我们免于受神秘和混沌滋扰的堡垒，可现如今他放弃了"名侦探"的角色，这个角色必须由艾琳·艾德勒一己扮演。

"福尔摩斯先生今后有何打算？"

"他说要去南方的岛上旅居。"

"可马斯格雷夫家的案子并没有完结。"艾琳·艾德勒说，"福尔摩斯宣布引退以来，这件事一直萦绕在我心头。去年秋天，当我们走进里奇伯勒夫人的宅邸时，她对我们说，马斯格雷夫家的谜案是无法逃避的。"

"你居然把那种灵媒的话当真？"我吃了一惊，"你已经证明了她的虚伪。"

里奇伯勒夫人的案子预定明天结案并宣判。

"里奇伯勒夫人的确是个骗子，"艾琳·艾德勒说，"但'东之东厅'不是。那夜究竟发生了什么，我至今依旧想不明白。马斯格雷夫家的案子仍未结束。"

我陷入了沉默。

"我一直在思考。"艾琳·艾德勒继续说，"十二年前，瑞秋·马斯格雷夫消失在了'东之东厅'，福尔摩斯先生没能解开这个谜题，然后罗伯特·马斯格雷夫封印了'东之东厅'，这件案子就这样被埋葬在了黑暗中。在这之后，福尔摩斯遇见了华生医生，开始了作为名侦探的辉煌生涯。但在一年前的秋天，福尔摩斯突然陷入了严重的低迷。华生医生，你就不觉得奇怪吗？雷金纳德·马斯格雷夫解开'东之东厅'的封印，恰好也是在一年前的秋天。"

"那只是巧合，你想多了吧。"

话音未落，我突然意识到了什么。

记得莫里亚蒂教授陷入低迷也是在前年秋天的时候——

艾琳·艾德勒坐在椅子上，无力地弓着背，呆呆地凝望着虚空。她那空洞的面容令我联想到了数天前前来问候福尔摩斯的马斯格雷夫小姐。

"一想到'东之东厅'，我就怎么都冷静不下来。"

艾琳·艾德勒叹了口气，双手掩面。

"最让我感到懊恼的是，福尔摩斯明明已经洞悉了真相，却什么都不做。他明明将所有无关紧要的案子全都推给了我，却仍不愿接手马斯格雷夫家的案子。他是打算把'东之东厅'的真相独藏心中，就这样宣布引退。"

我不知所措地望向墙壁，那里挂着一张放在相框里的福尔摩斯的照片。只见他身穿黑色大衣，头戴礼帽，脸上洋溢着傲气的微笑，朝这边看来。这是福尔摩斯充满自信时的样子。站在他身旁的是约翰·H.华生，那是曾经的我，和福尔摩斯一样充满自信。

回过神来的时候，艾琳·艾德勒也抬起了头，出神地看着那张照片。她的头发乱糟糟的，一副天真少女的模样。

"你就这样任由福尔摩斯先生去南方岛屿吗？"艾琳·艾德勒用沙哑的声音说，"华生医生，这样真的好吗？"

当我离开艾琳·艾德勒的家时，不甚安稳的情绪一直在心中蠢蠢欲动着。

我望向街对面的寺町通221B，然而二楼的窗户依旧没有亮灯。我不由得咂了咂嘴。

"真是的，跑哪里闲逛去了？"

话虽如此，我也不打算直接返回下鸭。我拦下街边的出租马车，马车朝着荒神桥的俱乐部驶去。

当我走进设有巨大壁炉、天花板很高的谈话室时，里边只有寥寥几人。

医师会的三个朋友正坐在窗边的扶手椅上，悠然地喝着酒。当他们看到我时，纷纷惊呼："这不是华生吗？"我打了个招呼，在椅子上坐了下来。过完新年后总是忙忙碌碌，已经很久没像这样在俱乐部露脸了。高大的窗户外是鸭川的河岸，孤零零的户外灯照亮了冬日萧瑟的树木。

"你怎么愁眉不展的？"一个朋友说，"伦敦版《福尔摩斯冒险谭》评价不是很好吗？我还在说怎么没看到你露脸呢，原来是在写新作啊。"

"我们医院的患者也在热议这个。"

"玛丽应该很高兴吧。"

"来，让我们干杯吧，为了约翰·华生的凯旋。"

即便医生朋友们纷纷送来祝贺，我的心情也没有半分好转。

由于我时不时陷入沉默，朋友们的对话也经常中断。

眺望窗外的鸭川，我情不自禁地想起了莫里亚蒂教授。直至今日，他仍在赫尔斯通公馆的深处，被困于"东之东厅"里。然而福尔摩斯不仅没有解开马斯格雷夫家族的谜题，还打算将一切永埋黑暗，艾琳·艾德勒对福尔摩斯的指责也是理所当然的。福尔摩斯的沉默自有其理由，他曾说过"'东之东厅'属于不可触碰的那个世界的秘密"。"东之东厅"究竟是何等物事？

又过了片刻，我看见谈话室一隅的椅子上荡荡悠悠地站起来一个黑影。

那人之前一直蛰伏在黑暗中，我甚至没发觉有人在那里。那个黑影横穿谈话室朝这边走来，在昏暗的室内灯的照射下，天鹅绒背心和紧密的小胡子闪着黑曜石般的光泽。

"你好，华生，我一直想见你。"

斯坦弗刚一开口，朋友们的表情就僵住了。一阵尴尬的沉默过后，某人开口说：

"斯坦弗，你找我们有什么事？"

"我没找你们，我找的是华生。"

朋友们互相对视了一眼，然后缓缓地从扶手椅上站了起来。

其中一人弯下腰，附在我耳边说了声"小心点"。待这些人离开谈话室后，斯坦弗苦笑着坐在了对面的椅子上。

"我成过街老鼠了。"他一边摸着扶手，一边自嘲道，"好像是吧。"

自诩为"心灵医生"后，斯坦弗就被医生圈子里的人敬而远之了。

斯坦弗说他最近很忙。

"里奇伯勒夫人明天就要宣判。夫人可能会遭到监禁，因此圣西蒙勋爵正在寻找替代她的灵媒，受此连累，我也被使唤得团团转。不过我一直蒙受圣西蒙勋爵的照顾，倒也没什么可抱怨的。"

"喂，斯坦弗，你真的相信心灵主义吗？"

斯坦弗抬起头，讶异地看了过来。

"你问我相不相信？怎么说呢，我也不太清楚，有可能是假的，也有可能是真的。这和侦探小说不同，所以也给不出一个明确的答案。说真的，我倒无所谓孰是孰非，只要能派上用场就行。"

"怎么会这样？你就没有信念吗？"

"别这么说，华生，有信念又能如何？"

斯坦弗微微一笑，探出了身子。

"先不说这些。话说我读了传闻中的新作，说起那个'伦敦'，连我都大出所料！名侦探夏洛克·福尔摩斯的搭档居然改投了心灵主义！"

"你到底在说什么啊？"我吃了一惊，"我可不记得自己什么时候成了心灵主义者。"

"喂喂，事到如今你还说这种话。自从在圣西蒙勋爵的降灵会上出现了莫里亚蒂教授的灵魂，'伦敦'就成了心灵主义者之间的流行语。"

降灵会？莫里亚蒂教授的灵魂？

正当我发怔的时候，斯坦弗诧异地解释了起来。

里奇伯勒夫人被捕之后，圣西蒙勋爵为了寻找新的灵媒，时常在自己的住所举办降灵会。据说在年初的时候，"莫里亚蒂教授"的灵魂出现在了降灵会上。教授借灵媒之口，宣称他是通过马斯格雷夫家族的"东之东厅"降临至现世的，彼处是被称为"伦敦"的巨大都市。没过多久，该城市的名字便作为心灵世界的别名在心灵主义者之间传开了。而我的伦敦版《福尔摩斯冒险谭》恰在此时发表。

"你自然是知道了这事以后才写的吧。那些心灵主义者真是高兴坏了。毕竟就连知名的侦探小说作家也开始谈论'伦敦'了嘛。"

"不，等一下，我完全听不懂你在说什么。"

"圣西蒙勋爵也很想和你谈谈。"斯坦弗继续道，"他很好奇你究竟是出于何种动机才写下了这样的故事。当然了，他只是个虚伪的家伙，根本不信什么心灵主义。可是接二连三地发生怪事，想必也闹得他忐忑不安了吧。心灵主义者成天讨论伦敦的事，就连身为侦探小说家的你都写了伦敦。据说里奇伯勒夫人在拘留所读了你写的心灵小说后，也大受感动。"

"别傻了，斯坦弗。"我从扶手椅上霍地站了起来，"这只是一部侦探小说。"

"别别，我可不吃这套。"斯坦弗一笑置之，"如果这只是一本侦探小说，又怎么会卖得这么火？华生，你真是个识时务的家伙。名侦探福尔摩斯刚宣布引退，你就改行写'心灵小说'了。"

空旷的谈话室里只剩我们两人。

"不如我们合作吧，华生。我就是为了这个才来找你的。"

倏忽之间，我感觉自己仿佛置身于露天的荒野上，一直以来坚信的世界被打碎了，裂缝的另一头露出了某人的面孔。

在那之后的事便记不太清了，我大概是不顾一切地从荒神桥俱乐部逃出来的吧。

回过神来的时候，我发觉自己正在寂寥的深夜街道上疾驱。被煤烟熏黑的砖瓦房连绵不绝，河原町通宛若一条黑暗的隧道。心灵主义者，降灵会，莫里亚蒂教授，伦敦，心灵小说，"东之东厅"……这些言语仿佛疾风肆虐之下四处飞散的树叶，在我的脑海中交错盘旋。华生，你真是个识时务的家伙。

新作发表的兴奋感已然消失得痕迹全无。

再往前,我跑到了贺茂川的堤岸,吐着白气在那里停下脚步。黑暗的深处似乎传来了贺茂川的水声。远方的比叡山那漆黑的山影若隐若现,眼前眼花缭乱地飞舞着白色的物事。走过葵桥,我茫然地四下张望。

屋顶和烟囱好似剪影画般展开的京都街道上,正静静地飘着雪花。

───◇───

雪一直下到黎明时分,彻底改变了街市的面貌。

翌日清晨,我出了家门,阴郁的天空投射下淡淡的光线,照亮了家家户户的白色屋顶。下鸭本通也是一片纯白世界,孩子们欢呼着互相投掷雪球。对面的糺之森传来了雪从树枝坠下的声音。

今天下午,法院将对里奇伯勒夫人做出判决。

当玛丽和我离开诊所之际,雪花又开始飘落了。我们坐上出租马车,朝着丸太町通的皇家法院进发。贺茂川的堤岸覆着皑皑白雪,东山也似撒了一层糖粉一般。或许是阴天的关系,世界仿佛被洗去了色彩。

二轮马车翻过葵桥,沿着河原町通向前驶去。

"怎么了?"玛丽诧异地问我,"你好像从大清早就一直在发呆。"

"没事,昨晚有些缺觉,在俱乐部里聊到很晚。"

当时的我满脑子都是昨晚和斯坦弗的对话。他竟把伦敦版《福尔摩斯冒险谭》说成"心灵小说"!他一定是嫉妒我的小说大获成功,才开了恶毒的玩笑吧。为什么要把他的话当真呢?但讨厌的预感如鲠在喉,怎么都甩脱不去。

当马车在河原町丸太町的十字路口右拐时,我发觉皇家司法院正笼罩着一种不同寻常的气氛。入口前方的广场上挤满了黑压压的人群，几乎要溢到丸太町通。

"发生什么事了？"玛丽问道。

随着马车的靠近，我们也看到了身穿制服的巡警们正在现场警戒。怪异的是，尽管此处聚集了如此多的人，周遭却出奇地安静，人们神色肃穆地闭着嘴，像羊群一样挤在一起。

我们在法院前方下了车，我向麦克法兰巡警询问道：

"你好，麦克法兰君。请问这是什么集会？"

"你好，华生医生。"麦克法兰把手按在了制帽上，"这些人全都是心灵主义者，因为里奇伯勒夫人要被宣判了，所以他们一大早就聚在这里。法庭无论如何是进不去的，但无论怎么苦劝他们回去，这些人都不肯听。"

"真伤脑筋啊，这样岂不是进不了法院了吗？"

就在此时，似乎有人听到了我们的对话。

"华生医生。""是华生医生。"——这样的低语好似涟漪般传遍了法院跟前的人群。没过多久，眼前的人群便整整齐齐地分作两队，为我们让开了一条路。

玛丽和我不禁面面相觑，站在边上的一位年轻人催促道"请吧，华生医生"，众人用带有异样期待的真挚眼神望着我们。

我们困惑不已，但姑且还是道了谢，然后走进了法院的大门。穿过人群时，我在注视着这边的人群中，看到了一位留着八字胡、头戴礼帽的绅士。我刚觉得那个面孔似曾相识，旋即想起他就是那个昨天在桝形商店街夸我的书"真是一部杰作"的人。

审判里奇伯勒夫人的法庭笼罩着热烈的气氛。旁听席全部坐满，甚至还有人站着观看。尽管时值隆冬，室内依旧十分炎热。前面的雷斯垂德警部冲我招着手说"华生医生，这里"，玛丽和我挤到他为我们占着的空位上坐了下来。我在雷斯垂德的耳边低语道：

"真是盛况空前啊，法院外边也聚集了一大群人。"

"太不省心了。"雷斯垂德厌烦地说，"希望别惹出什么乱子，我已经让巡警们保持警戒了。"

我伸长脖子朝旁听席环视了一圈，到处都没有看到雷金纳德·马斯格雷夫的身影。我的视线徘徊了一阵，与艾琳·艾德勒四目相对，那张苍白的脸在旁听席上格外显眼。她朝这边微微点了点头。

"艾德勒小姐也来了。"

当我低声告诉玛丽时，她只是寂寞地笑笑说"是吗"。

少顷，某个人物拨开人群向我们靠了过来。来者是圣西蒙勋爵，虽说他依旧是一身鲜亮的打扮，脸色却很糟糕，眼睛里布满了血丝，看起来比上回在法庭上见面时苍老了不少。

他笑眯眯地走向了我，笑容却极不自然，仿佛扳弯钢板硬做出来似的。我站起身来，他把手伸过来要求握手，并对我说：

"我拜读了您的伦敦版《福尔摩斯冒险谭》。"

"这是我的荣幸，圣西蒙勋爵。"

"钦佩之至，这真是一部精彩绝伦的作品。"

说着，圣西蒙勋爵用力握住我的手，将我拽到了跟前，然后把嘴巴附在几乎站不稳的我的耳边低语道：

"你到底想干什么？为什么要写这样的东西？"

他的声音里充满焦躁。在旁听席的嘈杂声中，这番话应该没有传到玛丽和雷斯垂德的耳朵里。我惊诧地看向了对方的脸，圣西蒙勋爵的脸上依旧挂着微笑，仿佛什么事都没发生过一般。

"希望有机会能和您细聊。"

圣西蒙勋爵离开后，我茫然地坐了下来。

难不成斯坦弗说的都是真的吗？

就在我沉思之际，玛丽在一旁小声问道：

"怎么了？你的脸色非常不好。"

"昨晚从斯坦弗那里听到了一个讨厌的传闻。"我向玛丽吐露说，"心灵主义者似乎认为'伦敦'就是灵界。"

玛丽诧异地皱起了眉。

"可伦敦明明是你创作的世界啊。"她说，"那是侦探小说里的吧？跟灵界什么的一点关系都没有。"

"据说在圣西蒙勋爵的宅邸举办的降灵会上出现了莫里亚蒂教授的灵魂，当时他声称自己在伦敦。"

"可莫里亚蒂先生……"玛丽环顾四周，压低声音说道，"不是被困在'东之东厅'里吗？"

"这事应该只有很少人知道。总而言之，心灵主义者们坚信伦敦就是灵界。"

"那么，爱读伦敦版《福尔摩斯冒险谭》的那些人……"

"不是侦探小说爱好者，而是心灵主义的信徒。"

倘若我的新作被心灵主义者们当作"心灵小说"来看待的话，刚才圣西蒙勋爵的那番言行也就不难理解了。对他而言，伦敦这个异世界的出现，以及心灵主义者们的狂热，完全是算计之外的事，他大概在为心灵主义者的行动脱离掌控而感到焦虑吧。

现在回想起来，聚集在法院跟前的那群人的态度也很怪异。那些充满期待的真挚眼神，大概不是冲着"侦探小说家约翰·华生"，而是冲着"心灵小说家约翰·华生"的吧。

"究竟是怎么回事？"玛丽小声嘟囔着。

"我也不清楚。"我说，"似乎发生了一些奇怪的事。"

就在这时，司法警察宣布开庭，律师和陪审团走进法庭。接着里奇伯勒夫人在两名司法警察的带领下出现在正面的被告席上。令人惊讶的是，在审判开始时已化为空壳的她，现在却突然恢复了生机，变得脊背挺直、举止沉稳。只见她回过头来，缓缓地环视旁听席。由于她的态度过于严正，旁听席上的人纷纷屏住了呼吸。

我感到一阵悚然，因为里奇伯勒夫人正对我露出微笑。

———◯———

"陪审团的诸位。"庭长向右手边的陪审员席发话道，"诸位花了很久的时间听取控方和辩方的证词，现在进入审议阶段。在此之前，我想在此就被告提出的指控，整理出数个要点并再次进行阐述。"

接着，庭长围绕着里奇伯勒夫人被起诉的罪名，对控方和辩方的观点进行概括，并条理清晰地做了阐释。陪审员和旁听者都一脸认真地听着。有关审判里奇伯勒夫人的过程，虽说我在报纸上也读到过，但庭长的阐释简明扼要，即便其中包含许多对里奇伯勒夫人不利的内容，他也没过分强调，态度可谓十分公正。

"对于被告的最终判决，将委付各位之手。假使对控方的证据持有正当合理的怀疑，请在审议时表明无罪，任何人都不该仅凭有瑕疵的证据或臆测就被判有罪。慎重起见，特别强调一下，本法庭只关注事实本身，正如各位所知，被告人活跃在心灵主义这一领域，在洛中洛外享有广泛的名声。然而所谓'灵界'是否存在，并非各位应当审议的问题。被告人是活在现世的人，和我们别无二致，必须遵守现世的律法。请谨记于心，慎重考量。"

当陪审团退庭审议时，法庭内登时沸反盈天。像往常一样，旁听者们分成了心灵主义阵营和反心灵主义阵营。

"没什么可担心的。"雷斯垂德说，"里奇伯勒夫人根本没有胜算。陪审团做出裁决的时候绝不可能把心灵主义考虑在内。要是被她赢了，我就从京都警视厅（苏格兰场）辞职，从明天起转行去当灵媒。"

"当然，我不觉得里奇伯勒夫人会被无罪赦免……"

雷斯垂德讶异地看着我。

"有什么担心的吗？"

"我也说不清楚，但总有种不好的预感。"

我边说边望向旁听席的前方，只见圣西蒙勋爵傲然地挺着胸，恨恨地盯着被告席。从他那苍白的侧脸中可以窥见不安和愤怒，俨然是被豢养的狗反咬了一样。而另一边，里奇伯勒夫人却是一副镇定自若的模样，威严的背影似乎流露出对胜利的确信。

——她根本不在乎审判的结果。

想到这里，我的脑海中浮现出了聚集在法院前方的人群。此时此刻，他们恐怕仍在冷冽的天空下，满身是雪地依偎在一起。他们似乎也在等待着判决以外更为重大的某物的降临。

半小时后，陪审团返回了法庭。

"请宣读判决。"

书记官话音刚落，法庭顿时鸦雀无声。

陪审团团长神情紧张地清了清嗓子。

"陪审团通过多数表决，根据检方的建议，认定被告人有罪。"

旁听席上立刻响起了嘈杂声，当书记官记录判决时，旁听席的喧嚣声也越来越大。

"庭长！"一个声音骤然划破喧嚣，里奇伯勒夫人从椅子上站了起来，朝庭长喊话道，"我能发言吗？"

"不行！"

"我要说的是，这样的审判根本没有意义。"

"被告人！"庭长呵斥道，"现在不允许发言！"

但里奇伯勒夫人把庭长的话当成了耳旁风。奇怪的是，非但是律师，就连站在两旁的司法警察也制止不了她，他们仿佛被她的威光压倒，全身动弹不得。

"世界正在走向终点。"里奇伯勒夫人说，"现世如梦，尔后通往彼岸之门即将开启，我们将返回真实的世界，回到伦敦。此世不过是伦敦的幻影。"

里奇伯勒夫人回过头，直直地看向了我。

"是这样吧，华生医生？"

我感觉到法庭上的目光尽数集中到了我的身上。

审判长厉声呼唤着司法警察，试图让里奇伯勒夫人闭嘴，但下面的人只是惊恐地四处张望。此时此刻，昏暗的午后法庭上正弥漫着异样的气氛。

就像伫立于雷云滚滚的荒原一般，我感觉全身的汗毛都立了起来。旁听席上翻涌着不安的喧嚣声，可以看到审判台上的庭长满脸畏怯地缩了缩身子，圣西蒙勋爵和艾琳·艾德勒面色苍白地环顾着四周，玛丽则一言不发，紧握着我的手。

巨人叹息般的声音响彻现场，夺目的亮光包围了整个法庭。

这时，我回想起了在马斯格雷夫家的"东之东厅"的经历。那座不可思议的楼梯尽头高悬着巨大的满月。此时笼罩在法庭上的光与当时照亮"东之东厅"的月光如出一辙。惊呼声此起彼伏。

待目力终于复原之际，我听到某人大叫着"这边有人"。

我伸长脖子朝法庭中央望去，只见某人正伫立于此，他的扮相与法庭格格不入，一头黑发芜杂不堪，睡衣外面罩了一件灰色的长袍。

那人正是夏洛克·福尔摩斯。他把手插在长袍的口袋里，怒视着虚空，仿佛随时要扑上去一般。这副表情简直就像在与一生的宿敌对峙。

"莫里亚蒂教授，有话就说，我只给你五分钟。"

须臾之后，法庭里响彻着尖叫声和惊呼声。福尔摩斯的身形扭曲起来，诡异得像融化的蜡烛一般。转瞬之间，他变成了另一个人，那是莫里亚蒂教授，他身披黑色斗篷，苍白的容颜像蛇一样蠕动着。

"收手吧，福尔摩斯，否则你将死无葬身之地。"

所有人都目击了浮现于法庭的福尔摩斯和莫里亚蒂教授。

突兀地显现于法庭上的幻影，也同样突兀地消失了。

法庭陷入了极大的混乱，有人被怪异现象吓得落荒而逃，有人想尽办法靠近幻影的出现地点，也有人稀里糊涂地大叫大嚷。无人能控制这一事态。庭长在审判台上几乎昏厥，律师和司法警察也瘫软在地，圣西蒙勋爵脸色苍白，动弹不得。

在洋溢着恐惧和兴奋的法庭上，里奇伯勒夫人面带微笑地伫立着，仿佛早就预料到会变成这样。

艾琳·艾德勒的叫声传入耳中。

"华生医生！玛丽！快到外边！"

她在摇漾的人潮中指向法庭的出口。

我使劲地点了点头，拉起玛丽的手向那边跑去。

———————◇———————

玛丽和我好不容易逃出法庭，跑到了法院的入口。

门厅里已经挤满了遍身是雪的心灵主义者。他们从跑出来的人那里得知了法庭上发生的"心灵现象"，便推开了前来制止的巡警，打算奔向里奇伯勒夫人身边。这些人像是要抓住我一般围了上来，纷纷喊着："华生医生！""发生什么事了？"

"没什么！没什么！请各位冷静一下。"

我大声喊道，但根本安抚不了兴奋起来的人群。

如果斯坦弗和里奇伯勒夫人所言非虚，他们是把伦敦版《福尔摩斯冒险谭》当成"心灵小说"来读的，深信伦敦就是所谓的"灵界"。他们恳切地看着我，我不禁悚然。不知何时，我已经被推上了"心灵主义传道士"的位置。

就在我们和心灵主义者们挤在一处时，紧随我们逃离法庭的艾琳·艾德勒追了上来。

"华生医生！玛丽！"她高喊道，"遮住眼睛！"

我不明所以地照做了，接着就听到了烟花升空般的刺刺声，以及涌向门厅的人群发出的惨叫。睁开眼睛一看，只见周围的人全都抱着头蹲在地上。艾琳·艾德勒推着我们的后背说："只是吓吓他们，不必担心。"看来她用了类似照明弹的东西。

趁着人群退缩的间隙，我们逃出了法院大门，外面仍簌簌地落着雪，维多利亚女王的森林呈现出一片无垠的雪白。

福尔摩斯的住处就在距离皇家法院不远的地方。

我们沿着丸太町通向东疾驱，向南拐进了寺町通。雪花飘飘的寺町通上杳无人迹，马车道上覆盖着白雪，排列在街道两旁的砖瓦和灰泥宅屋也一片死寂。由于过于安静，简直就像坠入了诡异的梦境。

我们按下221B的门铃，赫德森太太打开了门，看到我们满身是雪的模样，她瞪大了眼睛。

"哎呀，你们怎么了？"

艾琳·艾德勒一边掸去大衣上的雪，一边问道：

"你好，赫德森太太，福尔摩斯先生在吗？"

"不在。"赫德森太太摇了摇头，"福尔摩斯先生说要为远行采购一些东西，昨天下午出去了，然后就再也没有回来过。"

"该不会已经启程去南方岛屿了吧？"

"没这种事，旅行包都原封未动。"

我们奔上楼梯，赶去福尔摩斯的房间，只见窗帘紧闭，室内寒冷昏暗。赫德森太太拉开窗帘，淡淡的日光照亮了放在地板上的旅行包，收拾好的行装中还包括一只旧小提琴盒，据说金鱼"华生"已经被福尔摩斯托付给赫德森太太照看。

"怎么了？福尔摩斯先生出什么事了吗？"

见我们如此严肃，赫德森太太似乎也有些担心。

我茫然地环顾着空荡荡的房间，实在难以想象这是我和福尔摩斯共同生活过的地方。这个房间已经彻底丧失了生命力。在那一刻，我确信福尔摩斯已经不在这个世界上了。

"福尔摩斯进了'东之东厅'。"

当我这么说的时候,艾琳·艾德勒咬着嘴唇看向了我。

她应该也想到了同样的事情,尽管如此,她似乎仍不太认可。

"还不一定,就算福尔摩斯先生进入了'东之东厅',又是怎么引发刚才的现象的呢?到目前为止从没发生过这样的事。威廉·马斯格雷夫和瑞秋小姐那时……"

"也就是说,某种前所未有的事态正在发生。"

"我们应该去马斯格雷夫家问问。"玛丽说。

当我们走下楼梯的时候,玄关的门铃响了起来,有人在拼命地敲门。

先一步下楼的赫德森太太打开了房门,一个满身雪花的少女冲了进来,她的脸毫无血色,苍白得好像瓷器一样。

艾琳·艾德勒抱住了那个少女。

"这不是瑞秋小姐吗,你怎么了?"

"请帮帮我,赫尔斯通庄园出事了。"瑞秋·马斯格雷夫气喘吁吁地说,"某种可怕的事正在发生!"

———◇———

当我们赶到岚山站时,冬日已近西山。

灰色云层低垂的天空不住地飘着雪,那些秋天热闹非凡的土特产店街也变得冷冷清清。"简直像到了另一个城市啊。"玛丽小声嘟囔着。

我们刚出检票口,就看到一辆嵌有马斯格雷夫家族纹章的厢式马车停在那里。车窗里漏出了幽幽灯光。马车侧边满身是雪的男人一见我们,便举着提灯疾走过来。

"威廉!"马斯格雷夫小姐跑了过去。

竹林管理人威廉一脸憔悴。他向着瑞秋·马斯格雷夫展露微笑，然后对我们说：

"感谢你们能来。我会用这辆马车载你们去赫尔斯通庄园，如今的事态非常棘手，雷金纳德没法离开庄园。"

"福尔摩斯进入了'东之东厅'，是吗？"我向威廉先生问道，"究竟发生了什么事？"

"具体的情况雷金纳德会告诉你们的，请上车吧。"

威廉·马斯格雷夫把我们招呼进马车，然后坐在了车夫的座位上。

马车很快驶离了岚山站，翻越了桂川上的渡月桥。

宽阔的河面泛着暗淡的银光，安静地吸收着飘落的雪花。夕暮的另一侧，覆雪的岚山宛如一条巨大的白鲸漂浮于地表，周遭万籁俱伏，就像森罗万象全都屏住了呼吸，让人联想到暴风雨前的宁静。

我和玛丽挤在一起，坐在马车的座位上，艾琳·艾德勒和马斯格雷夫小姐坐在对面。我一言不发地望向窗外，马车正沿着古老的街道驶向赫尔斯通庄园。农家和旅舍的灯火摇曳而过。

待沿途已看不到宅屋，积满白雪的牧草草场在视野里延伸之际，我看到了雪原的另一头伫立着一个人影。

福尔摩斯！

那毫无疑问就是福尔摩斯，在没有足迹的雪原中央，他如幽灵般站在那里。随着马车的行进，他的身影变幻成了莫里亚蒂教授，然后逐渐远离。我不由得倒吸了一口冷气。

"看到了吗，华生医生？"

对面的马斯格雷夫小姐轻声说道，她的脸色苍白如纸。

我感觉幻想和现实的界限渐次模糊。

"此世不过是伦敦的幻影。"

里奇伯勒夫人那阴森的声音回响在耳畔。

马车驶入马斯格雷夫家族的领地,穿过昏暗的竹林。

不久,我们进入了赫尔斯通庄园的地界,天空豁然开朗,四周被青白色的光亮包围着。缓缓起伏的草坪覆上了白雪,被雪掩埋的庭院里搭起了帐篷,篝火和灯烛闪闪发光,人们似乎正在赫尔斯通公馆外避难。

我立刻就觉察到赫尔斯通公馆发生了某些异变。每扇窗户都透出了宛若月光的妖冶光芒,内部传来了数不清的人声。这些可怖的声音融合在了一起,仿佛宅邸本身正在发出呻吟。

马车停在篝火旁边,我们下到了雪地之上。

雷金纳德·马斯格雷夫背对着篝火,站在纷纷扬扬的雪花之中。他显得一筹莫展。马斯格雷夫小姐奔了过去,雷金纳德抓住了妹妹的手,冲我们点了点头,脸上露出了痛苦的神情。

"福尔摩斯君是昨天下午来的。"雷金纳德·马斯格雷夫望着篝火的火焰说道,"我对他突然造访感到惊讶,但同时也非常高兴。自从福尔摩斯君在年初宣布引退以来,我一直很担心他。那天晚餐后,我们在书房的壁炉跟前谈话,福尔摩斯君看起来比去年来访时精神多了,浑身充满了力量,实在不像是要引退的样子。"

福尔摩斯讲述了他计划的南方岛屿之行。

深夜时分,福尔摩斯突然正色说有件事情在启程之前无论如何都要解决。虽然所有未解决的案件都已经托付给了艾琳·艾德勒,但有一件必须留给自己解决,因为这是"任何名侦探都无法解决"的谜案。

自不必说,这件谜案就是马斯格雷夫家"东之东厅"之谜。

"它就像一片会让路过的船只失事的暗礁。"福尔摩斯说,"我不能把这桩被诅咒的案子交给艾德勒小姐,必须由我亲自处理。"

"你有何打算?"

"我打算进入'东之东厅'。"福尔摩斯探出身子,"然后把莫里亚蒂教授带回来。"

雷金纳德·马斯格雷夫吃了一惊。

"太乱来了,谁也不能保证你能平安归来。"

"我一直试图视而不见,但我做不到。那个谜题直至今日还在威胁着你们。'东之东厅'之谜是无法从外界解开的,十二年前我失败的原因就在于此。这个谜题只能从内部解开。"

虽然马斯格雷夫试图劝说福尔摩斯打消这个念头,但福尔摩斯决心已定。

待福尔摩斯前往旧宅的"东之东厅"后,雷金纳德·马斯格雷夫一直在书房的壁炉前等待。忐忑之情不断膨胀着,时间一分一秒地过去,但夏洛克·福尔摩斯始终没有回来。将近黎明时分,雷金纳德·马斯格雷夫在不知不觉中睡了过去。待到他猛然起身,周遭一片沉寂,白色的光自窗帘的缝隙里射了进来。他走近窗户拉开窗帘,外边已是一片雪景。

就在往壁炉里添柴火时,马斯格雷夫突然感觉到背后有人的气息。回头一看,只见夏洛克·福尔摩斯就站在书房的中央。但他的模样非常奇怪,不仅蓬头散发,着装也不知何时发生了变化。最让马斯格雷夫不安的莫过于他那充满憎恨的眼神,仿佛在瞪着一生的宿敌。

"莫里亚蒂教授,有话就说,我只给你五分钟。"

福尔摩斯这般说道,马斯格雷夫茫然不解,然后福尔摩斯的面貌变作了莫里亚蒂教授。

"收手吧,福尔摩斯,否则你将死无葬身之地。"

此时此刻,马斯格雷夫意识到了那是幻象。

发生了迄今为止从未有过的异变。

马斯格雷夫从书房飞奔而出,映入他眼帘的是这样一副光景——无论是门厅、楼梯平台,还是通往旧宅的走廊,全都星星点点地伫立着莫里亚蒂教授的幻影。从福尔摩斯变成莫里亚蒂教授,再从莫里亚蒂教授变成福尔摩斯,它们一刻不停地改换着形态,吟诵着刚才在书房里的台词。

周围回响的幻影声化作了令人悚然的嘈杂声,仆人们的尖叫此起彼伏,赫尔斯通公馆正被幻影劫持。

在马斯格雷夫领主讲述着这个怪异的故事时,我们仿佛屏住了呼吸般默不作声。这一带的景象越来越脱离现实,漆黑的天空望不见一颗星星,赫尔斯通公馆发出了咆哮,像来自幽冥的灯笼般明灭不定。逃离公馆的仆人们在帐篷下互相依偎,忧心忡忡地守望着马斯格雷夫一家。

"华生医生。"雷金纳德·马斯格雷夫对我说,"福尔摩斯君托我把这封信转交给你。"

———◯———

致吾友华生:

为防万一,兹以此书托付马斯格雷夫,未及商议,务请见谅,实不愿君犯此孟浪之险，还望宽宥。

今已至此，即当相告，吾将诸案悉付艾德勒氏，宣告引退，皆为挑战"东之东厅"之故，只因尘事不断，其心难决。

今虽临"东之东厅"之扉，仍未绝远走南岛之念，然莫里亚蒂教授未可相弃，"东之东厅"之秘仍挂碍于心。虽或难免败绩，唯愿尽人事耳。

吾若不归，寺町通221B之事悉委于君，吾私财已罄，唯有铁皮匣中存有未遇君时之自作案卷，或可裨补新作。然未能拜读伦敦版《福尔摩斯谭》后续，不免抱憾，此绝非凡品，可居杰作。

就此拜辞，请代向玛丽、艾德勒氏及赫德森太太问候，吾心长与君同，念兹勿忘。

君之挚友

福尔摩斯敬上

———○———

我从信纸上仰起脸来，周围的人全都安静地注视着我。马斯格雷夫家族成员、艾琳·艾德勒，还有玛丽——噼啪作响的篝火令他们的脸庞分明地浮现在暮色之下。我抬头仰望赫尔斯通公馆，在妖冶之光笼罩下的宅邸里，依旧能够听到令人悚然的咆哮声。我于是下定了决心。

"我得去救福尔摩斯。"

"这也太鲁莽了，华生医生！"艾琳·艾德勒说，"要是连你也回不来又该怎么办……"

"现在之所以发生这种超出预想的异变,是因为福尔摩斯正在与莫里亚蒂教授战斗,试图把他带回来。他需要我这个搭档。"

就在此刻,我的心中弥漫着奇妙的自信。

无论是流传已久的马斯格雷夫家的"东之东厅"之谜、福尔摩斯从前年秋天开始的低迷状态,还是莫里亚蒂教授创造的名为"伦敦"的异世界,围绕着里奇伯勒夫人的心灵主义骚动,一切都在水面之下相系相连。

这些并非各自独立的事象,而是一个"非侦探小说式谜案",而我们现在正在逼近它的核心。

艾琳·艾德勒碰了碰玛丽的手臂。

"你觉得呢,玛丽?说点什么吧。"

玛丽凝视着我,篝火的火焰在她湿润的眼眸里翩跹舞动。

为什么非得你去,你只不过是福尔摩斯先生的记录员而已,你已经被那个人拖累得够呛了。他只身犯险,为什么非得你陪着他呢?玛丽的眼神似乎在诉说着这些。

然而,这些怨念并未付诸言语。

"一定要回来,我们约好了。"

言毕,玛丽紧紧地拥抱了我。

"我保证,玛丽。"我说,"我一定会回来的。"

第五章

夏洛克·福尔摩斯的凯旋

我的身体打了个激灵。

这是哪里？

我缓缓起身，环顾四周。

此处是堪比船舱的阁楼间。低矮倾斜的天花板，令人回忆起军医时代的简易床铺，还有带扶手椅的小小书桌、素朴简陋的壁炉……正面的天窗透进一丝微弱的光线。虽说如此，从烟灰斑斑的玻璃窗望出去的景观也实在谈不上心旷神怡。在石板铺就的内院前方，唯有四层的砖瓦房好似阴森的墙壁般并列于此。天空飘满煤烟，到处都是灰蒙蒙的。在床边的桌子上，一沓厚厚的手稿、墨水瓶、羽毛笔、吸墨纸、烟灰缸等物品芜杂地散布着。

我伸了个懒腰，然后重读了手稿的最末一页。

玛丽凝视着我，篝火的火焰在她湿润的眼眸里翩跹舞动。

为什么非得你去，你只不过是福尔摩斯先生的记录员而已，你已经被那个人拖累得够呛了。他只身犯险，为什么非得你陪着他呢？玛丽的眼神似乎在诉说着这些。

然而，这些怨念并未付诸言语。

"一定要回来，我们约好了。"

言毕，玛丽紧紧地拥抱了我。

"我保证，玛丽。"我说，"我一定会回来的。"

《夏洛克·福尔摩斯的凯旋》第四章就此结束。

自小说写作陷入瓶颈已经过去了整整一周。一方面是因为不知下文当如何展开，另一方面也是因为无论如何都会想起玛丽。每当重读那个场面，便似能重温玛丽的温度，不由得心头一紧。

就在我凝视着稿纸之际，外边传来了敲门声。

"华生医生在吗？"

房东温柔的声音传了过来。

"在吗？我是里奇伯勒。"

我从椅子上站起身来，穿过房间，打开了正对走廊的门。里奇伯勒夫人那张又大又白的脸探了进来。

"打扰到您了吗？"

"哪里哪里，没有的事，里奇伯勒夫人。"

"华生医生，做事太过投入对身体不太好哦。我也不是多管闲事，以前住在这个房间的学生，就因为成天对着书桌才会变傻的，您应该适当放松才是。"

"我正好打算出去散散心。"我回答道，"请问有什么事吗？"

里奇伯勒夫人的来意是邀请我参加她今晚举办的降灵会。

这间出租公寓的房东是心灵主义者的虔诚信徒，她时常把灵媒邀请至自家一楼举行降灵会。据说她接触心灵主义的机缘是丈夫和妹妹的死。

除去心灵主义爱好，里奇伯勒夫人是个无可挑剔的房东。她气度高雅，会照顾人，房租也很良心。之所以劝诱我去参加降灵会，只不过是因为想把心灵上的安宁分给可怜的房客罢了。我无意进行无谓的争辩，便说了声"那我去露个脸吧"，里奇伯勒夫人露出了灿烂的微笑。

"期待着您的到来，这将是一场精彩的聚会。"

言毕，里奇伯勒夫人兴冲冲地走下了楼梯。

我掩上门，走向窗边的桌子。全身上下都传来疼痛，肚子也饿得不行，继续坐在书桌前似乎也不大可能续写《夏洛克·福尔摩斯的凯旋》。正如刚才里奇伯勒夫人说的那样，我最好先出门散散心。

于是我换好了外出服，下了楼梯，从出租公寓的大门走了出去。

在铺着石板的小小内院里，邻家的孩子们正在玩踢石子。他们的笑语萦绕在黄色的砖墙上，远方传来了手摇风琴的乐音。

———◯———

大英博物馆旁的街道一隅有一家小餐厅。

我推开伸缩门走了进去，中午的热闹已经杳无踪迹，昏暗的店内空空荡荡，角落的座位上坐着一群商人模样的男人，他们正用低沉忧郁的声音讨论世态。我坐在往常的座位上，点了羊肉派和咖啡，即便在此用餐，也没有人向我投以关注的目光。

约翰·H. 华生已从世人的视野中淡出许久。

曾风靡一时的《福尔摩斯冒险谭》的作者，名侦探夏洛克·福尔摩斯的搭档兼传记作者居然住在布鲁姆伯利的阁楼间，在廉价餐厅的一隅啃着油腻的羊肉派，有谁能想到这样的光景呢？即便是偶尔找我闲聊的店主，也只把我当作"坐吃山空的三流作家"。

但事实上，如今的我甚至连当"三流作家"的资格都没有了。

在过去的半年里，我一直在撰写发表无望的《夏洛克·福尔摩斯的凯旋》。福尔摩斯的死忠读者不可能接受这样一部荒诞不经的小说，因此出版社也无意把它推向世间。加之这部小说的创作已完全陷入了死胡同。

维多利亚朝京都的约翰·H. 华生为了拯救夏洛克·福尔摩斯，闯入了马斯格雷夫家的"东之东厅"。而"东之东厅"究竟为何？"那一头"又是怎样的世界,我却全然想不起来,只觉得茫然无措。事到如今,连我自己也不知道为何会如此痴迷地创作这样一部小说了。

吃完饭后,我走出餐厅,沿着通往托特纳姆法院路的小巷缓缓行进。被煤烟熏黑的砖墙切割出来的逼仄天空依旧阴郁而朦胧。流浪儿童们紧贴在糖果店的橱窗前,我一走近,他们便满脸嫌恶地一哄而散。

从那条巷子转到托特纳姆法院路的拐角处有一家旧书店,每当我走过那里,总会升腾起一股怀旧之情。我在那家店门口停下脚步,看向了装满小说书的木桶。在伦敦大学就读医学院的时候,我唯一的乐趣就是从那些木桶里翻找均价小说,如痴如醉地埋头阅读。我从未有过如此沉溺阅读的时光,有时甚至会将原本拿来购买午饭的钱尽数花在买书上。作为名侦探福尔摩斯的"传记作者"所需的一切知识和技巧,可以说全都是从旧书店的木桶里淘来的。

就在我翻找旧书的时候,有人向我搭话道:

"打扰一下,请问您是华生医生吗?"

对方裹着黑色的男式长礼服,头戴礼帽,是位留着胡须、相貌俊美的青年绅士。

"我们在哪儿见过吗?"我问。

"威斯敏斯特的圣詹姆斯教堂。"青年说,"在公开朗读会上见过一面。"

"哦,这样啊,那可真是感激不尽。"

我轻轻地点了点头,随后步履匆忙地向牛津街走去。

然而青年似乎兴致很高,两眼放光地跟了上来。

"见到您真是太荣幸了。我们全家都是《福尔摩斯冒险谭》的铁杆粉丝。《海滨杂志》上刊登的短篇我全部一篇不落地拜读过,《血字的研究》和《四签名》也都买了。请问新作什么时候出？"

"不会再有新作了，我已经不再是福尔摩斯的搭档了。"

虽然对他回以冷脸有些于心不忍，可我还是打心底里感到厌烦。我和福尔摩斯分道扬镳已经将近一年。事到如今，我再也不愿被拖回那个时候。我加快了脚步，但青年显然是个极其狂热的读者，一口一个"可是""华生先生"，哀求着追了上来。

"这么说来，您不知道昨天发生的爆炸案吗？"

"爆炸案？"我回头看向青年，"怎么回事？"

青年没有答话，而是指向了牛津街的拐角处，那里有个摇着铃铛卖报的小摊，摊位上贴着一张纸，上面写着"夏洛克·福尔摩斯氏遭遇袭击"。我赶紧买了份报纸，当街展读起来。

"昨日下午二时许，著名侦探夏洛克·福尔摩斯先生家宅忽而轰鸣大作，午后之贝克街一时骚然。幸宅主夫人外出，免于劫难。苏格兰场雷斯垂德警部接受本报采访时言，此实是直指福尔摩斯先生之未遂刺杀，现场虽未遗尸骸，然福尔摩斯先生至今仍下落不明，其安危甚为可忧。"

就在我盯着报纸的时候，青年同情似的问了一句：

"华生先生，您是真的不知道吗？"

久违的贝克街乍看之下一如往昔。

熟悉的烟草铺、理发店和白色石灰墙的住宅依旧矗立于此，街道的北端依稀可以望见摄政公园的绿意，表面上平和依旧。

然而，当我站在221B的门口时，昨天的爆炸案留下的刺目伤疤历历可见。那扇曾将福尔摩斯的剪影投射在百叶窗帘上的二楼窗户被炸得稀碎，人行道的铺路石上闪烁着粉碎的玻璃碎片。我按响门铃，赫德森太太为我开了门。

"你好，赫德森太太，好久不见。"

"华生医生！"

有那么一阵子，赫德森太太屏息凝视着我。

就这样过了片刻，她眼里噙满了泪水。

"玛丽小姐真是太可怜了。"她说，"为什么一直不过来露个脸呢？福尔摩斯先生一定也很担心您。"

"抱歉，让你担心了。"我拉起赫德森太太的手，"我在报纸上看到了，这边也出大事了吧？"

二楼的福尔摩斯房间如今一片狼藉，面向贝克街的窗户已经被炸成了碎片，寒风肆意灌入室内，房间角落堆满了残破的桌椅，原本悬挂在墙上的肖像画和照片无一幸免地四散碎裂，化学实验器具也化为一堆残滓。曾与福尔摩斯朝夕相处、成为诸多冒险起点的房间，如今已不复旧貌。

"就在我刚好从外边回来的时候……"

当时赫德森太太采购完毕，正沿着贝克街往回走，午后的街道上猝然传来了轰鸣，从221B的窗户里可以望见滚滚浓烟。在街上来往的行人纷纷呆立不动，惊叫声此起彼伏。赫德森太太一时间陷入茫然，就这样过了片刻，她忽然想到了福尔摩斯，于是跟跟跄跄地跑了起来。天花板下粉尘飞舞，楼梯上白烟弥漫，什么都看不见。她呼唤着福尔摩斯的名字，正待冲上楼梯，随即被闻声赶来的巡警拦了下来。

"福尔摩斯先生不在，真是不幸中的万幸。"

我从焦黑的地毯上拾起了福尔摩斯钟爱的斯特拉迪瓦里小提琴碎片。

贝克街221B爆炸案——从此刻福尔摩斯所面临的危险，可以窥见一个前所未有、强大且充满恶意的"敌手"的存在。

"福尔摩斯那家伙好像惹上了相当危险的对手。"

"真是太可怕了。"

"那他现在在哪儿？"

"福尔摩斯先生已经很久都没有回来了。"赫德森太太不安地说，"希望他不要有事。"

在这样的房间是没法喝茶的，于是我们去了一楼赫德森太太的客厅。这是一间很有赫德森太太个人风格的古朴客厅，透过悬挂在窗户上的蕾丝窗帘，可以隐约窥见贝克街上熙熙攘攘的人群。我坐在带花纹的长沙发上，品尝着红茶和烤饼。

"在这种地方恐怕过不了安稳日子吧。"

我建议她在福尔摩斯搞定案子之前暂时离开贝克街，可是赫德森太太摇了摇头，她似乎觉得在夏洛克·福尔摩斯平安归来之前，守护这间221B是上天赋予她的使命。

仔细想想，赫德森太太也算是与众不同的房东。

这世上再也没有比夏洛克·福尔摩斯更麻烦的房客了。他的生活极不规律，情绪大起大落，而且是个非常懒散的人。登门拜访的人络绎不绝，其中还包括来历不明的无赖汉和流浪儿童。倘若是普通的房东，想必早就终止合同，将福尔摩斯扫地出门了吧。要是没有赫德森太太那种近乎异常的耐心，福尔摩斯的生活和职业根本就无从维系。听我这么一说，赫德森太太流露出些许自豪之色，可是她的表情依然阴沉。

"福尔摩斯先生被那桩'案子'缠上了。"

"案子？什么案子？"

"不清楚，总之好像是件非常棘手的案子。"

大约六个月前，福尔摩斯就极少接手新案子，特别是过去的三个月里，甚至闭门谢客，将委托人尽数拒之门外。尽管如此，福尔摩斯的工作量却越来越大，几乎没有睡觉的时间。有时吞云吐雾陷入沉思，有时突然出门数日不归。当他终于回来的时候，每每拖着疲惫的身体爬上楼梯，回到自己的房间，又沉溺在思考之中。

赫德森太太似乎也模糊地知道，福尔摩斯在致力解决一桩极其难解、费心劳神的案子。

"然后是大约两周前的事了。"

深夜，赫德森太太似乎听到了什么动静，她举着灯从卧室里出来，发觉福尔摩斯正蹲在昏暗的楼梯中间。看来他是深夜回家，本想回到自己房间，却在途中耗尽了气力。赫德森太太赶忙上楼扶起了福尔摩斯，当她在灯光下看到福尔摩斯的脸时，不由得吓了一跳。只见福尔摩斯那瘦削的脸上血色尽褪，看起来就像个垂死的老人。

"赫德森太太，"福尔摩斯用微弱的声音说，"能给我拿点水和面包吗？"

赫德森太太急急忙忙地回到楼下，端来了满满一杯水，还有一盘面包和冷肉。福尔摩斯坐在楼梯上，咕嘟咕嘟地喝水，像饿鬼一样狼吞虎咽地吃着东西。看到他这副模样，赫德森太太不禁悲从中来。为什么名侦探夏洛克·福尔摩斯这号人物非得把自己逼到这等境地？究竟是怎么样的案子，需要如此不顾一切地调查？

"福尔摩斯先生，你不能继续下去了。"赫德森太太劝说道，"马上给自己放个假吧。"

"这是不可能的，赫德森太太，我可没时间休假。"福尔摩斯疲惫地说，"就在我们讲话的时候，敌人也在逐步推进着计划，哪怕有一天耽搁，迄今为止的辛劳都将付诸东流。听好了，赫德森太太，如今我对抗的敌人才是邪恶的根源。只要能打倒他，哪怕豁出性命，我也在所不惜。"

赫德森太太设法说服福尔摩斯上床睡觉。第二天早晨她上楼一看，床铺已经空了，此后福尔摩斯便再也没有回来，赫德森太太的不安也越来越强，总感觉早晚会出大事，这般不祥的预感在昨天的爆炸案中得到了证实。

"我感觉今后再也见不到福尔摩斯先生了。"

"赫德森太太，先别担心，我们已经和危险的罪犯交手过无数次了，他一定能成功脱险的。"

"我觉得这回与以往不太一样。"

赫德森太太的心里似乎藏着什么事，可她缄默不语，我也就不便询问。

我喝了口已经变凉的茶，望向窗外的贝克街。展现于此的是一如既往的枯燥光景，然而福尔摩斯正在踏入隐藏于这般日常景象背后的世界，走进伦敦迷宫般的幕后，猎捕可怖的敌人。在我躲进阁楼做那些无聊妄想的时间里，他大抵也一直在孤军奋战吧。

"为什么不早点过来呢？"赫德森太太突然责备似的说道，"我不知想过多少次，要是华生医生在他身边就好了。"

我低头凝视着茶杯的杯底。

"不，赫德森太太，对福尔摩斯而言，办案就是一切，只要有谜可解就够了。但我和他不同，我有我自己的人生，我不会再受福尔摩斯的拖累了。"

"既然这样，为什么要特地来找他呢？"

被她这样一问，我哑口无言。要是不愿被拖累，本该不去管福尔摩斯的事。然而，当我在牛津街读到爆炸案的报道后，还是按捺不住自己，迫不及待地赶到贝克街。

我在内心暗自害怕——再这样下去，我不仅会失去玛丽，甚至会失去福尔摩斯。

"福尔摩斯先生需要华生医生。"赫德森太太说道，"没有华生，就没有福尔摩斯。"

———◯———

"你真不打算离开贝克街吗？"

临别之际，我又向赫德森太太问了这个问题，她微笑着摇了摇头，按她的说法，要是福尔摩斯回来的时候没人迎接，那也太可怜了。

"再见，华生医生。"

"再见，赫德森太太，你也务必小心。"

当我穿出贝克街的人潮时，赫德森太太仍伫立在门前的铺路石上，久久地目送着我。只要我们能像过去一样重归于好，一切都会向好的方向发展，她似乎对此深信不疑，看着兄弟俩因吵架而决裂的老母亲或许也是一样的心情吧。

之后，我一直在海德公园散步，直到夜幕落下。

公园里是一大片绿意盎然的草坪，茂密的栗树和榆树好似神秘的小岛般散落四周，人们各自享受着黄昏的时光。

即便是和玛丽完婚并在肯斯顿开设诊所之后，当福尔摩斯发来电报召唤我前去贝克街时，我也经常穿过这个公园。彼时我是多么意气风发。一想到即将与福尔摩斯并肩冒险，内心就激动不已。我深信这才是我生存的意义。

赫德森太太可能并不知道，仅有那么一次，福尔摩斯曾邀请我说："你想不想回贝克街？"

那是半年前的暮秋，玛丽葬礼的日子。

在葬礼结束，参加之人都踏上归途之后，福尔摩斯和我在墓地边走边谈。自哈利街的专科医生做出诊断之后，我便再也没有去过贝克街，因此这是我和他半年来的首次对话。那是寒冷的一天，烟雾般的细雨笼罩四周，墓地尽头的落叶树林宛如剪影画般浮现其上。

"虽说不是现在……"

福尔摩斯先是这样开场，然后问我愿不愿意回到贝克街。

然而，自玛丽亡故的那天起，我的世界便面目全非了。世界中心破了一个大洞，即便回到贝克街，那个洞也不可能堵上。就连回到贝克街的想法，于我而言都是不能容忍的。

我以福尔摩斯"传记作者"的身份，热情高涨地往来于贝克街的那段时间，正是藏匿于玛丽胸中的恶魔悄悄滋长的时候。曾让我着迷的东西都变得如此可憎——推理、冒险、侦探小说，还有夏洛克·福尔摩斯。

"我不再是你的搭档了，福尔摩斯。"

我将福尔摩斯一个人留在墓地，自己回到了雨中的教堂。

"请原谅我，华生。"福尔摩斯的声音迫迫而至，"我不知道该怎么救你。"

从那天起，我再也没有见过福尔摩斯。

没有华生就没有福尔摩斯——唯有赫德森太太一厢情愿地相信着。

我们断绝关系以后，福尔摩斯仍出色地完成了工作。传闻在去年年末，他接受法国政府的委托前往欧陆[1]。即便失去了"约翰·H.华生"这一搭档，福尔摩斯作为名侦探的工作方式并无任何改变。如今的他确实在和强大的敌人作战，而对于他这样的人而言，这般处境才是生存的意义。

夏洛克·福尔摩斯总是在寻求有价值的案子——与名侦探之身相符的疑案、与自身旗鼓相当的犯罪者，以及充满艺术感的美丽谜题……由于这般渴望过于强烈，乃至于他一直期待着能有一个雄心壮志的天才罪犯降临世间。尽管对善良的普通市民而言恐怕难以接受，但这才是夏洛克·福尔摩斯。

"福尔摩斯会做得很好，他不需要我的帮助。"

望着夕阳西下的美丽公园，我这样对自己说道。

绕着蛇形湖转了一圈，我返回了牛津街。西边的天际燃烧着夕阳的余焰，无论是宽阔的草坪、新绿的树丛，还是绿地周围的高层住宅，一切都染上了浴血般的色彩。牛津街上挤满了匆匆回家的人和马车。

我怀着忧郁的心情，走进了牛津街上纷纷攘攘的尘嚣中。

大抵是心事过重的缘故，我时不时跟行人撞上。向北穿过街道的

---

[1] 欧陆即欧洲大陆，一般不包括英国。——编注

时候，甚至差点和出租马车相撞，由此招来了车夫的叱骂。我踉踉跄跄地走在道路上，当目光游移在道路对面时，蓦然瞥见了一个人的身影。只见他伫立在布拉德利烟草铺的屋檐下，两眼直勾勾地看着这边，夕阳照耀下的脸庞明暗判然。他正是刚才在旧书店前跟我打招呼的那个俊美青年。

就在这时，一辆公共马车奔驰而过，当马车经过时，青年的身影一眨眼便消失不见了。

那究竟是什么？虽说不像是见了鬼，但某种奇妙的印象仍残留在了心间。

从牛津街拐进小巷，街上的繁闹就渐行渐远，屋宅所在的谷地早已沉入了苍蓝的暮色之中。

―――――◯―――――

回到住处，门厅里的煤气灯正炯然地放着光。

里奇伯勒夫人的降灵会定于晚上九点开始。我想暂时回阁楼歇息片刻，于是爬上了昏暗的楼梯。刚走到三楼的时候，听到脚步声的卡特莱特打开了门。

"华生医生，晚上好。"他向我打招呼说。

"呀，好早啊，你已经从汉普斯特德回来了吗？"

"毕竟晚上有降灵会。"

他一边说着，一边摆出了煞有介事的表情。

卡特莱特是二十出头的年轻画家，他怀揣为伦敦画坛吹入新风的雄心壮志，从已故的父亲那里继承了绘画教师的工作。每逢周末，他都会去伦敦郊外，探望在那里居住的母亲和妹妹。刚搬来这间出租公寓时，通过里奇伯勒夫人的介绍，我很快就和这位好青年熟络起来。咕嘟咕嘟地灌着寡淡如水的红茶，彻夜倾听他的绘画论是我唯一的消遣。

"华生医生今晚也会参加吧？"

"要是不偶尔露个面，里奇伯勒夫人也太可怜了。我对心灵主义没什么兴趣，也不像你那么热情。"

卡特莱特尴尬地咳嗽了一声。

事实上，我非常怀疑卡特莱特的目的是否真在心灵主义上，我们初识之际，他和我差不多，对心灵主义抱持着怀疑的态度。但自从里奇伯勒夫人开始痴迷那位名为瑞秋的年轻灵媒，这位青年便突然改变了态度，开始热衷于参加降灵会。每当我稍稍暗示这事，卡特莱特就变得支支吾吾起来。

"你可以来我房间坐坐吗？"

"好。"

"我刚好完成了一幅新肖像画。"

卡特莱特快活地说着，然后把我请进了他的房间。

在满是简陋家具和画材的凌乱房间里，到处弥漫着颜料的气味。从玻璃窗透出的微光将室内晕染成了浅青色。卡特莱特从房间的一隅拿出了一幅完成的肖像画，将其倚在了房间中央的画架上。

"感觉如何，华生医生？"

画布上所绘的是一位初老的男性。

他身穿漆黑的男式长礼服，拿着礼帽的手背在身后。眼睛瞪着右斜前方，渗透出冷酷气质的薄唇紧紧抿着，肩周和胸口都显得很单薄，后背严重驼曲，但由于目光犀利，丝毫没有孱弱之感。他的身上散发出即将扑咬对手的野性，突出的额头夹杂着蓝白之色，令人感受到深邃的知性。

"这是莫里亚蒂教授吧？"

"还不错吧？"

莫里亚蒂教授是时常登门拜访里奇伯勒夫人的人物。

据说里奇伯勒夫人的亡夫曾经关照过他，但具体情况不太清楚，他惯于摇晃他那苍白的脸，好似欲飞身扑咬一般紧盯着对方，是个让人不寒而栗的人物。在里奇伯勒夫人的引荐下，莫里亚蒂教授像是透露什么重大机密似的，曾附在我耳边低语道："我也是侦探小说的爱好者哦。"他声称读过我创作的每一篇《福尔摩斯冒险谭》。然而诡异的印象总是挥之不去，我怎么都无法对他产生亲切感。

卡特莱特一边看着画像，一边扬扬得意地说：

"他一定会喜欢的。据说莫里亚蒂教授在各界都很有影响力，说不定我能抓住出人头地的机会。运气来了。"

"这么说来，你打算回绝约克郡的工作了？"

那是卡特莱特从他的学生父母那里得到的工作机会。

工作的具体内容是去约克郡的大地主家里当住宿画师，为两个女儿教授水彩画，顺便整理编目宅邸内的美术收藏。有自己的房间，不愁吃住，薪水也高。而且对于卡特莱特这样的年轻人来说，接触名家画作本身就是一种学习。

我劝他一定要去，可卡特莱特却迟迟不愿把推荐信寄给对方，总是磨磨叽叽地干等着。

"那确实是个好工作。可我一旦去了约克郡，就没法仰仗莫里亚蒂教授的帮助了。"

"我不建议你这样做。你没必要依靠莫里亚蒂教授，为什么不肯相信自己的力量呢？"

"你是说你是完全凭借自己的力量成功的吗？"

"不，我是不敢这么说……"

"瞧吧。"

卡特莱特快活地笑了。

"为了出人头地，我什么都可以利用哦。"

我心怀莫名的不安，又将目光移回了肖像画上。

这号人物肯定有什么蹊跷之处，我想。每当在这个出租公寓见到他，都有种面对着没有内在的空洞傀儡的感觉。尽管如此，在创作《夏洛克·福尔摩斯的凯旋》之时，我为何要给莫里亚蒂教授安排如此重要的角色——福尔摩斯的同居者，连我自己也弄不清楚。

"他确实是个怪人，不仅有着惊人的财富，在社会各界也有着不为人知的影响力。为何这样的人物会选择遁世隐居，悄无声息地过日子呢？我去他家拜访的时候，那里总是冷冷清清，几乎没有什么访客。"

"总感觉背后有什么隐情。"

"或许是因为莫里亚蒂教授太伟大了，对他而言，世俗之人所做的一切都形同儿戏。从宇宙尽头到人类的内心深处，莫里亚蒂教授的洞察力无所不及。他可以计算一切，大概是全伦敦最伟大的人。应该被视作现代的亚里士多德。"

看得出来，卡斯莱特似乎已经完全迷上了他。

━━━━◯━━━━

当晚九点，当我离开阁楼走下楼梯时，卡特莱特正在门厅和瑞秋小姐交谈，煤气灯的光线映照出了软帽包裹下的苍白而精巧的脸庞，她怯生生地抬起眼睛望向了我。

"晚上好。"她轻声轻气地说道。

我和这位灵媒少女曾有过数面之缘。

瑞秋是大奥蒙德街的一家杂货店店主的女儿，成为广为人知的灵媒是近半年的事，其实在此之前，她那不可思议的能力在邻里之间早已传得沸沸扬扬。她的父亲是个虔诚且保守的人，对这类传闻很是反感，但随着杂货店的主顾也日渐成了她的支持者，他似乎不得不默许了。

支撑着她名声的，正是像里奇伯勒夫人这样的普通市民。瑞秋小姐在他们的邀请下巡回邻家，在茶室里举办降灵会。她从不索求任何报酬，这也是她深得信赖的缘由。

"晚上好，今晚我也参加。"

当我打招呼时，她似乎有些尴尬地低下了头。

"请别抱太大期待，我也不确定能不能成功。"

她总是一副不甚自信的样子，倘若是老道的灵媒，理应更沉着自信才对。然而瑞秋总是给人以对自身的不可思议之力心怀不安的印象。从更深层的角度，或许她所展现出的谦逊态度正是为了获取作为灵媒的信用而采取的策略。

当我们来到里奇伯勒夫人的房间时，她快活地把我们迎了进去。客厅的大餐桌上放着一个烛台，里奇伯勒夫人一边倒茶，一边询问：

"对了，卡特莱特先生，那份家庭教师的工作您应该已经接下了吧？"

"这个嘛……"卡特莱特清了清嗓子，"老实说，我还在犹豫。"

"哎呀！难道您不是为了这事才去汉普斯特德的吗？"里奇伯勒夫人甚为夸张地瞪大了眼睛，"您还想犹豫到什么时候？能住漂亮的豪宅，与高贵的人结交，还能精进画技……这不全都是好事吗？这样的差事可不多见啊。"

"就算这么说，可我现在的工作总算做顺手了，哪怕条件再好，我也不忍心抛下我的学生们。再说了，要是我去了约克郡，家母和家妹又该怎么办？"

"您母亲怎么说呢？"

"她说随我高兴就好。"

正在里奇伯勒夫人和卡特莱特为赴任约克郡的事情争执不下时，瑞秋一直默默地低着头，只是偶尔用担心的眼神朝卡特莱特瞥上一眼。而卡特莱特这边也显然注意到了，唯有里奇伯勒夫人不曾发觉这两个青年之间的无声交流。

卡特莱特挺直腰板清了清嗓子。

"总而言之，我现在不想离开伦敦。"

听到这话，瑞秋似乎悄悄松了口气。

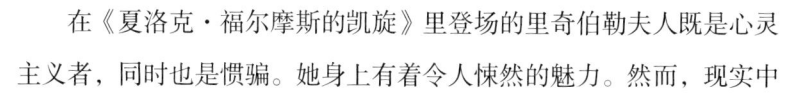

在《夏洛克·福尔摩斯的凯旋》里登场的里奇伯勒夫人既是心灵主义者，同时也是惯骗。她身上有着令人悚然的魅力。然而，现实中的里奇伯勒夫人虽然有些爱管闲事，却是个心地善良的房东。

里奇伯勒夫人之对心灵主义的崇奉始于丈夫和妹妹的死。就在她悲痛欲绝之际，在一名房客的邀请下去了降灵会。据说她在降灵会上通过与丈夫和妹妹的灵魂沟通，终于找回了内心的安宁。她之所以邀请我们参加降灵会，正是因为自身曾为心灵主义所救。虽说我自己不信奉心灵主义，却也并不否认它对某些人而言是一种支撑。

里奇伯勒夫人拉上窗帘，熄掉煤气灯。客厅登时笼罩在一片昏暗中。安置于圆桌中央的烛台上跃动的火光，照亮了围坐在桌边的参与者们的面孔。

我们遵循里奇伯勒夫人的指示，把双臂放在桌面上，与坐在两旁的人互牵着手。我的左手边是卡特莱特，右边是里奇伯勒夫人。

"好，开始吧。"

里奇伯勒夫人语气庄重地宣告。

灵媒少女闭眼俯首，开始念诵祷词。

一段时间里，我们默默地听着瑞秋的声音，里奇伯勒夫人用满是期待的眼神看着少女，一旁的卡特莱特也是满脸严肃。

瑞秋的头越压越低，祈祷声也越来越小。

在我之前参加过的降灵会上，出现了自称是里奇伯勒夫人的妹妹和卡特莱特的伯祖的灵魂，那些灵魂通过少女口中讲出的话，不过是任何人都能说的寻常之言，无法让我相信心灵主义。即便如此，我也不打算就此断言瑞秋是在故意欺骗，这位少女大概比其他人更容易受到自我暗示吧。

又过了片刻，瑞秋缓缓抬起头来，在摇曳的烛光中，她的脸上已没了先前的不安，反倒流露出妖冶的神色。只见她闭着眼睛，将脸转向了桌对面的我。

"华生先生，"她平静地说，"有个灵魂想跟你谈谈。"

围坐在桌边的众人自然而然地将视线聚集到了我身上。

就在我沉默不语之际，里奇伯勒夫人问道：

"那是怎样的灵魂？"

"是一个年轻女人。"

"她叫什么名字。"

"是玛丽小姐。她说她是华生的妻子。"

当瑞秋提及妻子的名字时，我登时生出一阵恶心的感觉。

如此生疏的少女不可能了解我的过去，也就是说，是里奇伯勒夫人或卡特莱特事先把消息透露给了她。我感到了对死者的亵渎，情不自禁地站起身来。就在那一瞬，卡特莱特伸出了手，紧紧抓住我的左臂，我的胳膊感觉就像被铁钳紧紧钳住一样。

"请坐回去，华生医生。"里奇伯勒夫人说，"搬到这间出租公寓以来，你一直很痛苦，你害怕面对玛丽的灵魂。"

灵媒少女在桌对面向我呼吁道：

"为什么害怕我呢？约翰，请听听我的声音。"

我一阵哆嗦，好似背上被浇了一盆冷水。

和刚才相比，她的声音好似换了个人，就像是从遥远黑暗的荒野尽头传来的声音。房间里的空气霎时冷如深冬。里奇伯勒夫人严肃地低下了头，卡特莱特也猛然放开了我的左臂。我踉踉跄跄地往后退去，几乎喘不上气。

"原谅我，玛丽，我真是愚不可及。"

"为什么这么说呢？"

"我是丈夫，也是医生，可我却没能救你。"

我的脑海中浮现出那位请来出诊的哈利街专科医生的严肃面孔。他诊完玛丽的病，从卧室出来时说"为什么拖了这么久"，诊断结果是奔马痨，一侧的肺已经彻底失能，另一侧也有了病灶。当他说出余命三个月的诊断结果时，我陷入了极度的恐惧，仿佛脚下突然冒出了一个黑洞。

"喂，亲爱的，你能不能稍微克制一下和福尔摩斯先生出去办案呢？"

记得在诊断结果出来之前，玛丽曾说过这样的话。

"你这么忙，会撑不住的。"

"没事的，玛丽，我的腿脚好使得很。"

彼时，名侦探夏洛克·福尔摩斯的名声正值巅峰。

不仅是英国国内，连来自欧罗巴洲大陆各地的有趣案子也纷纷涌入贝克街221B。在《海滨杂志》上连载的案件记录获得了读者大众的狂热支持。福尔摩斯正在展开一系列精彩的冒险，而华生作为他的"传记作者"，又怎能悠闲地休息？每当福尔摩斯拍来电报，我都会立即赶赴贝克街，前往案发现场，经常忙到深夜时分才回到家。肯斯顿诊所的经营也变得一团糟。

这样的生活早晚会出问题的吧。

无法否认，这样的念头曾掠过我的脑海。

然而，万万没想到的是，决定性的破灭会以妻子患病的形式降临到我身上。

玛丽去世前的半年里，我再也没有靠近贝克街，而是全身心地照顾妻子，与以往喧哗狂欢的日子不同，每一天都过得平静安稳。玛丽并没有责怪我，两人相依为命的时候，她甚至看起来很幸福。我诅咒自己之前的愚蠢，但一切都为时已晚。

玛丽的灵魂隔着桌子向我说话。

"我对你并无怨恨。和福尔摩斯先生的工作是你生活的意义，为我们牵线的人也是他。从一开始，我就无权把你从他身边拉走。"

我背过身去，逃离了里奇伯勒夫人的客厅。

"华生医生！"卡特莱特的声音追了过来，可我并没有停下脚步，快步穿过亮着煤气灯的门厅，急匆匆地奔上了昏暗的楼梯。

冲进阁楼之后，我背靠着门大口喘气。

———◯———

出现于里奇伯勒夫人的降灵会上的玛丽之灵，唤醒了我一直试图逃避的回忆。在此之前，我从未相信过心灵现象，但自瑞秋之口传出的灵界的玛丽之声，彻底地击垮了我。

我像忍受痛苦般在黑暗中紧闭着眼睛，就这样过了良久。

咚咚。

我听到了细小的声音。

像是有什么东西在敲打着玻璃窗。

我慢慢靠近窗边的桌前，划亮火柴点燃油灯。那个声音确乎是从覆着窗帘的窗户背面传来的。我拉开窗帘，满是污垢的玻璃上映出了自己的脸庞。而福尔摩斯的脸以重影的形式浮现在了眼前。

一瞬间，我吓了一跳，而福尔摩斯正一边敲着窗玻璃，一边小声让我开窗，他看起来并不是幻觉。

我急忙打开天窗，福尔摩斯滑了进来。

"福尔摩斯！你来这里干什么？"

"我是来把你带回现实的。"

说着，福尔摩斯从窗边的桌子跃到了地板上，身手敏捷地穿过阁楼。他把耳朵贴在门上，全神贯注地听着走廊上的声音。

"你在做什么？"

"现在的我可是被通缉的人，小心一点总没有错。"

福尔摩斯从大衣口袋里摸出一支烟，凑近桌上的煤油灯点着了火，呼地吹出了一口烟气。

我坐在床边，福尔摩斯坐在木椅上。

福尔摩斯面颊枯瘦，唯有双眼目光炯炯，想必他正如赫德森太太忧虑的那样，每天都在与"此生最大之敌"的作战中消耗着精神。

"福尔摩斯，你的脸色好差。"

"我睡不好，不管怎么睡，都会做一个奇怪的梦。"

他所说的梦境乃是瑞士或者某处的巨大瀑布，耳畔水声隆隆，周遭水花蒙蒙。福尔摩斯好似中了魅惑一般，被悬崖峭壁吸引。远处的瀑布激烈地翻腾着泡沫。整个世界仿佛朝着深渊永恒崩落。就在这时，一个漆黑的影子自背后悄然靠近，将福尔摩斯推入了瀑布下方的水潭中。

"总是做一模一样的梦，真是烦人。"

"你好像被逼得很紧。"

"没办法，谁叫办了多年的案子迎来了紧要关头。"福尔摩斯说，"要是你想在这间阁楼里安静地度过余生，我当然没有阻止你的权利。尊重你的意志，不去打扰你，这才是作为朋友最理想的态度。但现状已经不允许我说这种话了。"

"什么意思？"

我刚说完，福尔摩斯便探出身子问道：

"你认识莫里亚蒂教授吧？"

"就是那个里奇伯勒夫人的熟人吗？"我说，"他有时会来这间寄宿公寓。"

"这事我从来没告诉过你。"福尔摩斯对我说道,"多年以前,我就意识到发生在伦敦的许多罪案的背后,都有某种力量在起作用。是某个有组织的力量在协助那些恶人犯案,保护他们免于司法的追究。

"这股神秘力量运作得如此精细巧妙,没有留下一丝证据。我只能将零星的痕迹拼凑在一起,做出模糊的推测,因此我也没法告诉你。我曾不止一次怀疑这可能只是我自己的妄想,但终究还是没法放手。与其说是正义感,倒不如说是更接近才智的好奇心。这个怪异的犯罪团体究竟出自谁手,又是如何建立的,我无论如何都想知道。

"然而,即便凭借我的实力,也难以揭开那个犯罪组织的全貌。明明似乎出自某人的意图,但要是仔细调查,一切又像是偶然的恶作剧。简直就如同伦敦的中心打开了一个漆黑的洞,无论怎样努力追寻线索,最终都会被吸入那个虚无缥缈的洞里。无论怎么凝视黑暗,也找不出潜伏者的身影。直到去年秋天,我终于抵达了谜团的核心,那就是莫里亚蒂教授。"

"莫里亚蒂教授就是犯罪组织的头目?"

"当然。"

"不会吧!他只是个退休的大学教授而已。"

"每个人都是这样想的,倒不如说绝大多数人甚至连莫里亚蒂教授的名字都没听过,这点才是最可怕的。在我把雷斯垂德牵扯进来之前,就连苏格兰场也从未怀疑过莫里亚蒂教授。要是连我都没注意到,今后恐怕也会永远如此,最后只剩下几十桩解决不了的悬案。这个秘密将永远被埋葬在黑暗中。

"事到如今我还是难以想象,发生在这个大都市里的有预谋的犯罪中,大约有一半都是同一个人策划的。

"莫里亚蒂教授就像一只邪恶的蜘蛛，坐镇于巢穴中心，其蛛丝遍布整个伦敦。说是犯罪，他自己连一根手指都不动，只是在蓓尔美尔街的自家书房里拟订计划，余下的就是操纵别人。当然了，他手下有无数爪牙。只要莫里亚蒂教授心念一动，这些爪牙立刻就会实施犯罪，比如偷盗文件，或者让一个人消失。而他的那些爪牙也只不过是零零散散的棋子，真正掌握全局、操纵一切的就只有莫里亚蒂教授一人。

"对莫里亚蒂教授而言，人类本身是可以计算的。他能像演算方程式那样操纵所有人。正因为如此，他的组织才能掌控每一个角落，就像生命体一样流畅地运作，能够实施任何犯罪。简而言之，这就是一台完美的机器，唯一目的就是实现他的意图。那样的组织是他凭借一己之力创建的。我甚至感到敬畏，像他这样的罪犯可谓空前绝后。莫里亚蒂教授是岿然不动的中心，每个人都被他玩弄于股掌之间。"

福尔摩斯的语气中渗透出某种令我毛骨悚然的物事。

"福尔摩斯先生被那桩'案子'缠上了。"

我想起了在贝克街听到的赫德森太太的话。

"这话听起来像是在称赞莫里亚蒂教授。"

"我终于找到了一个值得全身心对抗的对手。"福尔摩斯露出了微笑，"他是犯罪界的拿破仑，我真想向他的才能致敬。"

据说在这半年间，福尔摩斯为了将莫里亚蒂教授逮捕归案，使出了浑身解数。他还取得了苏格兰场的协助，在教授的身边张好了网。

"莫里亚蒂教授觉察到自身陷入了危险，正拼死追寻我的行踪，你也知道贝克街221B被炸了吧？"

"今天下午去看过了，简直惨不忍睹。"

"赫德森太太真是太倒霉了。这两个星期，我一直躲在地下。因为无论如何都找不到我，莫里亚蒂教授很是恼火。我也想过干脆躲到欧陆去，直到他被逮捕为止，但这样也行不通。"

"为什么？"

"因为你，华生。"福尔摩斯说，"莫里亚蒂教授正在逼近你。"

———◯———

按福尔摩斯的说法，我一直被监视着。

"这才是莫里亚蒂教授经常出入这间出租公寓的原因。里奇伯勒夫人也好，卡特莱特也好，灵媒瑞秋也好，这些人全都是莫里亚蒂教授的手下。你今晚不是被邀请参加了里奇伯勒夫人的降灵会吗？"

"你是怎么知道的？"

"这种程度的事是可以想见的。"福尔摩斯说，"他们都是通灵诈骗团伙的成员，以假降灵会的手法操纵人心，为莫里亚蒂教授的组织做贡献。今晚的降灵会应该也精心布置过了，出现的应该是玛丽的灵魂，对吧？"

"那些全是演戏吗？！"

"难不成你真的相信玛丽的灵魂出现了吗？"

福尔摩斯抓住我的手臂，像是为我鼓劲般使劲摇晃着。

"振作点儿，华生。只要事先做好准备，任何人都能扮演玛丽的灵魂。你一直为玛丽之死的罪恶感所苦，他们便以假降灵会的方式来针对你的弱点。之所以这样做，当然是因为你是夏洛克·福尔摩斯的前搭档。我们为何分道扬镳，莫里亚蒂教授早就看得清清楚楚。他想利用你的哀怨和愤怒来控制你，将你化作对抗我的筹码。这就是教授的惯用伎俩。"

福尔摩斯站起身来走到壁炉边，把烟头扔进炉膛，然后背靠着壁炉架低下了头，看起来一副筋疲力尽的样子。

从窗户吹进来的风摇曳着我的煤油灯。

"我知道你怨恨我。"福尔摩斯平静地说，"所以你才写了《夏洛克·福尔摩斯的凯旋》吧。"

听到这话，我瞄了眼窗边的桌子，那里放着一沓厚厚的稿纸。

"你读过了？"

听我这样问，福尔摩斯点点头说了声"是"。

"我悄悄溜进来读过好几遍。"

福尔摩斯自壁炉架上直起了身子。

"《夏洛克·福尔摩斯的凯旋》是一部非常异样的侦探小说，跟你在《海滨杂志》上发表的案件记录全然不同。故事的舞台设在了名为维多利亚朝京都的异世界，但是我与你、赫德森太太、玛丽、艾琳·艾德勒，甚至是莫里亚蒂教授都有登场。我对你为何要写这样一部侦探小说产生了浓厚的兴趣，读着读着我就明白了，这是假装成侦探小说形式的另一种东西，你根本没有写侦探小说的打算，你的目标恰恰与之相反。"

福尔摩斯从壁炉走到这里，又坐回了椅子上。

"为了夺走夏洛克·福尔摩斯身为名侦探的力量，你才创造了维多利亚朝京都这个世界，对吧？福尔摩斯为何会身陷低迷呢？这是这个世界的原则本身，是个即便问了也毫无意义的问题。这是作者的意图，登场人物根本无计可施。因此根本不可能有什么夏洛克·福尔摩斯的凯旋，唯有福尔摩斯为低迷所苦，你才能和玛丽在维多利亚朝京都这个不朽王国里永远生活下去，难道不是吗？"

我连呼吸都忘了，唯有倾听福尔摩斯的声音。

福尔摩斯这般仔细地阅读我的小说，并热情洋溢地讲述，这还是头一次。他似怀抱着被逼至末路的罪犯般的悔恨，同时也像卸下重担般安心。我头一次觉得福尔摩斯真正理解了我。

"但是，事情并未如你所愿。"

福尔摩斯探出身子，双手撑在膝盖上，直勾勾地盯着我。

"无论维多利亚朝京都这个世界有多生动，它终究只是依你之愿创造的世界，仅是你逃避现实的手段而已。要是停下笔打量四周，你仍处在现代的伦敦。无论你在作品中的玛丽身上注入多少生命，现实中的玛丽也不会复活，没有比这更让人痛苦的事了。随着写作的推进，你将越来越无法忍受这样的自欺欺人。对于自身创造的这个名为维多利亚朝京都的世界，你在醉心的同时，也对其愈发憎恨。这般憎恨催生出了马斯格雷夫家的'东之东厅'这一悖谬的裂隙，最终导致了这部小说的瓦解。"

我在这间阁楼里茫然四顾。

这个曾让我眷恋的房间，如今看起来却全然不同。

靠窗的书桌，老旧的衣柜，放着粗陋茶具的圆桌，满是煤灰的壁炉……这些浮现在灯火之下的东西，看起来就像被冲上海滩的沉船货物般颜色尽褪。非但如此，房间的压抑感也让我大吃一惊，低矮的天花板向下倾斜，能称得上窗户的就只有一扇小小的天窗。即便如此，我仍毫不在意。那是因为在这个房间生活的半年里，我的心却活在另一个世界。把现实中的伦敦封闭于天窗的对侧，在"幕后迷宫"中徘徊的人正是我自己。

我站起身来走向书桌，拿起了那沓《夏洛克·福尔摩斯的凯旋》。

厚厚的稿纸分量，象征着我在这间阁楼里度过的半年时光的分量。在这沓稿纸中有维多利亚朝京都和寺町通221B，美丽的鸭川亦在此流淌。一想到河边的暮色，相伴同行的玛丽的身影就映入眼帘。妻子握着我的手，笑靥如花的脸颊被夕照染得通红。无论走到何处，我们都携手共进。

"回到贝克街吧，华生。"夏洛克·福尔摩斯说，"这是约翰·H.华生的凯旋，我们两个必须重新开始。"

直到这时，我才觉察到出租公寓寂静得有些异样，里奇伯勒夫人和卡特莱特在做什么呢？好似整间公寓都屏住了呼吸，在竖着耳朵倾听我们的对话。我看向了福尔摩斯，他的脸上也流露出紧张之色。

就在这时，外边传来了敲门声。

"华生医生？"

是里奇伯勒夫人的声音。

福尔摩斯站起身来，将手指贴在嘴唇上。

他靠近桌子，吹灭了煤油灯，然后身法轻快地跃到桌子上，轻轻推开屋顶的窗户。在这段时间里，里奇伯勒夫人仍执拗地敲着门。她的声音里渗满了忐忑和焦躁。

"华生医生，您在里边对吧？"她说，"请开门，我有非常重要的事情。"

福尔摩斯翻出天窗后，向我伸出了手。

"华生，你会跟我一起来的，对吧？"

我爬上窗户，跟着福尔摩斯一起爬到了外边。

窗外是并不陡峭的瓦片屋顶，砖瓦结构的烟囱高高突起。夜色清冷，朦胧的月光投射下来。我扶着窗框向阁楼间望去，感觉自己仿佛来到了世界之外。就在这时，里奇伯勒夫人打开门走了进来，一看到我站在窗外，便惊呼："你在做什么！"

福尔摩斯匍匐着爬上了屋顶。

"别摔下去了，华生！"

我紧随他爬上了屋顶，阁楼里传出喧闹声——啪嗒啪嗒来回走动的声音，踢翻椅子的声音，以及"去哪儿了""外边"的紧张喊声。然后是卡特莱特从窗口探出身子，高喊着"华生医生！"的呼声。

"请回来！莫里亚蒂教授在等你！"

我不管不顾地向前奔去，青年画家骂了声"可恶"，然后高声吹起了哨子。庭院里摇曳着提灯的灯光，"在那里"的怒吼和急促的足音回响不休，似乎是莫里亚蒂的手下们在公寓附近待命。

福尔摩斯和我在屋顶疾驱，在屋顶之间跳跃。

"这样一来，我们倒像是罪犯了！"我高喊道，"为什么不立即逮捕莫里亚蒂？"

"这也是迫不得已啊。"福尔摩斯轻飘飘地说，"哪怕逮捕了莫里亚蒂，他的手下也会像小蜘蛛一样四散逃走。这样就没法在法庭上指证莫里亚蒂教授有罪了。无论如何都要把整个组织连根拔起。"

"照这样下去，被连根拔起的就是我们了，福尔摩斯！"

眼前是建得层层叠叠的伦敦后街。透出灯光的小窗，船甲板一样的晾衣台，错综复杂的屋顶和无数烟囱……这些东西看起来就似精美的影画，给人以蕴藏着神秘之谜的感觉。

福尔摩斯指向了左手的方向。

"这边，华生！"

我们滑下倾斜的屋顶，跃到了隔壁建筑的屋顶上。

微弱的月光照亮了晾衣台和烟囱。我们踏上屋顶角落的楼梯，蹑手蹑脚地走了下去。居民们似乎都已进入梦乡。一楼是一间旧货店，遍布尘埃的破烂堆放在没有铺装的地面上。面向道路的玻璃门透进了煤气灯的光亮，依稀照亮了爬满裂纹的三面镜梳妆台，还有过时的衣柜和书桌。我们压低身子，在旧家具间穿行。福尔摩斯抓起了一把立在甲胄旁的锈剑。

就在这时，一群追兵经过了玻璃门的前方。

其中一人把额头抵在玻璃门上，目光犀利地环顾店内，福尔摩斯抱着剑趴在黑暗的地上，我则躲在了衣柜后边。我们屏息躲藏了一会儿，就在感觉对方准备放弃离开的时候，店铺深处突然射出了一道耀眼的光芒，一个店主模样的老人举着提灯，用嘶哑的声音喊道："谁在那里？"

四个男人当即踢破玻璃门闯了进来。

老人抛下提灯，向屋内逃去。

福尔摩斯从地上一跃而起，挥动生锈的剑，当场击倒了两人。

我推倒了衣柜，趁着敌人畏惧的瞬间，使出浑身解数猛力一撞，对方倒在了地上，被坍塌的旧家具埋没了。

失去同伙的最后一人连滚带爬地跑出了旧货店，大喊着："他们在这儿！"巷子的另一头传来了杂沓不稳的脚步声。

福尔摩斯和我不顾一切地冲进了俨如黑暗迷宫的后街。

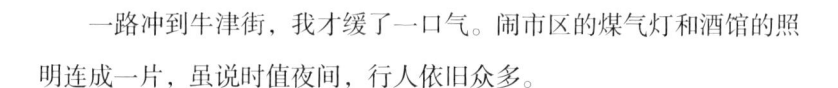

———◯———

一路冲到牛津街，我才缓了一口气。闹市区的煤气灯和酒馆的照明连成一片，虽说时值夜间，行人依旧众多。

福尔摩斯吹了声口哨，拦下了一辆出租马车。

"去苏格兰场！"

马车立即沿着牛津街向西疾驰而去。

随着马车的颠簸，与福尔摩斯相遇以来的冒险岁月如走马灯般在脑海中流过。一八八一年，我九死一生地从阿富汗回来，流落在伦敦时的不安之情至今仍难忘怀。被冷雨打湿的街道处处流露出阴沉，车站前往来不休的人们个个疲惫不堪，又有谁会在意我这个因为枪伤和伤寒而沦为废人的军医呢？在这个被煤烟污染的大都市里，我根本不知道今后该如何生活。

与福尔摩斯的相遇改变了这一切。

遇到福尔摩斯之前的伦敦，与开启了贝克街221B生活之后的伦敦，完全是两个不同的世界。前者是一个冰冷淡漠、缺乏人情、人地生疏的城市，后者则是一座奇迹之城，充满各式各样冒险的可能。

泰晤士河岸脏污的码头和拥挤的装卸区，迷宫般错综复杂的市区暗巷，夜幕中连绵不绝的煤气灯，以及剧院散场后挤满男女的喧嚣广场，这里的每一个场景都是一扇动人心魄的冒险之门。不知不觉中，灰色的伦敦已然化作了迷人而神秘的城市，就像哈伦·拉希德哈里发[1]变装徘徊的巴格达一样，福尔摩斯为伦敦施加了魔法。

马车驶向查令十字街，一路向南疾驰。

"莫里亚蒂教授也是时候偿还罪孽了。"福尔摩斯说，"到了下周，莫里亚蒂教授和其组织的党羽都将被一网打尽，本世纪最大的刑事审判即将开庭，数十桩悬案会被一齐解决，所有嫌疑人都将面临绞刑。"

---

[1] 阿拉伯阿巴斯王朝第五任哈里发，亦在《一千零一夜》中登场，其统治期间为巴格达的极盛时期。

"祝贺你，这可是大功一件啊，福尔摩斯。"

"当然了，直到最后一刻，我们都不能掉以轻心，莫里亚蒂教授正试图取走我的性命。事实上，我遭受了无数袭击。不过既然与他为敌，这点心理准备还是要有的。万一我有什么不测，也不会有任何问题，调查资料已经交给了苏格兰场的调查总部，雷斯垂德掌握了一切。"

回想起来，我们和雷斯垂德也打了很久的交道了。第一次见面是在劳瑞斯顿花园街，那件奇案即我以《血字的研究》为题刊载的案子。从那以后，我们和雷斯垂德在许多案发现场都见过面。

尽管福尔摩斯对雷斯垂德的推理能力多有贬损，却一直对他作为警察的诚实和坚韧赞誉有加。在与莫里亚蒂教授对决之际，福尔摩斯选择与雷斯垂德联手，正是出于对他的信任。

"我知道莫里亚蒂教授想要取你的性命。"我边思考边说，"可他为什么要控制我呢？就算把我笼络进了他的组织，也不见得有多少助益。老实说，我至今仍不敢相信里奇伯勒夫人和卡特莱特是莫里亚蒂教授的手下。"

"在很长的一段时间里，我一直在试图揭露莫里亚蒂教授的罪行。"福尔摩斯一边说着，一边盯着前方的马车。

"在这种情况下，你也知道我经常采用的办法，即站在罪犯的立场上思考，把自己当成莫里亚蒂教授，追溯他的思维。当然了，莫里亚蒂教授也在做同样的事。我能读懂莫里亚蒂教授的想法，莫里亚蒂教授也能读懂我的。没有人比莫里亚蒂教授更了解约翰·H.华生对夏洛克·福尔摩斯而言有多重要。"

听了福尔摩斯的话，我的胸中翻腾起了波澜。

"没有华生就没有福尔摩斯，是吗？"

"赫德森太太说得很对，没有华生就没有福尔摩斯。"福尔摩斯爽朗地说着，脸上露出了微笑。

"我向来心高气傲，一直深信这个世界若是侦探小说的话，主角非我莫属，而华生只应是忠实的记录员。但现在我才知道这是个不可挽回的错误，你有你的生活，有你爱的人，你不该为我牺牲。我对玛丽的事非常抱歉。这一年来，在与莫里亚蒂教授斗争的过程中，我发自内心地感到了孤独和痛苦。我无数次地想，要是有你在我身边，我该有多么安心。就凭这点，我也该对莫里亚蒂教授说声谢谢。"

清朗的夜风拂过我们的面颊，马车在夜晚的街道上奔走，穿过人车熙攘的特拉法尔加广场，来到了白厅壮丽的行政区。右手边是海军部和财政部的大楼，随着苏格兰场越来越近，福尔摩斯脸上的神色也逐渐紧张起来，大概是在思考即将展开的大追捕吧。

在街灯的映照下，福尔摩斯的眼睛好似少年般闪闪发光。

我们在苏格兰场门前下了马车，泰晤士河堤岸被浓雾笼罩，沿河连绵的煤气灯光自其间沁出，化作苍白的球体，潮湿的夜寒萦绕在身上。在威斯敏斯特桥的方向，国会大厦的钟塔黑压压地矗立于此。

我们快步穿过大门，向入口走去，宏伟的砖造大楼灯火通明，周遭包覆在浓雾之中，寂静无声。

福尔摩斯突然停下了脚步。

"有些奇怪。"

"怎么了？"

"太安静了，就像没有人一样。"

福尔摩斯所言非虚,虽然已经夜半更深,苏格兰场却包裹在一种过于异常的寂静中。走进入口,大厅和接待处全都空无一人,看不到值班警察的身影。福尔摩斯走近接待处的柜台,喊了声"有人吗",但他的声音只是在办公大厅高悬的天花板下徒劳地回响着。

我们沿着从大厅向右手边延伸的走廊前进,走上二楼。

可二楼的走廊同样静得让人心里发毛。灰色的门单调地排列在冰冷的石灰墙上。我们窥视着犯罪调查部办公室的内部,狭小的空间里摆放着古旧的柜子和桌子,显得逼仄无比。再往里则是悬挂着刑警名牌的办公室,虽然灯火辉煌,却没有半个人影,看起来就像是出现了什么可怕的东西,所有人都仓皇逃跑了一样。

最后,福尔摩斯在一扇门跟前停了下来。

"就是这里。"

说着,他推开了门。

刚踏进室内,我就被吓得呆立在原地。

调查总部黑漆漆的,几乎没有人影,就像来到了荒芜昏暗的原野。

空荡荡的房间中央仅有一张桌子,亮着一盏带绿色灯罩的灯。一个男人面朝我们坐在桌子跟前,双肘支在桌子上,双手捂脸,一副穷途末路的样子。

窗外,泰晤士河的雾气宛如噩梦般蠕动着。

"这究竟是怎么回事?"

我茫然地嘟哝了一声。

坐在桌子跟前的男人身体一震,把脸抬了起来。灯光下浮现出了雷斯垂德的面容。只见他面颊枯槁,胡子拉碴,好似死人般面无血色。笼罩在他脸上的是深重的绝望。

"华生医生，"他用几乎听不见的声音说道，"有什么事？"

我冲到了雷斯垂德的身边。

"你在做什么？调查总部怎么样了？"

"解散了。"

"什么？"

"我说解散了，调查终止了。"

雷斯垂德冷淡地说着，站起身来。离开灯光之后，他的轮廓化为一个黑影。我正待靠近，他却挥着手臂向后退去，就像要躲进房间的阴影里一样。

"那莫里亚蒂教授的罪行该怎么办？"

"莫里亚蒂教授的罪行？根本不存在这种东西。"

雷斯垂德像是吓破了胆般压低了声音。

"警察总监也好，内务大臣也好，全都是莫里亚蒂教授的走狗。那人就是英国政府本身，你要我怎么去逮捕这样的人呢？调查已经结束了，所有证据都已销毁。"

"雷斯垂德，你疯了吗！"

"疯狂的是这个世界。莫里亚蒂教授掌控了一切，四面八方都是他的走狗。他们时刻监视着我，我连同事都不能信任。就算要联系福尔摩斯，也不知道他躲到哪里去了。我孤立无援，与整个世界为敌，你要我怎么战斗？"

"你在说什么啊？福尔摩斯不就在这里吗？"

我回过头来，不禁愕然。

背后并无人影。

我感觉自己仿佛被推进了深渊。

"福尔摩斯？你在哪里？"

"华生医生，你在做梦吗？福尔摩斯先生两周前就消失了，应该早就逃到国外去了，要么就是沉进了泰晤士河的河底。"

"你在说什么蠢话！"

"当然了，这对你来说是不可接受的。可你不也很自私吗？当福尔摩斯拼死战斗的时候，你又在什么地方呢？事到如今请别出现在这里，说些自以为是的话。"

我盛怒之下推了他一把，雷斯垂德摇摇晃晃地坐倒在地。他悲伤地垂着头，迟迟没能站起，仿佛一具断了线的木偶。

调查本部的解散意味着逮捕莫里亚蒂教授一伙已变得不可能了。福尔摩斯的计划成了泡影，形势急转直下。我一边后退，一边呼喊福尔摩斯，可四周杳无回音。

我把雷斯垂德留在原地，冲出了调查本部，走廊上空空荡荡，到处都看不到福尔摩斯的身影，就好似他从一开始就不存在。

我一边呼喊着福尔摩斯的名字，一边在苏格兰场的大楼里徘徊。

当我空虚地回到门厅时，才意识到自己已经落入敌人之手，一大群刑警和身着制服的警察已经在此守候。

他们之中伫立着一个纤瘦的绅士。

"晚上好，华生医生。"

青年把手按在礼帽上，冲我点了点头。

看到那张俊美脸庞的瞬间，我意识到他就是今天下午在旧书店的门前声称"在公开朗读会上见过一面"的青年，同时也是黄昏时分站在牛津街烟草铺的前方凝望着我的青年。他大概是奉莫里亚蒂教授之命，一直在监视着我吧。青年打了个手势，警察们包围了我。

就在我茫然无措之际，青年人走了过来。

"莫里亚蒂教授托我送来这份邀请函。"

说着，他递出了一张卡片，那是一张厚实的纸，暗夜般的黑底上用白字写着"黑色盛典"，背面则是"皮卡迪利广场，克莱特利恩剧院"。今天夜里，莫里亚蒂教授组织的所有成员将初次聚首。

"为什么是我？"

"你是夏洛克·福尔摩斯的记录员。"青年人微笑着说，"你必须亲临现场，见证结局。"

——◯——

在神秘青年的催促下，我走出了苏格兰场的门厅。

周遭的雾气似乎愈加浓稠，泰晤士河对岸看起来就像是幽灵栖身的迷雾之国。当我们穿过大楼的正门时，一辆马车已在此等候。那是两匹马拉的豪华四轮轿马车，车内的灯光透过车窗射了出来。

"去克莱特利恩剧院。"

年轻人吩咐完车夫，便邀我进了马车。

当马车驶向皮卡迪利广场，奔驰在夜晚的街道上时，大本钟的钟声响彻了伦敦的大街小巷。本该耳熟的钟声今晚听起来却全然不同，仿佛自世界之外传来，蕴含着诡异而空洞的回音。

"我是来把你带回现实的。"

当夏洛克·福尔摩斯在阁楼现身时，他说了这样的话。

可我此刻所经历的真的是"现实"吗？苏格兰场已然屈服于莫里亚蒂教授的统率，夏洛克·福尔摩斯则如烟般突然消失，而我正坐在豪华马车上被带往"黑色盛典"。刚从"夏洛克·福尔摩斯的凯旋"

的梦中醒来，又迷失在更加离奇的噩梦深处。

坐在我对面的青年脱下了礼帽，摘掉胡须，取下发卡，一头金色的长发顺势散落下来。直到这一刻，我才意识到对方的本来面目。

"艾琳·艾德勒！"

"你还记得我吗？"

艾琳·艾德勒，我从未忘却过这个名字。

她是唯一击败福尔摩斯的女性，因此福尔摩斯总是满怀敬意地称她为"那位女士"。正因如此，我才让她在《夏洛克·福尔摩斯的凯旋》中作为福尔摩斯的对手登场。但在现实中见到她的面貌，就仅有"波希米亚丑闻"中的一次。没能看穿她的男装也是没办法的事。

艾琳·艾德勒慵懒地坐在对面的座位上。

被车内灯光照亮的苍白脸颊无比俏丽，只是这样的美丽让人联想到脆弱的人偶，似乎只要抓住双肩摇晃一下，就会碎裂开来。

"好久不见，华生医生。"

"我还以为你在欧陆过上了幸福的日子。"

"我就是打算让你们这样想。"她微笑着说，"还算成功吧？其实什么都没解决。波希米亚国王和福尔摩斯先生都认为问题已经解决了，这个女人会因为找到'真爱'而获得幸福，再也不会为他们带来麻烦。的确，戈弗雷先生是个有用的人，但他并不是好伴侣，我们彼此间也无情爱。我所寻求的并不是那种东西，爱情是用来逃避软弱的诡辩，我只想成为强大的人，不想听从任何人的摆布。"

"所以你就和莫里亚蒂教授联手了？"

"没错。"

她简略地应了一声，将目光投向了窗外。

四轮马车穿过特拉法尔加广场，驶入摄政街。

街道两侧建筑的每一扇窗上都悬挂着漆黑的旗帜。

这是庆贺莫里亚蒂教授胜利的旗帜——艾琳·艾德勒是这样说的。那些毛骨悚然的旗帜连绵不绝，似乎在引领我们赶赴在前方等候已久的"黑色盛典"。

"没有比莫里亚蒂教授更伟大的人了。"艾琳·艾德勒一边仰望着黑色旗帜，一边傲然地说，"对那个人而言，一切都可计算，世人皆是随心操纵的对象。唯一的例外就是夏洛克·福尔摩斯。只有他一个人试图阻挠莫里亚蒂教授的伟大计划，不断进行着徒劳的抵抗，但似乎根本不是对手。"

"胜负还没定吧。"

"那样的侦探，事到如今还能做什么呢？"艾琳·艾德勒愉快地放声大笑，"夏洛克·福尔摩斯的冒险已经结束了，这不正是你所期望的吗？你憎恨着福尔摩斯，对吧？这半年来，我们一直在监视着你，但你从未试图帮助福尔摩斯。华生医生，这是个明智的选择，因为名侦探福尔摩斯的时代已经终结，莫里亚蒂教授的时代到来了。他已经掌控了一切，如今的莫里亚蒂教授就是英国政府本身，但这只是计划的第一步。在今晚的最终演讲中，莫里亚蒂教授即将揭示他那伟大宏图的全貌。"

而后，四轮马车驶入了皮卡迪利广场。

虽然时值深夜，但节日般的喧嚣充斥着宽阔的广场，从四面八方涌来的马车前遮后拥，车夫们的吼声此起彼伏。这些马车载来的全是身着黑色晚礼服的人。

由于过于拥挤，我们的马车不得不围着克莱特利恩剧院在广场绕了一圈，很快就陷入了无路可走的境地。

"到这里就行了，之后步行过去吧。"

艾琳·艾德勒不耐烦地叫停了马车。

我们在消防站前下了车，穿过了被马车挤得水泄不通的广场，向克莱特利恩剧院走去。剧院的每一扇窗户都被灯光点亮，像魔法城堡一样熠熠生辉。灯火映照出了黑压压的人群，让人联想到聚集在方糖上的蚂蚁。他们一边欢笑，一边被依次吸入两侧插着黑色旗帜的入口。

"欢迎光临'黑色盛典'。"

艾琳·艾德勒这样说着，把我领进了剧院内部。

大厅铺满了红色地毯，枝形吊灯炫目的光辉倾泻而下。

右手边是弧形大楼梯，通往楼上看台的座位，左手边是一间高敞的酒吧，里边坐满了身穿晚礼服的男男女女。隔着如雾的烟气，喧嚷的笑声回荡不休。他们就这样一边享用美酒，一边等待莫里亚蒂教授的"最终演讲"。

我环顾着大厅里熙熙攘攘的人。

"这些人都是莫里亚蒂的手下吗？"

"嗯，没错。瞧，里奇伯勒夫人就在那里。"

我抬起头，顺着艾琳·艾德勒所指的方位看去。

我望见了一个身着黑色礼服的高大女性，她正和头戴礼帽的男人沿着宽大的楼梯往上行走。不多时，她爬上了楼梯，悠然地倚着扶手，俯瞰楼下的大厅。那确乎是里奇伯勒夫人，但并非我熟知的那个她，出租公寓热情女主人的模样已经荡然无存了。

此刻的里奇伯勒夫人举止自若,散发着著名灵媒特有的妖气。当她发现站在大厅的我时,浓妆艳抹的白色脸庞上流露出扬扬得意的笑容,仿佛在说"看吧,华生医生,我早料到会变成这样"。

站在里奇伯勒夫人身边的,乃是一个身材瘦削、难以取悦的男人。他和福尔摩斯差不多年纪,傲然昂首的姿势给人以本地贵族的印象。他与里奇伯勒夫人的搭配颇有些异样之感。

"那位是雷金纳德·马斯格雷夫。"正当我纳闷儿他到底是谁的时候,从身后传来了接话声,"他是苏塞克斯郡赫尔斯通庄园的领主,似乎是英格兰首屈一指的名门。"

我回过头去,只见卡特莱特和瑞秋站在那里。

"你们也来了吗?"

"那是当然。"卡特莱特笑道。

"今夜是值得纪念的夜晚。"瑞秋也微笑着说。

衣着精致的两人依偎在一起,宛若展示在橱窗里的一对漂亮人偶。他们的脸上毫无愧疚之色。

"居然从阁楼里逃出来,你可真是不要命啊。"卡特莱特笑道,"当时我还以为会出什么事呢,差点忘记你是从军队回来的,可真是个麻烦人物。反正你终究还是要投靠这边,那就没必要闹出这么大的乱子了嘛。"

"华生医生当时很混乱吧。"瑞秋安慰道,"毕竟他是福尔摩斯的前搭档。"

"大概是吧。"卡特莱特点了点头,"不管怎么说,倒戈是正确的选择。福尔摩斯对莫里亚蒂教授的伟大一无所知。传闻正是因为他的策动,使得教授的'计划'大大推迟了。没必要因为是前搭档的关系,就陪着那种蠢货自取灭亡。"

"不许侮辱福尔摩斯，卡特莱特！"我愤然道，"我可没打算成为罪犯的同伙。"

"哎呀！事到如今，你还在说这种话吗？"卡特莱特不解地说，"犯罪是对旧秩序的反叛。事到如今，莫里亚蒂教授赢得了胜利，新秩序取代了旧秩序，旧时代的犯罪行为将被颂扬为英雄之举。在这个地方，没有哪个人是'罪犯'。"

"只要听了莫里亚蒂教授的最终演讲，华生医生也会理解的吧。"瑞秋说，"莫里亚蒂教授统率英国，英国统率世界，这将是一个符合数理、和谐而美丽的世界。聚集在这个'黑色盛典'上的人们——我们，当然也有你，都将会君临顶峰。"

"没错，我们是被选中的人。"

卡特莱特一边说着，一边对瑞秋报以温柔的微笑。

我怀着绝望的心情看着眼前的这两个青年，他们似乎已经彻底相信了那些夸大妄想的言语。由于话不投机，我甚至开始觉得那是一对披着卡特莱特和瑞秋外皮的假人。那个因爱慕瑞秋而烦恼，为约克郡之行犹豫不决的纯朴青年画家究竟消失到哪里去了呢？仅仅数小时前的对话，感觉就像发生在遥远过去的往事。

"那你不打算去约克郡了吗？"

我问了一声，卡特莱特先是一愣，随后哈哈大笑起来。

"哦，你说的是那个家庭教师的事啊！事到如今，为什么我还要特地跑到约克郡去教乡下贵族的女儿们呢？从今往后一切都随我心愿，聚集在这间剧院的全是我等新时代的贵族。好了，先别管这些，让我把你介绍给我们的同伴吧，他们都在等候着华生医生到来呢。"

卡特莱特亲切地拍了拍我的肩膀，将我领到了酒吧。

就在这时，我才发觉艾琳·艾德勒已经不在了。环顾大厅，哪里都没看见她的身影。

"各位，约翰·华生医生已经到了！"

卡特莱特站在剧院酒吧的入口处高声宣告。

原本回响在高悬的天花板下的人声逐渐平息下来，不多时，现场响起了热烈的掌声。卡特莱特半推着我，在散布的桌子间走了起来。无论转向哪个方向，都有身穿黑色晚礼服的男女向我微笑。有人热情地上前握手，有人快活地吹着口哨，也有一些绅士亲昵地拍着我的肩膀。潮水般的掌声经久不息，反倒有越来越大的趋势，恍若回到了熟悉的同伴中间。正当我不知所措地被人潮推来挤去时，一个身材魁梧、商贾模样的红发男人映入了我的眼帘。

他正是"红发会"一案的委托人——加贝兹·威尔森先生。

待注意到这点后，我便在周围欢笑的人群中找到了许多有过因缘的故人面孔。一边欢笑一边抽着雪茄的乃是"银色马"一案的马主罗斯上校，同桌的还有"住院的病人"一案中的特里·威廉医生。在另一桌上，坐着"孤身骑车人"一案中的维奥莱特·史密斯小姐和"歪唇男人"一案中的圣克莱尔夫妇，还有一桌则是"第二块血迹"一案中的前首相倍棱格勋爵和候普勋爵。

感觉自己就像回到了熟人中间，这也是理所当然的，毕竟福尔摩斯曾经经手过的案件的相关人员全都齐聚于此。

"我听说了。华生医生，听说你大闹了一场。"

说话的是一个身着华服的男人，他身穿上等的晚礼服、洁白如雪的马甲，还有锃光瓦亮的漆皮鞋，这人正是圣西蒙勋爵。《夏洛克·

福尔摩斯的凯旋》中的场景浮现在脑海中。由于衣着光鲜,远远看去像个青年,但实际已年逾四十了。他的头发夹杂着白丝,若观察得仔细些,脸上的皮肤也呈现出与年龄相符的颜色。

"好吧,你的心情我也不是不能理解。"圣西蒙勋爵从容不迫地说,"夏洛克·福尔摩斯也有值得同情的地方。"

不停地浮现在我脑海中的,自然是福尔摩斯的身影。

他为何会在苏格兰场如烟雾般消失不见呢?难道是得知调查总部解散,意识到自己不敌莫里亚蒂教授才选择遁逃的吗?

又或者,他是暂时潜伏,在某处等待着翻盘的机会?

但倘使如此,他应该会留下一些话给我。可直到打开调查总部的那扇门前,我都没发觉任何征兆。他的行为是如此令人费解,以至于我疑心福尔摩斯是应我之愿产生的幻觉。

我茫然地走近靠里的吧台座位,那里有个独坐的男人,只见他托着脸,把手肘撑在吧台上,正笑眯眯地盯着我看,一副熟络的样子。我突然想起了对方的名字,不由得轻声叫道:

"斯坦弗!"

"你终于想起来了,华生。"

就读医学院时的好友向着我快活地举起了酒杯。

"话说人生真是奇妙,当初我遇见从阿富汗回来的你,不也是在这间克莱特利恩酒吧吗?当时的你一定很寂寞吧。那时我像这样拍了拍你的肩膀,把你高兴坏了吧?之后我把你带进了圣巴塞罗缪医院,把你引荐给了福尔摩斯。从那以后,你的人生可谓顺风顺水。换句话说，我正是你的大恩人。可《血字的研究》之后，你就再也没提到我一个字。"

我叹了口气，坐在了斯坦弗旁边。

"万万没想到，你竟然成了莫里亚蒂教授的手下。"

"嗯，经历了许多波折。"斯坦弗说，"我在赌桌上大败亏输，因为挪用公款之类的罪名被迫离开了原先的医院，正是莫里亚蒂教授收留了我。这里的人都是差不多的状况。红发的威尔森先生专门收购赃物，罗斯上校是操纵赛马比赛的主脑，维奥莱特·史密斯是个骗子，我们全都在莫里亚蒂教授手下工作。夏洛克·福尔摩斯的活跃让我们大为窘迫，不过好在已经可以跟这些忧虑说再见了。"

斯坦弗凑近我小声说道：

"看来你才是莫里亚蒂教授最中意的那个。"

"闭嘴！"

"为什么要说这种话呢？正因为如此，你才能来到这个地方啊。"斯坦弗笑道，"没有比你更坏的人了。你一直与夏洛克·福尔摩斯联手，吸饱了油水，却在最后关头投靠了莫里亚蒂教授，我不知道你是怎么讨好他的，不过你可真是个天才。"

我把手肘撑在吧台上，有苦难言地喝起了酒。斯坦弗说的全是谬论，可我连反驳他的气力都没有了。

"喂喂，你有什么好沮丧的？"斯坦弗拍了拍我的背，愉悦地笑了起来，"只不过是转了一圈又回到起点罢了。从现在开始就行。如今是莫里亚蒂教授的时代。那人简直太厉害了。我虽然不信神秘主义，但莫里亚蒂教授的力量已经超越了人类。他全然是世界中心，掌控着万事万物。我必须承认，那天我与你相遇，把你介绍给了夏洛克·福尔摩斯，这些可能都不是巧合，我有时甚至怀疑是教授在幕后操纵着一切。"

"你是说莫里亚蒂教授是神吗？"

"我可没这么说哦。"斯坦弗的嘴角流露出一丝狡黠的微笑，"可就算真是如此，我也不会感到惊讶。"

我将杯中的酒一饮而尽，回过头去环顾着那些身穿晚礼服的人。

不知什么时候，他们对我不再关注，而是回到了各自的交谈中。卡特莱特和瑞秋正在和红发威尔森先生愉快地交谈，烟气缭绕的另一头传来了开香槟的声音。当我凝神倾听着周围的喧嚣时，身处噩梦之中的感觉也越来越强烈。

假使真如斯坦弗说的那样，连我们在克莱特利恩酒吧的相遇也是莫里亚蒂教授一手策划的，那又如何呢？没有比这更加恐怖的想象了。倘使从一开始，这一切都注定要走向这凄凉的结局——

就在这时，我在欢声笑语的人群对面又看到了一张熟识的面孔。那人身穿黑色的朴素礼服，孤零零地坐在阴暗角落的桌子边上。

我起身离开吧台，开始向那边走去。

"喂，你要去哪儿？"斯坦弗呼唤着我。

而我并没有回头，而是目不转睛地盯着这人，从桌间穿行过去。我拨开那些欢笑着向我打招呼的人，无情地甩开试图握上来的手，一阵小小的骚动随之而起。就在此刻，我的目标抬起了头，下定决心似的朝我看了过来。那人是赫德森太太，贝克街221B的房东。

———◇———

该如何表达我在"黑色盛典"上找到她时的绝望呢？

贝克街221B这个地址对于我而言有着莫大的象征意义。这里是一切冒险启程之处，也是一切冒险终结之所，可谓世界中心。而那里几乎每时每刻都有赫德森太太的身影。没有赫德森太太的存在，夏洛克·福尔摩斯的生活和工作全都无以维系。因此，我在心底的某处始终深信，深信着唯有她绝对不会背叛福尔摩斯。

"你为什么会在这里？"我问赫德森太太，"你不是说要在贝克街等福尔摩斯回来吗？"

"再怎么等也没用了。"赫德森太太有气无力地说道，"福尔摩斯先生再也不会回贝克街了。"

她的脸上失却了一切表情，仿佛放弃了一切希望。

我一直相信只有你是我们这边的——我差点脱口而出，旋即闭上了嘴。我深知自己没资格说这种话。在福尔摩斯与莫里亚蒂教授角力的时候，我什么忙都没帮上，如今又有什么脸责怪赫德森太太。

我仿佛被抽空了气力，在她的身旁坐了下来。

从这张位于阴暗角落的桌子，可以清楚地望见酒吧里热络交谈的人们。

斯坦弗不再关注我，此刻正和身穿黑色礼服的维奥莱特谈得火热。卡特莱特他们正和别桌的人举杯言欢，证券经纪人派克罗夫特先生，银行行长霍尔德先生，考文特花园的批发商布莱肯里奇先生，水利工程师哈瑟利先生，这些全都是福尔摩斯曾经手的案件中打过交道的人物。若非事先知道他们是莫里亚蒂教授的手下，任谁都会以为这是一场其乐融融的聚会。

赫德森太太安静地坐在我的身旁，并没有加入这场骚动。她把瘦小的身躯挺得笔直，好似一尊雕像般纹丝不动，眼中满是深深的沮丧之情。我无法想象这个可爱的人会牵涉犯罪，她究竟染指了怎样的罪行，又为莫里亚蒂教授做了怎样的贡献，才受邀参加了这场"黑色盛典"的呢？

"福尔摩斯先生提到了华生医生。"赫德森太太说，"他很担心您。"

"我知道，我觉得对不起他。"

"但事实上，是福尔摩斯先生自己需要帮助。"赫德森太太盯着桌子，加重了语气，"虽然您不肯承认，但我再清楚不过了。没有华生，就没有福尔摩斯。所以我才一次又一次地劝他，让他去找你。可福尔摩斯先生怎么都不肯这么做。玛丽的过世对他而言也是莫大的打击，他说他总是担心华生不会原谅自己，说自己从未爱过别人，不知道该如何拯救华生。"

听到这悲痛的言语，我的眼中浮现出了肃立在细雨中的福尔摩斯的身影。

那天的事情至今仍深深地烙印在记忆里，玛丽葬礼的那天——那是无论如何都无法忘却的日子。被冰冷烟雨笼罩的墓地，泥土碰撞棺木的声响，祈祷的言语，阴郁的黑伞群。

但我怎么都想不起福尔摩斯道别时的表情。无论我怎么努力回忆，都只能隐约忆起浮现在冷雨纱幕之外寂寥伫立的远影。当时的我甚至没看他的脸。我无法原谅福尔摩斯，他为我的生活带来的一切，就似附在墓碑上的落叶一样，变得暗淡且令人厌恶。

但现在我知道错了，我真正无法原谅的是我自己，是我没能拯救玛丽。尽管如此，我却将一切责任尽数推到了福尔摩斯身上，毫不留情地甩开了他向我伸出的援手。

"福尔摩斯来找过我，赫德森太太。"

听我这么一说,她屏住呼吸看了过来。

"就在刚才我们还在一起。是福尔摩斯把我带出了那间阁楼,还说我们可以重新开始。是我错了,就像你说的那样,我应该早点回到贝克街。"

"您见过福尔摩斯先生?"赫德森太太叹了口气,"那真是太好了。"

"可是福尔摩斯突然就消失不见了。"我说,"我搞不懂发生了什么,他为什么要把我丢在这里。"

周遭的喧嚣声越来越大,众人的笑语回荡在镶有马赛克图案的高悬的天花板下方,就似异国的音乐一般嗡嗡作响,听不清一句有意义的话。唯有开香槟的声音此起彼伏,哄笑声不绝于耳。

那可恶的喧嚣声像棉花一样包裹着我,此刻起哄的那些人都在衷心祝贺莫里亚蒂教授的胜利。福尔摩斯确实是孤身一人,我想。自从被本应相伴左右的华生抛弃在那座墓地之后,福尔摩斯便与整个世界为敌,孑然无依地战斗至今。

赫德森太太轻轻地拍了拍我的胳膊。

"华生医生,"她叮嘱似的小声说道,"无论什么时候,您都要站在福尔摩斯先生这边。"

我讶异地回望着赫德森太太。她已将先前虚无的表情一扫而空,正用充满力量的眼神回望着我。我突然有了种感觉,仿佛自己并非置身于克莱特利恩剧院的酒吧,而是回到了贝克街221B。

我点了点头,赫德森太太开始讲述。

"我只是个房东,也不了解福尔摩斯先生工作的具体内容,但我

很清楚这绝非寻常的事情。每天都会有各式各样的委托人来访。福尔摩斯先生的生活方式也很糟糕，比方说做奇怪的实验招来消防马车，用手枪在墙上开洞……因此，当福尔摩斯先生三更半夜一声不吭地出去时，起初我并没有当回事，我只把这当成他的日常工作。

"直到我发觉他总是从后门离开，才开始觉得有些不对。每当我深更半夜从床上坐起身子，竖着耳朵仔细听，往往能听到有人缓缓地走下楼梯，然后向后门移动的声音。

"这样的情况出现了好多次，某天夜里，当我像往常一样听到脚步声时，终于鼓起勇气来到了走廊。我看到一个黑影从后门溜了出去，于是尾随着他来到后院，那里有个站在月光底下的老人。"

"老人？"

"嗯，是个穿着黑色大衣的老人。"赫德森太太环顾四周，压低了声音，"当我喊他的时候，他转过身来，我从没见过这么可怕的脸，简直就像恶魔一样！那张惨白的脸像毒蛇一样扭动，恶狠狠地盯着我。我吓得几乎喘不上气，瘫软地坐了下来。那人没说一句话，转身穿过后院，翻墙出去了。

"那人消失以后，我还瘫坐在地上动弹不得。那张面孔一直在我的脑海里挥之不去。那个老人究竟是什么人？他是出于什么目的出入这间房子的？无论如何，我得赶紧告知福尔摩斯先生。于是我急忙赶回屋内，爬上楼梯，前往福尔摩斯的卧室。可床上空无一人，福尔摩斯先生并不在那里。"

我倒吸了一口冷气，只觉得口干舌燥。

随着赫德森太太逐渐接近那令人战栗的真相，周围那些醉心于莫里亚蒂教授胜利的喧嚣声逐渐远去。

"这是从什么时候开始的?"

"应该是从去年秋天,玛丽小姐去世的时候开始的。"赫德森太太说道,"今年早些时候,福尔摩斯说他正在办重要的案子,总是一副忙得不可开交的样子。他开始频频在外边过夜。然而,每当福尔摩斯在贝克街221B住宿的时候,夜里我总能听到脚步声从楼梯上下来,接着他悄悄从后门出去,床铺上空无一人。翌日早上,福尔摩斯先生不知什么时候又回到了自己房间。福尔摩斯先生从没提起过这事,我也没勇气询问。一想到在后院看到的那个恶魔般的老人,我就觉得那是触碰不得的可怕秘密。"

这般不安的日子持续了一段时间,然后就在几天前,发生了那桩爆炸案。

前来调查爆炸现场的雷斯垂德劝她暂时移居别处,可赫德森太太并没有逃离,她认为守护221B是自己的使命。

话虽如此,这般不祥的预感挥之不去也是事实,或许夏洛克·福尔摩斯真的再也不会回来了。

"然后就是今天,华生医生回来之后的事。"

吃完晚饭后,赫德森太太正在客厅看书。

晚上七点刚过,她猛然抬起了头。后门打开,有人进入了贝克街221B,那人缓缓地踱过走廊,伴随着地板吱呀呀的响声走上楼梯。在这期间,赫德森太太一动不动,在昏暗中屏住了呼吸。

那脚步声走进了福尔摩斯的房间,然后四周陷入了沉寂。赫德森太太竖起耳朵静静地听着,但此后再无其他声响。于是赫德森太太站起身来,拿起了提灯。挂在客厅上的镜子映出了她的脸,那张脸惨白得如同亡者。

赫德森太太好似举驱魔符般举着提灯，慢慢走上二楼。

"福尔摩斯先生？"

她尝试呼唤，却没有得到任何回应。

贝克街221B从未如此陌生。赫德森太太裹着披肩的肩膀微微发颤。福尔摩斯的房门是开着的，当她战战兢兢地呆立在门口的时候，听到有人在里边呼唤着"赫德森太太"。

那是一个枯哑的老人声音。

"请到这边来，不必害怕。"

"您是哪位？"

"詹姆斯·莫里亚蒂教授，福尔摩斯先生的友人。"

赫德森太太举着煤油灯进了福尔摩斯的房间。

她觉得自己就像走进了狂风肆虐的荒野。因为窗玻璃被炸碎，寒冷的夜风灌了进来，朦胧的月光照亮了家具的残骸。赫德森太太的目光投向了如废屋般的房间深处，停留在了倚靠着冰冷壁炉的老人身上。

"抱歉擅自登门打扰，我只是想亲眼看看福尔摩斯先生居住过的房子。"

"这里什么都没留下。有人在这里安了炸弹。"

"这我当然知道。"莫里亚蒂教授微微一笑，"因为引爆这个房间的正是鄙人。"

赫德森太太屏息凝视着对方。

"原来是你，福尔摩斯先生在与你作战。"

"曾与我作战，应该用过去式吧。"莫里亚蒂教授笑道，"夏洛克·福尔摩斯的冒险已经结束了。他的战斗十分精彩，观看他战斗的场面对我而言也是才智上的乐趣。但无论他如何竭尽全力，这个世界上总会有一些无法解开的谜题。"

莫里亚蒂教授自壁炉边站起身，拄着手杖走了起来。

当微弱的月光照亮他身披黑色斗篷的身影时，赫德森太太骤然领悟了一个骇人的真相，被遗弃在月球背面的绝望吞噬了她。

夏洛克·福尔摩斯就是莫里亚蒂教授，莫里亚蒂教授就是夏洛克·福尔摩斯。但福尔摩斯本人并未意识到这点，他没有发觉自己一直在和自身殊死缠斗。

赫德森太太不顾一切地抓住了莫里亚蒂教授。

"福尔摩斯先生！"她拼命低语着，"你就是福尔摩斯先生，醒醒吧！"

然而莫里亚蒂教授犹如木偶一般，迫切的呼唤似乎并未进到他的耳里。当赫德森太太凝望着对方的眼睛时，被那宇宙般的空虚感震慑住了。她无法想象站在那里的是此世的人类。

"非常感谢，赫德森太太，我对您深表感谢。"

莫里亚蒂教授的声音仿佛自另一个世界传来，显得空虚无比。

"在这个世上，真正能够相信的并非神秘，并非情爱，也并非物质。唯一确定无疑的是，万物都将走向终点，一切即将回归永恒的黑暗。这才是颠扑不破的真理，这才是这个世界的本质，美丽得难以言喻。而我就是来终结这一切的。"

———〇———

赫德森太太讲述的时候，我们被隔绝在了喧嚣之外。

我们好似并不在金碧辉煌的克莱特利恩剧院，而是在贝克街221B 福尔摩斯的房间里。我能分明地想象出被炸毁的房间那荒废的景象——照亮家具残骸的月光，自破碎的窗户吹来的夜风，以及身披黑色斗篷孤独伫立的莫里亚蒂教授。我效法着赫德森太太，注视着莫里亚蒂教授空洞的眼睛。在眼睛的深处，存在着一片深渊，如同群星尽熄的宇宙。

"说完这话，那个人就出去了。"赫德森太太说道。"当时，他把这个递给了我。"

她将"黑色盛典"的请帖放在了桌子上

"原来是这么回事。"我喃喃道，"这下我全都明白了。"

夏洛克·福尔摩斯是史上最伟大的侦探，能与他分庭抗礼、步步进逼的敌人，除了福尔摩斯自己以外别无其他。他与莫里亚蒂教授展开的斗争，正是两个人格围绕着同一个肉体的殊死之战。

但我本该早早觉察到这个真相。

我让莫里亚蒂教授在《夏洛克·福尔摩斯的凯旋》中登场，他是福尔摩斯的新舍友，也同样饱受低迷的折磨，两人如影随形地相伴，然后双双被马斯格雷夫家的"东之东厅"吞噬。这是不是因为我在潜意识里发现他俩是同一个人呢？

贝克街 221B 被炸毁了，能让福尔摩斯回归自我的地方已不复存在。然而，在赫德森太太绝望的呼喊下，福尔摩斯的灵魂被唤醒了。

福尔摩斯将我从那个阁楼里带了出来，一定是他竭尽全力完成的"最后变身"，当他去了苏格兰场，不得不承认自己败给了莫里亚蒂教授时，这次的他才真正被剥夺了身体的主导权。

"再这样下去，事情就不可挽回了。"赫德森太太说道，"必须阻止福尔摩斯先生。"

我点了点头，赫德森太太安心地闭上了眼睛。

周遭的喧嚣又回归了。好似雪崩一般，身穿晚礼服的人从桌边纷纷起身，一边兴奋地低语，一边开始移动。莫里亚蒂教授的"最终演讲"似乎即将开场。

"喂，华生。"斯坦弗在远处冲我挥了挥手。

换好黑色礼服的艾琳·艾德勒飘然而至，她将手搭在我的胳膊上，说了声"我引你去座位"。这样的动作与其说是带路，倒不如说是防止我逃走。

艾琳·艾德勒把我领到了舞台正面的特等席。

舞台上空无一物，没有讲台，也没有椅子，唯有背衬黑天鹅绒幕布的一方空间，朦胧的光线投射在飞扬的尘土上。这片荒凉的空间透着诡异的气息，但场内并无一人在意。

就连剧院靠近天花板的观看席上，也挤满了参加"黑色盛典"的人。

他们犹如雀鸟般喳喳鸣叫，满怀期待地凝望着空荡荡的舞台。

一直隐藏于伦敦黑幕深处的真正统治者现身了，从参会者脸上的表情就能看出，他们全都自负是被莫里亚蒂教授选中的人。

卡特莱特和瑞秋坐在楼上的座位上，舞台右边的包厢中有马斯格雷夫领主的身影，一旁的里奇伯勒夫人优哉游哉地坐在旁边，拿着观剧望远镜看向前方。当她注意到我时，便冲着这边优雅地挥了挥手。

艾琳·艾德勒坐在我的旁边，在黑色晚礼服的包裹下，她的肤色显得愈加苍白，似超脱在剧院内火热的气氛之外。

"你跟赫德森太太说了什么？"

"没什么大不了的。"

"你们聊得真久。"艾琳·艾德勒盯着舞台说道，"要是你还在想福尔摩斯的事，我奉劝你早点放弃。他战胜莫里亚蒂教授的可能性还不到万分之一。"

剧院内的灯光暗了下去，柔软的天鹅绒般的黑暗逐渐笼罩在了观众席上，聊得热火朝天的参会者们纷纷恭敬地闭上了嘴。在越来越沉重的寂静中，我听到了艾琳·艾德勒喉咙里发出的轻鸣。

一轮满月映照在了黑天鹅绒的帷幕上。

不多时，垂下的幕布荡起一阵涟漪，一个驼背老人于灯光下现身。他头戴黑色礼帽，身披黑色斗篷，唯有一张毫无血色的严峻面孔悬浮在半空中，额头突出，疏发斑驳，冷酷的嘴唇紧紧抿着。

观众屏住呼吸，等待着"首领"的发言。

"从此处可以望见各式各样的面孔。"

让听众急迫地等待了片刻后，莫里亚蒂教授开始了讲话。

"诸位并不知道我的底细，而我对诸位了如指掌。科文特花园的商人，达特姆尔的马主，外交部的官员，家庭教师……在此世的每个角落，诸位都在为实现我的'计划'而努力奔走。我很感激你们的付出。此刻，我要掌控伦敦、英国，乃至全世界。今晚将诸位召集至剧院，正是为了宣布我的'计划'已经实现。"

莫里亚蒂教授顿了一顿，掌声响彻全场。

"我被要求透露'计划'的全貌。我是何人，意欲何为，要将诸位引至何方。但在回答这些疑问之前，首先必须向一位伟大人物致以哀悼。他是名扬天下的侦探，他拼死与我等缠斗，解开谜题是他的天命，因此他必须向我发出挑战。"

福尔摩斯，是福尔摩斯——观众之中响起了窃窃私语。

"与福尔摩斯先生的战斗，于我而言也是才智上的乐趣。"

莫里亚蒂教授继续说道。

"然而，无论福尔摩斯先生是多么优秀的侦探，我等组织的强大仍远超出他的想象。从一开始，即当他觉察到潜藏在黑暗深处的我时，福尔摩斯先生便全无胜算。穷途末路之际，福尔摩斯先生逃窜到了瑞士，可他无法接受屈辱的失败，于是纵身跃进了莱辛巴赫瀑布。从此刻开始，他再也无法阻挠我等。夏洛克·福尔摩斯的冒险已经彻底终结。"

莫里亚蒂教授自负地总结道，掌声再度响起。

我想起了午夜时分的贝克街221B，福尔摩斯自床上起身，面对着卧室的镜子。化完装后，镜子里映照出了莫里亚蒂教授的面孔。他披上黑色斗篷，缓缓走下楼梯，然后从贝克街221B的后门降临到伦敦的幕后，操纵他的手下们实施可怖的犯罪。

夏洛克·福尔摩斯沉溺解谜，唯有解决案件才是他生存的意义，亦是存在的理由。没有什么比安稳而无聊的日子更惹他厌烦。充满挑战的谜题、巧妙策划的犯罪、惊险刺激的冒险生活才是他始终追求的物事。莫里亚蒂教授完美地实现了他的心愿。莫里亚蒂教授正是福尔摩斯的创造物，是他自己培养出来的暗黑分身。

无论破解多少谜题，福尔摩斯都难以触及莫里亚蒂教授这个谜题核心，因为那正是他自己。正因为如此，他才会更加醉心于这个谜题，不得不探究到底。福尔摩斯越是接近莫里亚蒂教授的真实身份，莫里亚蒂教授就越会施展更多手段逃避追究。在这场无休无止的斗争中，制造谜题的犯罪机构变得愈加复杂，愈加庞大。不久，这个犯罪机构接管了苏格兰场，接管了英国政府。最终，一个名为莫里亚蒂教授的空虚分身将福尔摩斯推入了妄想的瀑布深潭之中。

"夏洛克·福尔摩斯并没有失败！"我站起来喊道，"你在说谎！"

艾琳·艾德勒攥住我的胳膊，冷冷地瞪了过来，全场的掌声变得稀稀落落，取而代之的是充满憎恨的低语和咋舌。填满剧院的众人的脸上纷纷浮现出显著的敌意。

"华生先生！"莫里亚蒂教授在台上高呼道，"这话是什么意思？"

"夏洛克·福尔摩斯还活着。"我说，"因为你就是福尔摩斯。"

剧院内的嘈杂声登时停了下来，四周一片沉寂。

"醒醒吧，福尔摩斯！'莫里亚蒂教授'根本不存在！"

当我这样呼唤他时，台上的莫里亚蒂教授的面孔纹丝不动，宛如一尊蜡像。被那双空洞的眼睛盯着，感觉就像往无底的洞窟里扔石头。我的言语真能传达给福尔摩斯吗？

莫里亚蒂教授露出了微笑。

"说完了？"他的语气似乎是在怜悯愚钝的学生，"看来被妄想囚禁的人是你。"

话音刚落，整个剧院被哄笑声填满。

在全场的嘲笑声中，我回过头来环顾四周。

填满观众席的男女老少，无论哪个人都是同样的面孔，仿佛戴着白色的面具。无论是真心崇拜莫里亚蒂教授，还是心怀畏惧，今晚云集于这间剧院的人们都不曾意识到自己卷入了福尔摩斯史诗般的独角戏中。讥嘲我的人群中，只有赫德森太太没有笑。她坐在二楼正面最靠前的位置，正祈祷般地握着双手，直直地凝视着我。

莫里亚蒂教授突然向场内宣告道：

"诸位，别这样笑。"

听到这话，听众骤然止住了哄笑。

"华生先生，"莫里亚蒂教授对我说道，"我很清楚你的感受，作为曾经在贝克街221B与福尔摩斯朝夕相处并担任他忠实的记录员的人，难以接受这个现实也是理所当然的。但这个结局不正是你暗中渴望的吗？你憎恨福尔摩斯，所以才写下了这样的文字吧？"

莫里亚蒂教授一边说着，一边拿出了《夏洛克·福尔摩斯的凯旋》。

"这半年来，我一直在监视着你。虽说因为妻子之死而决裂，可你毕竟是福尔摩斯的前搭档，关键时刻会成为宝贵的王牌。但你从未原谅过福尔摩斯，当福尔摩斯全力奋战的时候，你从未向他施以援手。我们是出于对夏洛克·福尔摩斯的憎恨而维系在一起的，我们是共犯。"

"我可不记得和你是什么共犯。"我说，"我不再憎恨夏洛克·福尔摩斯了。"

莫里亚蒂教授的脸骤然扭曲起来，仿佛在忍受疼痛。

但那只是一瞬间的事，他立即恢复了冷静的表情。随着黑斗篷的抖动，他将手臂用力一挥，《夏洛克·福尔摩斯的凯旋》的稿纸飘散在观众席上。众人纷纷欢呼着伸出手臂，抓起飘散在空中的稿纸，一张一张扯成碎屑。我的手稿化为无数废纸，被抛弃在剧院的地板上。

我正欲往前冲，但艾琳·艾德勒握住了我的手臂。

"你想做什么？"

"去救福尔摩斯。"

"这样做有什么意义？"艾琳·艾德勒讥嘲似的说，"他的真实身份现如今已经无关紧要了。对我们而言，唯一重要的就是他所拥有的力量。他说福尔摩斯已经死了……"艾琳·艾德勒突然停了下来，她疑惑地皱起眉头，嘴里喃喃道，"这是怎么回事？"

令人惊惧的隆隆声撼动着克莱特利恩剧院，这是从未体验过的感觉，仿佛远方有什么巨物正在轰然崩塌。剧院内一阵骚动，在观众席上，有人满脸不安地面面相觑，有人从扶手上探出了身子。

天花板上纷纷扬扬地飘落着粉尘，黑天鹅绒的帷幕似波浪般翻滚，周遭满溢着不安定的气氛，可台上的莫里亚蒂教授却显得波澜不惊，非但如此，他的脸上还浮现出满足的笑容。

"感谢诸位，衷心感谢你们。"莫里亚蒂教授缓缓地对听众说道，"由于诸位忠实的执行，我完成了被赋予的使命。我为终结这个世界而来。诸位深信自己是真实的人，过着真实的人生，但只不过是作者创造出来的傀儡。在以名侦探'夏洛克·福尔摩斯'为主角的小说中，诸位只是其中的配角。而现如今，夏洛克·福尔摩斯的冒险已经终结，诸位存在的理由也就消失了。说到底，这个世界本身就是为名侦探福尔摩斯而创造的虚构世界。

"此世伦敦，只是真实伦敦的幻影。"

莫里亚蒂教授这样说道，声音温柔得让人悚然。

就在莫里亚蒂教授对听众说话的时候，大地的鸣动声越来越大。

剧院外不断传来类似重炮轰击的声响，仿佛敌国的军队已经发动了进攻，伦敦即将沦陷。四面八方都传来刺耳的惨叫，有人开始逃跑。但莫里亚蒂教授仍不为所动，他脸上洋溢着喜悦之色，继续着他的演说，声音几欲被地鸣和哀号淹没。

"在这个世界上，真正可以信仰之物并非神明，并非情爱，更非物质。唯一可以确信的，就是一切将至终点，一切终将回归永恒的黑暗。此即真理，此即这个世界的本质，美得无以言说。我之所以来此，正是为了终结这一切……"

艾琳·艾德勒紧紧地抓着我的手臂。

"那人到底在说什么？"

她嘟囔着，脸因恐惧而扭曲。

就在此刻，巨大的晃动袭击了克莱特利恩剧院，自下而上的冲击令周围的人都弹了起来。

紧接着，整个剧院就像玩具屋一样左摇右晃。右手边的观众好似雪崩般落了下来。有那么一瞬，我仿佛听到了里奇伯勒夫人尖锐的呼号，但扬起的尘土似海啸般涌来，很快就什么都看不见了。这番剧变彻底点燃了恐慌，众人翻过座位，涌向通道，一心逃离剧院。已经没人再回头关注台上的那个"首领"了。

我甩开艾琳·艾德勒的手臂，走向面前的舞台。

"福尔摩斯！"

我的呼喊被场内的叫声淹没了。

艰难地爬上舞台后，我朝莫里亚蒂教授扑了过去。

在如此近的距离看过去，那苍白得有如蛇类的脸色和老人特有的深刻皱纹，全都是精巧的伪装。抵抗我的力量顽强无比，绝不似那种学究气质的老人。扭打了一阵之后，我被一股骇人的力量推开，但我的手也抓住了对方的白发。扯脱的假发之下，露出了一头凌乱的黑发。

站在那里的无疑就是夏洛克·福尔摩斯。

然而，他看起来并未恢复自我。

"我是作者的代理！"莫里亚蒂教授怒瞪着我，低吼般地说道，"随着自己创造的虚构名侦探获得了前所未有的人气，作者开始憎恨福尔摩斯。只因一个微不足道的机缘创造了这位名侦探，导致自己未能得到应有的评价。世人的兴趣仿佛全在夏洛克·福尔摩斯身上，只将作者当成福尔摩斯的忠实记录者……这完全是本末倒置，是不可饶恕的背叛。作者想要与可憎的福尔摩斯一刀两断，将自己从'侦探小说'的桎梏中解放出来。为了实现这个目的，作者将我这个存在派遣到了这个世界。"

"福尔摩斯，醒醒！"我大喊道，"你是被妄想附身了！"

"妄想？那你打算如何解释现在发生的一切？"他张开双臂问道，"你是说我在使用超能力吗？"

我摇摇晃晃地试图站起，能感觉到脚下在逐渐倾斜，好似在被巨人簸弄，整个剧院摇摇欲坠。

众人连逃跑都做不到，只能满身尘土地互相推搡。彼处只有被恐惧驱使的混乱。无论是卡特莱特、瑞秋、赫德森太太，还是艾琳·艾德勒，都已经不知去向。他们全被滚滚的尘土和汹涌的人流吞没了。

"福尔摩斯是一个傲慢的男人。"莫里亚蒂教授说道，"他自以为能凭一己之力破解所有谜案，却不知道这个世界只不过是'侦探小说'，一切都是作者安排的剧本。而当他被自身的创造者憎恨时，福尔摩斯的命运也就走到了尽头。"

言毕，黑色的斗篷一翻，莫里亚蒂教授冲进了舞台侧边的黑暗中。

———◯———

当我追逐着莫里亚蒂教授跑进舞台边幕时，剧院的凄厉惨叫被垂落的黑色幕布遮挡，就这样逐渐远去。周围暗淡无光。

"福尔摩斯！你在哪里？"

我摸索着走向舞台边幕的深处。

好似身处被暴风雨摇晃的船舱中，周围不断传来物品摩擦的声音，以及某些东西崩塌的声音。黑漆漆的布景板般的街道朦胧而妖异地浮现出来。此处似乎堆满了剧院的大型道具，扶手椅、书桌、壁炉、百叶窗、门、马车坐席、纸糊的砖墙……每当剧院向一侧倾斜，这些东西就会崩塌滚落，犹如变幻不休的迷宫阻挡了我的去路。

此世伦敦，只是真实伦敦的幻影。

莫里亚蒂教授的话脱离了常轨。

任谁也不会相信这个世界本身就是侦探小说，而我们是小说中登场的人物。如果说夏洛克·福尔摩斯被莫里亚蒂教授的妄想附身，我只能认为这位莫里亚蒂教授恐怕被更离奇的妄想附身了。

但倘使这一切都仅仅是他个人的妄想，那么与"黑色盛典"相呼应的灾祸预兆又是什么呢？假如这个世界是为夏洛克·福尔摩斯而创作的侦探小说，那我又缘何在此？难不成我的人生本身就是虚无缥缈的假想吗？无论是与福尔摩斯那激动人心的冒险，还是与玛丽悲伤哀恸的离别……

当我终于穿过舞台边幕，一条涂满灰泥的狭窄通道向前延伸，墙壁和天花板都爬满了裂痕，粉尘簌簌落下，电灯忽明忽暗，仿佛随时都会熄灭。沿着通道走了片刻，左手边出现了一个楼梯口，就在它的前方，有一朵灰色的花朵模样的东西掉在地上，我捡起来一看，那是被揉成一团的稿纸。

在闪烁不定的电灯下，我的目光掠过了那段文章。

冷冽晴朗的天空闪耀着异国器皿般的琉璃色。河边的风景也带着一抹沉入水底的幽蓝。左手边是延伸到远方的荒凉河堤，右手边是黑暗的河面和对岸的下鸭街市的赫赫灯火。周遭一片寂静，没有半个人影。许久没看到如此美丽的世界了。我一边吹着口哨，一边向北信步而行。

走了片刻，背后传来了呼唤的声音：

"约翰·华生！"

回头一看，玛丽正站在那里。

"啊！你在那里待了多久？"

"从刚才开始就一直在后面哦。"

玛丽快活地笑了笑，一蹦一跳地追了上来。

那是《夏洛克·福尔摩斯冒险谭》中的一节。

贺茂川的晚景鲜明地浮现在眼前，我能感受到依偎在身边的玛丽的温暖，那简直就像是真实的回忆，巨大的地震撼动了剧院，电灯叹息般地熄灭了，四周被黑暗笼罩着。

即便在黑暗中，我并未感到害怕。因为我手中紧握着《夏洛克·福尔摩斯的凯旋》，即便是碎屑也没关系。贺茂川的夕景犹如黑夜中绽放的烟火，深深地烙印在我的眼中。某物在心底蠢蠢欲动，好似在拼命回想那些无论如何都想不起来的记忆。

我将手按在墙上，走上了行将崩塌的剧院楼梯。

———◯———

我最终来到了屹立于剧院中央的建筑之顶。

我推开门，踉踉跄跄地走了出去。

脚底的地面摇晃不定，好似在狂风中行驶的帆船的甲板，狂怒的风呼啸而来。我不禁抓住了屋外的矮墙，就在这时，下方的街景映入眼帘，在棉絮般纷飞的雾气隙间，异样的光景正徐徐展开。

伦敦的街道好似被虫子啃噬过的枯叶，原先街衢的所在彻底崩落，化作了无底大洞。由于再无遮蔽视线之物，特拉法尔加广场一览无余。圣詹姆斯公园一带已经完全沉陷，白厅行政街如同被推到了悬崖边缘。

就在我茫然自失之际，整个世界仿佛深陷于刺耳的地鸣中，大教堂的穹顶、苏格兰场、钟楼高耸的国会大厦，这些建筑都像积木般次第垮塌，泰晤士河的对岸已不复存在，唯有与漆黑天空难以区分的无垠深渊在眼前延伸。

我紧紧抓着矮墙，凝望着深渊的彼方。

——永劫之暗。

不祥的风似乎正从深渊吹来。

莫里亚蒂教授正兀立于矮墙之上，俯视着前方的皮卡迪利广场。他承受着迎面吹来的风，好似巨大的乌鸦般舒展着黑色斗篷。

"你也明白了吧？"他说，"我正是为终结世界而来的。"

"我们会怎样？"

"为何要在意这些？"莫里亚蒂教授说道，"你们根本就不存在。"

然后，他从矮墙上朝着外边纵身跳下，没有一丝犹豫。

我奋力冲了出去，但指间只抓住了寂寥的虚无。我把身子探出矮墙，眼前是变得面目全非的伦敦街市。无论是跟福尔摩斯同住的贝克街，和玛丽共处的肯斯顿，还是那间出租公寓所在的布鲁姆伯利，一切都已消失无踪，整座城市在漆黑山谷般的裂缝下分崩离析，街道即将化为零零碎碎的散片。可怕的裂缝直抵眼下的皮卡迪利广场，几乎能够直视正下方的深渊。

莫里亚蒂教授一边任由黑色斗篷翻滚飞扬，一边坠入其中。

结束了。

就在这么想的一瞬间，突然感觉有人从后面抱住了我。

"一定要回来。"是玛丽的声音，"我们约好了。"

就似在回应这令人怀念的声音一般，火光映照下的妻子的脸庞浮现在了眼前。

我俩在洛西的马斯格雷夫家，雷金纳德·马斯格雷夫和马斯格雷夫小姐正不知所措地看着我们。向他们发出威胁的，是从窗户里射出寒光，发出怪异吼声的赫尔斯通公馆。然后我和玛丽道别，为了将福尔摩斯和莫里亚蒂教授带回来，进入了"东之东厅"——

那一刻，我幡然醒悟。

自己为何一直在写《夏洛克·福尔摩斯的凯旋》？因为那才是真相，是这个世界的本来面目。我们依旧被困于马斯格雷夫家的"东之东厅"里。这个名为伦敦的现实，乃是"东之东厅"所创造的噩梦世界，但福尔摩斯和莫里亚蒂教授都忘了他们究竟是怎么来到这个世界的。

当夏洛克·福尔摩斯将我带离那间阁楼的时候，我以为小说已经结束。但事实并非如此，小说尚未完结，正是因为不想忘记返回原先世界的路，我才写下了这本《夏洛克·福尔摩斯的凯旋》。

我翻过矮墙，扑向了莫里亚蒂教授。

———◇———

穿过皮卡迪利广场的裂隙，映入眼帘的是令人目眩的景色。

伦敦的碎片有如雪花一般飘落至无底深渊。在大小不一的城市碎片上，街灯和窗户依旧怪异地亮着灯光，就似装了电灯泡的模型都市般光辉灿烂。先前不绝于耳的地鸣戛然而止，周遭笼罩着犹如时间停止般的寂静。

我似子弹从空中落下，搜寻着莫里亚蒂教授的身影。

在坠落深渊的过程中，形形色色的城市碎片从我身边掠过。

它们好似漂浮在漆黑海面的砖砌群岛，当碎片靠近时，我甚至可以看到居民的面容。街角酒馆独自烂醉的男人，从阁楼窗户仰望天空的老妪，身披破布游荡于巷陌的流浪儿，停下马车低头沉思的车夫……但没有一个人看向我，非但如此，他们甚至不曾意识到自己的世界正在毁灭。就在我屏息凝视之际，那些伦敦的碎片在黑暗的彼端渐行渐远。

前方茫茫然一无所见，深渊张开了巨口。

难不成不知不觉落到他前面去了？

我有些不安，但事到如今，再想回头也绝无可能。

不知不觉，伦敦的碎片在身后渐行渐远，化作夜空中闪烁的群星。

没过多久，水花似雾气般弥散开来，一道巨大的瀑布自黑暗的深处显现。那是泰晤士河。它正激烈地泛着泡沫，自虚空中奔流而下，好似世界中心的柱子般矗立着。即便凝视水流的尽头，也看不见瀑布的水潭，唯有漆黑的深渊。整个世界好似向着深渊永恒崩落。

当我几乎绝望之际，眼睛终于捕捉到了莫里亚蒂教授的身影。

飘扬的黑色斗篷擦着瀑布滑落而下。我好不容易追了上去，刚抓住斗篷下摆的瞬间，我们便双双失去平衡，似落叶般盘旋起来。逐渐远去的伦敦城市的灯光犹如天球般旋转着。

可我并没有放手，依旧紧紧攥着黑色斗篷。

我将他拽到身边，庇护似的紧紧地抱住了他。

莫里亚蒂教授似乎已经失去了意识。只见他双目紧闭，口唇微张。那苍白的脸庞看起来不啻一具死尸。随着瀑布飞沫的冲刷，变装用的脂粉被荡涤干净，夏洛克·福尔摩斯的脸显现出来。

"福尔摩斯！"我高喊道，但他没有任何反应，我紧紧将他抱住，反复求他醒醒。

我只知道我们正无能为力地往下坠落，而福尔摩斯就在我的怀中。我渴望回家，脑海中浮现出令人怀念的情景：四条大桥上往来不绝的人群，夕色尽染的大文字山，晨雾笼罩的下鸭森林。

"回京都吧，福尔摩斯，我们两个重新开始。"

我突然感到怀中的夏洛克·福尔摩斯动了一下。

在漆黑深渊的底部闪过一团微光，在被切割成圆形的黑暗彼端，射出了明亮的光芒。随着我们的靠近，那道光斑扩散开来，变得愈加耀眼。

关于这温暖的光从何而来，我自是了然于胸。

灯光的彼方是京都的街市，那里有赫德森太太，有雷斯垂德警部，有艾琳·艾德勒，有雷金纳德·马斯格雷夫，有瑞秋，有卡特莱特君，还有最重要的玛丽。

那些应该与我们同在的人，在等待我们的归来。

——这就是夏洛克·福尔摩斯的凯旋。

我想。

突然，炫目的晨光包围了我们。

———◯———

"早安，华生君。"

夏洛克·福尔摩斯的声音传了过来。

"多么美好的早晨，你打算睡到什么时候？"

{尾 声}

"早安，华生君。"

夏洛克·福尔摩斯的声音传了过来。

"多么美好的早晨，你打算睡到什么时候？"

我睁开眼睛，映入眼帘的是嵌有《竹取物语》装饰画的方格天花板。

我支着胳膊肘撑起身子，晨光自数扇小窗中射入，照亮了朴素的木地板。环顾四周，可以看见大壁炉和降灵会用的桌子，我又回到了马斯格雷夫家的"东之东厅"。

福尔摩斯跪在一旁，面色讶异地看着我。

"告诉我，华生君，你究竟是怎样把我们带回来的？"

"你不记得伦敦的事了吗？"

"伦敦？"

福尔摩斯皱起了眉头嘟囔着。

"不，我只记得你的呼唤。"

我借着福尔摩斯的手站起身来，全身上下都传来了疼痛。

"东之东厅"冷得不行，福尔摩斯呼出的气息化作了白雾。

莫里亚蒂教授躺在壁炉跟前的地板上，他缩成一团，整个身子裹在黑色斗篷里。我跪在地上晃了晃他的肩膀，教授打了一个激灵。当福尔摩斯呼喊"莫里亚蒂教授"的时候，他"哎呀"一声，猛地坐了起来。

"这不是福尔摩斯吗，还有华生君！"他眨巴着眼睛。

"感觉如何？"福尔摩斯问了一声。

"嗯，还成。可这房间也太冷了！"

将莫里亚蒂教授搀起来后，我们环顾着房间。

四周寂静无声。从窗户射入的阳光中，映出无数在空中飞舞的尘埃。

倘若我未能唤醒福尔摩斯他们，就这样被暗黑的瀑布吞没，又会怎样呢？想到这里，伦敦的莫里亚蒂教授在"黑色盛典"上所说的真相流入了我的脑海。他说这个世界本身就是"侦探小说"，自己是受"作者"委派，前来终结这个世界的。

——此世伦敦，只是真实伦敦的幻影。

在渐次崩塌的伦敦对侧，"作者"的身影隐约可见。这人正弓着背伏在案前，书写着最后一章，为自己创作的系列侦探小说拉上帷幕。埋葬自己创造的名侦探，抹消自己创造的伦敦。这样的身影，像极了映照在诅咒之镜中的，我自己的模样……

"你还记得发生了什么吗？"

"不。"听我这么一问，莫里亚蒂教授摇了摇头，"不过，我只记得你在叫我。"

"我们当时就在伦敦。莫里亚蒂教授，那简直是一场噩梦。"

我们真的回来了吗？就算回来了，又在"彼处"待了多久？从周遭的情形来看，倒也不像是过了数百年之久，然而，"东之东厅"的妖异气息已然丧失殆尽，此处只不过是一间古旧的空屋。

就在这时，走廊上传来了一阵急促的脚步声。

"好像有人来了。"

福尔摩斯望向了门口。

下一刻，艾琳·艾德勒飞身冲进了"东之东厅"。

事后才知道，在我进入"东之东厅"后，马斯格雷夫一家和她们全都彻夜守在赫尔斯通公馆外边。不久，黎明降临。当朝阳照亮了领地内的竹林时，一直占据馆舍的福尔摩斯和莫里亚蒂教授的幻象尽数消失，整个公馆归于寂静。艾琳·艾德勒凭直觉觉察到"他们回来了"，即刻奔向了"东之东厅"。

"我就知道！"

艾琳·艾德勒刚看到我们，便大叫起来。

"呀，这不是艾德勒小姐吗？早上好。"

听到福尔摩斯的招呼，她先是一愣，然后突然气势汹汹地冲了上来，向他质问说：

"你为什么要这么胡来？"

"不，可是……"福尔摩斯先生先是一愣，"反正一直在低潮期挣扎，我也没有什么可失去的了。"

"没什么可失去？没什么可失去又算什么？"

艾琳·艾德勒的怒气显然是动真格的。

"多亏了你，我们整晚都不得安生！"

可当玛丽的身影出现在门口时，艾琳·艾德勒冲着福尔摩斯大吼大叫的声音登时听不见了。由于整晚都在恐惧和不安中度过，玛丽的脸色煞白，但穿过房间的步伐却异常坚定。

沐浴在自窗外射入的阳光下，玛丽的发丝好似黎明的草原一般灿然生辉。

"你真的回来了。"

"当然，因为跟你约好了。"

说着，我将玛丽揽入怀中。我看到的有关"伦敦"的回忆好似旋转木马一样萦绕着我们。另一种人生所经历的种种场景掠过眼前，在晨光中逐渐褪色。玛丽的葬礼，与福尔摩斯的诀别，在阁楼间的日子，莫里亚蒂教授的"黑色盛典"……仿佛是一场梦幻般的谢幕。

直到这时,我才切实地感受到自己真的回来了。

玛丽对我展露笑颜,随后转身面向夏洛克·福尔摩斯,她大步走到略显尴尬、低头不语的福尔摩斯面前,然后给了他一个拥抱。在场的每个人都惊呆了,但最为震惊的恐怕当数福尔摩斯本人。

"玛丽,对不起,各种方面都是。"

"没关系,福尔摩斯先生,都过去了。"玛丽用平静的声音回应说,"我原谅你了。"

这就是"东之东厅"一案的始末。

当然了,这并不意味着一切都解决了。

从洛西归来后,我们又卷入了"里奇伯勒审判"的余波。

毕竟是前所未闻的一案。由于心灵主义者的暴动,皇家司法院那边有好几个人遭到逮捕,里奇伯勒夫人也趁乱逃走了。虽然之后出现了各式各样的目击情报,比如有人声称在四条大宫的车站见过她,有人声称在五条栈桥上看到了她,但里奇伯勒夫人至今行踪杳然。

会不会是圣西蒙勋爵协助夫人逃走了呢?

虽有过这样的传闻,但圣西蒙勋爵坚决予以否认。

他声称自己被法庭上目睹到的怪异现象震慑住了,暴乱发生期间,他一直昏迷在旁听席上,对于一个自诩为"心灵主义支持者"的人而言,这种表现过于胆怯,但我觉得也并非全无可能。总而言之,既然发生了如此大的骚乱,圣西蒙勋爵再也没法模棱两可地搅浑水了,他正式声明"今后与心灵主义再无瓜葛",然后干脆利落地隐居乡下。面对京都警视厅(苏格兰场)越来越严的追究,他到底还是感到危及自身了吧。

而我们也无法摆脱嫌疑。

在审判里奇伯勒的法庭上出现了形似夏洛克·福尔摩斯和莫里亚蒂教授的幻影，很多人都目击到了这一异状，而引发暴乱的心灵主义者们，正是那些热衷于伦敦版《福尔摩斯冒险谭》的读者。此外，里奇伯勒夫人在逃跑之前，还向我发出了呼唤。

"只能以佯装不知的态度死撑到底了。"

我们被传唤至京都警视厅（苏格兰场）接受调查，但让幻影出现在法庭上的诡计并没有被揭穿，也没法仅仅因为心灵主义者碰巧爱读伦敦版《福尔摩斯冒险谭》就将作者定罪。调查毫无进展，最终只能不了了之。

京都警视厅（苏格兰场）的调查告一段落之后，在艾琳·艾德勒、雷斯垂德警部和马斯格雷夫家族的大力推动下，世间的风向逐渐发生了变化，里奇伯勒夫人这个灵媒界泰斗的消失，以及圣西蒙勋爵这个强力后援的退场，使得先前席卷洛中洛外的"心灵主义热潮"迅速消退。随着春天的临近，洛中洛外的动荡氛围逐渐平息，等到北野天满宫的梅花绽放之时，里奇伯勒审判的话题也渐次淡出了世人的视线。

三月下旬，报纸上刊登了如下广告：

"引退宣言"撤回宣言

尔之忧困，吾将解之，可往矣，洛中洛外迷途之人。

私家侦探 夏洛克·福尔摩斯

寺町通221B

起初，这则小小的广告引发了世人的讥嘲，距离福尔摩斯宣布引退仅仅不到两个月，众人对此不以为意也是理所当然的吧。

刚开始几乎没有委托人肯上门，上门的也尽是些微不足道的小案子，尽管如此，福尔摩斯仍全力以赴，在踏实地累积胜利的过程中，他所破的案子又开始零零星星地见诸报端，特别是"狸谷山不动院哲学博士怪死案"的解决，为世人确立了福尔摩斯复活的印象。

夏洛克·福尔摩斯究竟是如何复活的？

但任凭报纸和杂志的记者怎么追问，福尔摩斯都绝口不提自己摆脱低迷的经历，每每以"每天参拜弁财天""为达摩画上一只眼睛祈祷"之类的言辞糊弄过去。事实上，有关马斯格雷夫家的"东之东厅"一案根本没有任何合理的解释，与之相比，说是弁财天和达摩的庇佑反倒显得更靠谱些。

夏洛克·福尔摩斯再未谈及"东之东厅"。

那样的态度简直就像谜题本身消失了一般，而莫里亚蒂教授也是一样的状况。

某日，当我来到寺町通221B时，看到莫里亚蒂教授在后院点起了一堆火。他正在焚烧在低迷期间写下的大量笔记及那座模型都市。我站在教授身旁，见证着"伦敦"逐渐化为灰烬。

"这样可以吗？"

"没关系，因为我已经不再需要它了。"

莫里亚蒂教授这样说着，眯着眼睛盯着腾起的烟雾。

━━━━◇━━━━

然后是五月上旬，一个新绿盎然的清爽早晨。

我悠然地坐上马车，朝寺町通221B驶去。

那天一早，就美好得好似幻梦，无可挑剔的"野餐天气"，一个人终其一生恐怕也遇不上几次。拂过脸颊的风渗透着凉意，蕴含着淡淡的花香。那些眼看橱窗、步履从容的路人，也纷纷换上了轻盈的春装。

到达寺町通221B后，我看到赫德森太太正忙碌地准备野餐，门厅里堆满了各种篮子。

"喂，赫德森太太，难不成你打算把这些都带走吗？"

"想开茶会的话，这样的排场是起码的吧。参加的人本来就很多，福尔摩斯先生、华生医生、玛丽小姐、艾德勒小姐、莫里亚蒂教授，还有雷斯垂德警部。只要我还有一口气，就绝不允许敷衍的野餐。"

"可我们现在不是要爬大文字山吗？"

"大家分头搬上去不就行了吗？"赫德森太太快活地说道，"天气真是太好了。"

我来到楼上福尔摩斯的房间，明媚的阳光透过百叶窗照射进来，莫里亚蒂教授正坐在壁炉前的沙发上，墙边的小桌上摆着一只金鱼钵，一脸倨傲的金鱼"华生"正在粼粼的水面下悠游。这条熬过京都严苛冬季的金鱼愈显威严，壮硕如它，想必会很长寿吧。

莫里亚蒂教授一边给金鱼"华生"喂食，一边向我打招呼：

"早上好，华生君。今天真是野餐的好天气。"

"早上好。"

"看到那些篮子了吗？赫德森太太似乎很有干劲的样子。"

说着这番话的莫里亚蒂教授看起来也很有干劲，他穿着清凉的白色亚麻布衣，小腿上整整齐齐地裹着绑腿，膝盖上放着一顶泛着光的草帽。

莫里亚蒂教授仍旧住在这间公寓的三楼，但由于工作的关系，最近经常在马斯格雷夫家留宿,这是我们自四月的授勋式以来的首次见面。他给人的印象已大为改观,脸庞变得丰润温和,皮肤也很有光泽。而他看人的眼神里,那种带刺的感觉已经消失,取而代之的是圆融的知性。

"福尔摩斯君还在睡觉。"

教授指了指卧室的门。

"他最近非常活跃,一定是累坏了吧。"

福尔摩斯撤回"引退宣言"已经过去一个月了。

不该遗忘的是,在福尔摩斯回归的同时,另一个人物也在暗中回归。目前,莫里亚蒂教授应雷金纳德·马斯格雷夫之邀,正准备重启前任家主去世后一度冻结的"月球火箭计划"。他这段时间常常在赫尔斯通公馆留宿也正是出于这个缘由。

"那边的工作进展如何?"我坐在扶手椅上问道。

"虽说才刚刚启动,但我已在卡特莱特君的协助下重新审读了罗伯特·马斯格雷夫时期的研究成果。虽然还没法大张旗鼓地做,但我们确实有了一些新的想法。希望有朝一日能将月球火箭基地缩小重建。还有,关于那间'东之东厅',我们决定把它改建成'月球火箭计划'的准备室。"

"这……"我讶异地说,"还真是个大胆的决定。"

"这是马斯格雷夫小姐的提议。我们回来后,'东之东厅'再也没有出现过什么怪异现象,就连那奇异的气氛也消泯了。当初究竟是什么东西吸引着我们,事到如今也不得而知。无论那个房间寄宿着怎样的魔力,如今都已完全消失不见。与其被阴云吓倒,还不如引入新的光明。"

"没错，这样做或许更好。"

听着他平和而自信的声音，我似乎也能感觉到莫里亚蒂教授所体会到的幸福。教授的爱徒卡特莱特曾一度高涨的心灵主义热情也完全冷却，如今已经安下心来投身到研究中去了。

"能够工作是一件好事，仅此便足以让人幸福。"莫里亚蒂教授微笑着说，"雷金纳德·马斯格雷夫领主和马斯格雷夫小姐都对这个计划抱有极大的热情。当然了，在我有生之年，月球旅行是不可能实现的，这点我很清楚。不过，等到雷金纳德领主和马斯格雷夫小姐老去，在他们儿孙一代，人类肯定已经登上月球了。"

莫里亚蒂教授拍了拍膝盖。

"好了，是时候叫醒福尔摩斯君了。"

他站起身来，敲了敲福尔摩斯的房门，从门的对侧传来了不悦的嘟哝。莫里亚蒂教授没有理会，而是一边敲门，一边问我：

"玛丽小姐也会参加今天的野餐吧？她没跟你一起来吗？"

"听说她要找艾德勒小姐商量事情。"我走近窗户，拉起了百叶窗，"那边还没结束吗？"

寺町通的对面是艾琳·艾德勒的事务所。玛丽在二楼的窗前来回走动，正热烈地谈论着什么。

过了片刻，玛丽注意到了我的存在，笑嘻嘻地冲我挥了挥手。

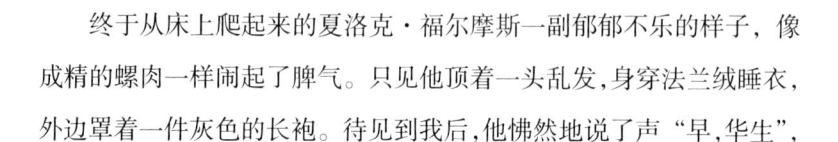

终于从床上爬起来的夏洛克·福尔摩斯一副郁郁不乐的样子，像成精的螺肉一样闹起了脾气。只见他顶着一头乱发，身穿法兰绒睡衣，外边罩着一件灰色的长袍。待见到我后，他怫然地说了声"早，华生"，

随后"扑通"一声坐在了扶手椅上,就这样翻起了白眼。

"福尔摩斯,快点准备,我们要去野餐了。"

"野餐?"福尔摩斯空洞地说,"我就算了,别管我了,你们去吧。"

"这可不行,不是早就说好了吗?"莫里亚蒂教授责备似的说,"赫德森太太会伤心的。"

"我现在累得不行,就像一条用旧的手巾。"福尔摩斯说,"你知道我在这一周里解决了多少案子吗?人们带着有趣的案子找上门来,害得我连觉都睡不安稳。"

"不管什么委托都接,这样也不太对吧?"

"要是我不接,案子就会被艾琳·艾德勒抢走。"

"那是你自作自受。"我无奈地说,"你这人就是太会抱怨了。之前低迷的时候,你就只会抱怨,哪怕从低迷中走出来了,也还是只会抱怨。案子终于解决了,仅凭这点,你就应该感到庆幸才对。"

"省省吧,就你的日子过得最爽。"

"什么意思?"

"想来就来想走就走,只会给看起来有意思的案子帮忙。"

福尔摩斯站起身来走向壁炉,从壁炉架上拿起他最爱用的烟斗。明明说好了即将去野餐,可他看起来全然没有准备动身的迹象。他一边往烟斗里塞着烟丝,一边问我:

"华生君,说起来《海滨杂志》上的连载什么时候能重开呢?差不多该满足读者的期待了吧。"

"昨天和编辑部商量过了,计划从下一期恢复连载。"

"那可真是好事。"福尔摩斯哼了一声。

"你明明对我写的东西一点兴趣都没有。"

"哪有的事,没有华生就没有福尔摩斯,对吧?"

福尔摩斯抽着烟斗,脸上浮现出顽童般的微笑。

就在这时,楼下传来了门铃声,赫德森太太打开了玄关的门,和来访者热络着交谈着什么。不多时,艾琳·艾德勒和玛丽出现了,两人都是一身登山用的轻装,脚上穿着靴子,头顶是带花饰的草帽。当她们看见身穿睡衣、叼着烟斗的福尔摩斯时,纷纷瞪大了眼睛。

"福尔摩斯先生,你还没开始准备吗?"

"就算你这么说,我也才刚刚起床。"

"这都怪你睡过头了吧。"艾琳·艾德勒说。

"我真是累坏了,艾德勒小姐。"福尔摩斯臭着一张脸,"先说一声,作为侦探,我已经一年多没碰过案子了,就算复出,也不可能马上恢复到原先的状态。本打算悠着点,可因为得到了勋章,工作马上就多了起来。女王陛下可真会给我添乱。"

"你怎么能说这种话。"艾琳·艾德勒皱起了眉头,"能得到勋章不是很光荣吗?"

"我又不是为了拿到勋章才去当侦探的。"福尔摩斯傲然地挺起了胸膛,"对我而言,办案本身就是报酬。"

我望向窗边的写字台,女王授予的勋章正被随随便便地扔在支票簿和吸墨纸的中间。

"福尔摩斯先生还是老样子。"

玛丽依偎在我身边小声说道。

"其实得到勋章可把他高兴坏了。"我对着玛丽耳语,"就是因为不想被人看穿,才故意随手扔在那里,要是他能更坦率地表达喜悦就好了。"

"对对。"

"你们在叽里咕噜说什么呢？"

福尔摩斯瞪向了我们，我们则摆出一副什么都不知道的面孔。

少顷，赫德森太太气呼呼地出现在了门口。

"赶快换衣服，福尔摩斯先生。"她说，"太阳都快下山了！"

本次的大文字山野餐，是赫德森太太几周以来精心策划的，就算是天下无双的名侦探，也不允许把计划搞砸。

福尔摩斯立刻遭到了没收烟斗，赶回卧室的处分。就在他换衣服的时候，莫里亚蒂教授从附近的马车店叫来两辆四轮马车，我们将成堆的篮子、毯子和遮阳伞装了进去。见到如此多的行李，艾琳·艾德勒无奈地笑道：

"看来够我们在山上住一阵子了。"

又过了片刻，戴着呢帽的福尔摩斯满脸不悦地走了下来，女士们坐上了第一辆马车，男人们则坐上了第二辆马车。

"等下，福尔摩斯，雷斯垂德警部还没来。"

"那真是太可怜了，我们走吧，去大文字山！"

福尔摩斯麻利地钻进马车，似乎不打算等了。

就在载着我们的马车刚动起来的时候，传来一阵"喂，等等我！"的叫唤。我把头探出车窗，只见雷斯垂德警部正拼死拼活地追在后面。

终于坐上马车的雷斯垂德一边用手帕擦汗，一边恨恨地说：

"太过分了，怎么能把人丢下不管？"

"谁叫你自己迟到的。"福尔摩斯笑着回答。

马车沿着丸太町通一路向北，沿着绵长的宫殿围墙疾驰而去。

迎着清爽的春风，我将目光投向窗外。只见左手边绵延的围墙对侧，新绿的树林若隐若现。当马车经过卫兵把守的大门时，我仿佛可以看见维多利亚女王伫立在宫殿青葱前院中的身影。

———◇———

夏洛克·福尔摩斯撤回"引退宣言"后不久，维多利亚女王的使者便造访了寺町通。使者恭恭敬敬地宣读了文书，传达了女王的口谕，为表彰夏洛克·福尔摩斯、艾琳·艾德勒和莫里亚蒂教授三人的卓越功绩，现决定为他们授予勋章。这是在女王的要求下紧急定下的，似乎是极不寻常的特例。

授勋式定于四月上旬举行。

当时正是樱花烂漫的时节，还记得我们一身正装前往宫殿的时候，马车里飘进来了洁白的樱花花瓣。玛丽和我都很紧张，虽然我们并非授勋对象，但这是我们第一次踏入宫殿。

在铺满红地毯的接见厅里，夏洛克·福尔摩斯、艾琳·艾德勒和詹姆斯·莫里亚蒂三人获得了维多利亚女王授予的勋章。明媚的阳光自宽大的窗户射入，令接见厅变得金碧辉煌，列席者中还有政府要员的身影。就连福尔摩斯也流露出些许紧张之色。授勋仪式之后还安排了一场游园会，雷斯垂德警部和京都警视厅（苏格兰场）的相关人员、马斯格雷夫一家，还有赫德森太太也收到了邀请。

不久，授勋仪式结束，参会的人开始走动。正当我和玛丽准备走出接见厅的时候，侍从长快步走来，向我打招呼：

"华生医生，请问能耽误您一点时间吗？"

"有什么事吗？"

"是非常重要的事。"侍从长压低声音说道，"这边请。"

他的语气彬彬有礼，其中却有种不由分说的压迫感。我和玛丽不禁对视了一眼。事情有些微妙，如果是夏洛克·福尔摩斯那样的名侦探倒也好说，我只不过是一介医生兼记录员罢了，究竟有什么事情可谈呢？但侍从长缄口不语，静静等候着我的回答。

玛丽似乎觉察到了什么，她戳了戳我的胳膊，小声说：

"那我先去参加游园会了。"

我点了点头，对侍从长说"请带我去"。

侍从长走在前面，把我领进了宫殿深处。

穿过长长的走廊，参会者们的喧嚣随即远去。

起初还能看到侍从和侍女的身影，可当我们经过之时，他们便俯着头迅速退下，到处响起关门声，少时便再也感受不到人的气息。究竟是真的没人，还是众人都屏住了呼吸，我无从判断。回过神来的时候，周遭已然被异样的寂静包围，就连自己踩在地毯上的足音也清晰可辨。我再也耐不住沉默，向侍从长问道：

"请问有什么事呢？"

"很抱歉，我没法告诉您。"

侍从长淡然地说道，甚至连回头的意思都没有。

我们穿过装饰着肖像画和风景画的走廊，经过穹顶大厅，再度走上了长长的走廊。不多时，走廊尽头出现了一扇厚重的对开门。侍从长推开门说"请进"，目送着我进屋后，便从外边把门掩上了。

我被带到了宫殿的图书室。右手边和最深处的墙壁上设有直抵天花板的书架，四处都是可移动的梯子。左手边的大窗面对着绿草茵茵的庭院，一株樱花正在绽放。

房间中央是一张长方形的大书桌，一位和我母亲差不多年纪的小个子女性正坐在椅子上。她背对着我,似乎在专心地调查着什么,并没有发觉我进来了。当我打招呼说"抱歉,打扰了"时,她抬起头转向了我。这位女士正是维多利亚女王,我直了直身子。

"女王陛下,约翰·华生参见。"

"你来得正好。"维多利亚女王点了点头,"过来这边,我有东西要给你看。"

我鞠了个躬,靠近了女王身边。只见桌上堆着几沓像是手写的稿件,状况非常糟糕,可以窥见将撕碎的纸仔细拼贴起来的痕迹。女王将其中一张递给了我。

数年来,我获得了夏洛克·福尔摩斯的允准,将他亲力亲为的案件记录发表在《海滨杂志》上。这些冒险谭令洛中洛外的侦探小说爱好者们为之疯狂,名侦探夏洛克·福尔摩斯的名号自此誉满天下。

的确,夏洛克·福尔摩斯的工作方式堪称天才。

然而如此盛名并非他一手赢得的。

我凝视着纸上的内容,一时间有如被冻住般动弹不得。

这正是《夏洛克·福尔摩斯的凯旋》的手稿,我窝在伦敦的阁楼里写下的文字,在莫里亚蒂教授的"黑色盛典"上被扯成了碎屑。

"陛下为什么会有这份手稿?"我用嘶哑的声音说,"那个伦敦并不是幻象吗?"

"没错,不是幻象。当你们被困在'东之东厅'的时候,伦敦确实存在,倒不如说这边的世界才是幻象。要是你们未能平安归来,一切都将如梦一般消散。"

"消散?"

"'东之东厅'本不该存在于世间。"维多利亚女王淡然地继续说道,"但我力有不逮,唯有借助你们的力量。确实有点对不住福尔摩斯先生和莫里亚蒂教授。虽然这算不上歉意,但我至少救出了这份手稿,你能收下吧?"

有那么一会儿,我茫然地望着维多利亚女王。

位于宫殿深处的图书室笼罩在堪比时间停止的寂静中。

维多利亚女王慢悠悠地自椅子上起身,走向了面朝中庭的窗户,她以孩子般专注的眼神凝望着绽放的樱花。相较于刚才的授勋仪式,她的身形似乎小了不少,也显得更加苍老。我也伫立在女王身旁,目不转睛地望着樱花。

到了这时,我才发觉庭院的草坪上立着一尊石像。

那是向树梢伸出双手的少女像,使人联想到即将展翅的倩丽小鸟。不可思议的是,她的侧脸居然和马斯格雷夫小姐、艾琳·艾德勒和玛丽的影子重叠在了一起。开满樱花的枝条在风中微微摇曳,白色的花瓣翩翩舞落。

此情此景颇有几分神秘之感,我甚至感觉自己曾在梦境中看到过这个场面。

"要是我们回不来,陛下打算怎么办呢?"

当我这么询问时,维多利亚女王的回答没有一丝犹豫。

"我的命运,与你们同在。"她说,"因为我只能守望。"

———◇———

我们从银阁寺的后方驶入登山道,朝着大文字山的山顶进发。

葱郁的森林渗满了寒气，但是行走了片刻，汗水便淌了下来。

年长的赫德森太太和莫里亚蒂教授走在最前面。仔细一想，赫德森太太每天都忙忙碌碌地上下公寓楼梯，莫里亚蒂教授也曾在低迷期彻夜奔走，腰腿都壮实得很。

而福尔摩斯虽说出门时满腹牢骚，此刻却和艾琳·艾德勒一边争论着什么，一边向山顶攀登。

当我和雷斯垂德走得上气不接下气时，玛丽担心地回过头来。

"约翰，你还好吗？稍微休息下吧？"

"没事，你先走吧。"我向玛丽挥了挥手，"我们会慢慢来的。"

雷斯垂德将篮子放在脚下，用手帕擦了擦汗。赫德森太太准备的篮子由众人分担携带，不过仍旧有相当的分量。

"你看起来真是忙啊，雷斯垂德。我没有一天不在报纸上看到你的名字。"

"岂止是忙啊。"

雷斯垂德夸张地叹着气，脸上却闪烁着光芒。

"我正与艾德勒小姐合作，本来就忙得不行，如今福尔摩斯先生又复出了。由于两位接连不断地破案，罪犯们已经在京都警视厅（苏格兰场）的门口排起了长队。说真的，现在真不是悠闲爬大文字山的时候。"

"把功劳分一点给其他刑警如何？"

"这个免谈。"雷斯垂德咧嘴一笑。

一阵强风掠过新绿的森林，远方传来了瀑布般的哗哗声。

正因为是大汗淋漓地上了山，所以当我们抵达了大文字山的篝火堆时，心情果然变得畅快无比。雷斯垂德也感叹着说"哎呀，真是太美了"。

凉爽的风拂过开辟出来的斜坡，葱绿的草在周围摇曳，举目尽是石砌的篝火堆。每逢盂兰盆节，这些篝火堆就会被点燃，在夏日的夜空中书写下一个"大"字。

自斜坡上可以俯瞰薄雾笼罩的城市。

大文字山的脚下，有一座宛如中世纪要塞的大学城，周围是静谧的田园地带，小小的树林散布其间。在悠然流淌的鸭川对岸，可以望见被苍翠环绕的维多利亚女王的宫殿，再往后是连绵不绝的石头或砖瓦的屋顶，填满了盆地之底。这幅光景像极了莫里亚蒂教授所做的模型都市。

"喂，华生君，到这边来。"

福尔摩斯在斜坡的一隅挥着手。

清爽的天气加上赫德森太太的精湛手艺，令野餐成了一桩妙事。我们坐在铺开的毯子上，一边喝茶，一边享用着三明治和烤饼。

赫德森太太显得心满意足，夏洛克·福尔摩斯和艾琳·艾德勒却全然不顾一旁的她，一味地争执不下。艾琳·艾德勒举出福尔摩斯最近破获的"伪造金币案"，质疑他推理的过程。福尔摩斯当然不可能默默退让。他们的争论愈演愈烈，甚至连这般美景都不放在眼里了。

"你的话确实有道理，但我以为……"

就在这时，一道黑影从湛蓝的天空中盘旋降落，就在众人惊讶的瞬间，那道黑影从福尔摩斯的手中夺走了三明治。我向着飞离的远影望去，原来是一只巨大的老鹰。

"啊，被抢了！"夏洛克·福尔摩斯大喊道，"你这小偷！"

"犯人逃走了哦，福尔摩斯先生。"

艾琳·艾德勒一边调侃,一边"扑哧"一声笑了出来。

<hr>

我离开了福尔摩斯他们,走在大文字山的斜坡之上。

当我独自坐在草地上时,玛丽靠了过来。

"真是美景呢。"

"是啊。"

玛丽轻轻地坐在了我的身旁。

然后她聊起了侦探小说连载的事情。

据说在和艾琳·艾德勒商量之后,她们决定从下一期开始恢复连载。《夏洛克·福尔摩斯冒险谭》和《艾琳·艾德勒事件簿》这两部曾无限期停载的侦探小说将同时恢复连载,编辑部想必是一片欢声吧。

"没有玛丽就没有艾德勒。"当我说出这句话时,玛丽露出了微笑。

在此期间,我们静静地坐着,任凭凉风吹拂。

过了一会儿,玛丽小声说道:

"你能回来真是太好了。"

"也多亏了你。"

——一定要回来,我们约好了。

我坚信是玛丽的声音拯救了我。

若非如此,我们就会被那无底的深渊吞没。

"最近我总是在想一件事。"我说,"一直以来,我们都以为'东之东厅'蕴含着魔力,但或许事实恰恰相反。"

"恰恰相反?什么意思?"

"这个世界本身就是由'魔力'创造的。"

就在我说出这番话的一瞬,一股奇异的确信骤然涌上心头。

"马斯格雷夫家的'东之东厅',正是那股'魔力'难以企及之所。如果这样考虑的话又如何呢?就像是世界的破绽必须有人填补,所以我们……"

玛丽突然用温软的手包住了我的五指。

"别再探究这件事了。福尔摩斯先生曾说过吧,这世上有些谜题是不该触碰的。"

沉吟片刻之后,我点了点头。

"嗯,也是。"

"希望那个'魔法'被永世封印着。"

玛丽倚靠在我的肩膀上,安心地闭上了眼睛。

我侧耳听风,福尔摩斯他们的笑语声传了过来。

自从四月初的授勋式以来,我一直在续写女王托付给我的手稿。

就撰写经历而言,世上没有比这更离奇的手稿了吧。第一章至第四章写于伦敦的出租公寓,此后的篇幅则写于京都诊所的书房。通过往返于相隔"东之东厅"的两个世界,才成就了这部《夏洛克·福尔摩斯的凯旋》。我决定在完稿之后将其献给维多利亚女王。

就在这时,我仿佛听到了女王的低语。

"因为我只能守望。"

不知何时,雾气散去,眼前的街市判然可见,鲜明得有如奇迹。

从今往后,夏洛克·福尔摩斯仍将解决诸多疑案,而记录他的冒险事迹的,除去约翰·H.华生之外别无他人。

夏洛克·福尔摩斯的凯旋,便是约翰·H.华生的凯旋。